빌바오, 3월의 눈

김경순 소설

빌바오,
3월의 눈

문학수첩

질투가 삼자관계에서

대상에 대한 사랑을 근거로 한다면

시기심은 오로지 파멸만을 목적으로 한다.

질투가 고상하기도 하고 비열하기도 하다면

시기심은 오직 비열하기만 하다.

—멜라니 클라인

권력은 더 큰 권력 앞에서

고개를 숙인다.

—비이토 말

1부

1.

증인 좀 서줄래요…

민석은 수고를 아끼지 않고 부호표를 찾아서 세 개의 점을 찍어 보내곤 했다. 문자나 메일에서 보이는 세 개의 점은 그의 완벽주의적인 성격을 오히려 부드러움으로 바꿔주는 스위치 역할을 해왔지만 이번엔 점 하나에 그의 망설임, 혼란, 그리고 불안이 읽힌다.

시동이 잘 걸리지 않는다. 두 번 세 번, 키를 오른쪽으로 돌리는 주연의 손이 심하게 떨린다. 증언을 서달라는 말이 무슨 말인지 안다. 연두가 민석을 양성평등위원회에 제소하기 전부터 소문은 냄새를 피우기 시작했다. 학교에 떠도는 소문을 주연은 여러 경로를 통해 들으면서 레어

템을 수집하는 기분으로 정보들을 수집했다. 그리고 주연이 처음 든 생각은 '그가? 나한테는 손도 대지 않던 그가?'였다.

그의 집 어디에서 벌어진 것일까. 민석의 오피스텔에 들어서면 심플하면서도 뭔가 꽉 차 있다는 느낌이 들었다. 심플하다는 건 가구나 잡다한 장식이 없다는 것이고 꽉 차 있다는 건 책장을 가득 채운 클래식 음반과 악보들 때문일 것이다.

바흐부터 체르노빈까지의 악보 컬렉션도 탐나지만 산체스베르두의 《오케스트라》나 주연이 좋아하는 체르노빈의 《현악4중주》처럼 말로만 들어본 희귀 음반들을 민석의 집에서 처음 대면했을 때는 황홀하기까지 했었다.

그리고 주방. 크지 않은 주방에는 세트로 된 냄비와 다양한 조리도구들이 걸려 있었다. 주연과 달리 민석은 음식을 만드는 걸 좋아했다. 그녀의 집에서 만날 때는 거의 시켜 먹었지만 그의 집에 갔을 때는 대부분 그가 만들어주었다. 그가 미국에서 유학 중일 때 해 먹었던 음식들은 돈도, 시간도 절약할 수 있는 단품 요리들이어서 종류가 다양하지는 않았지만 쌀과 채소와 해물을 넣어 볶은 동남아식 요리는 지금도 그리워질 정도다.

민석은 무슨 생각으로 문자를 보낸 것일까. 상식적으

로 생각해봐도 형사사건도 아니고 학교 위원회에서 하는 자체 조사인데 증인을 세우는 게 무슨 도움이 될까. 만약 민석이 자신의 결백을 주장하기 위해서라면 다른 방법도 많이 있었을 것이다. 그가 추잡한 소문에 휩싸인 자신의 결백을 주장하기 위해 전 여자친구를 옵션으로 선택한 것을 어떻게 봐야 할까. 그것도 헤어진 지 일 년도 넘은 시점에서.

식탁에서? 소파에서? 침대에서? 주연이 다섯 번째 시동키를 돌렸을 때 끼익, 하는 비명 같은 기계음이 들렸다. 그녀는 이미 걸린 시동을 몇 차례나 반복해서 돌리고 있었던 것이다.

떨린 손은 정신의 마비에서 오는 육체적 반응이다. 질투란 소유와 함께 발생하는 거라는 판단은 잘못된 것임이 밝혀졌다. 그녀는 민석과 헤어졌음에도 그가 제자들과 이야기를 나누고 있는 것을 보면 여전히 속이 뒤집어졌다. 질투가 무서운 건 흔적이 없기 때문이다. 마음의 상처를 말하기엔 너무 사소한 것이다. 욕망이라든지 사랑이라고 하는 것들은 추상성을 구체화하는 '몸'이라는 도구가 있다. 하지만 질투는 무엇으로 그 존재를 입증할 것인가.

2.

　주연이 주차장에 차를 막 대고 있는데 전화벨이 울렸다. 박 교수였다. 점심이나 같이 하자고 했다. 박 교수는 그녀의 대학원 지도교수였고, 이 학교에 강사로 꽂아준 사람이다. 스테레오타입으로 앞에 나서기보다는 학교에서 조용히 애들을 가르치고 곡 쓰는 걸 더 좋아했다. 수업 시간에 썰렁한 농담을 해서 학생들을 웃기려고 애쓰지만 않는다면 나무랄 데 없는 교수였다.

　주연은 지하주차장에서 엘리베이터를 타고 올라와 교수 연구동 쪽으로 걸어갔다. 곳곳에 세워진 웅장한 석조 건물들이 이 학교의 역사와 전통을 말해주고 있었다. 이곳 C대학원에 입학해서 처음 수업을 들으러 왔을 때 그녀는 이 석조 건물들의 웅장함에 압도당했다. 그녀가 학부를 다녔던 P대도 석조 건물이었지만 사이즈가 달랐다. 곳곳에 다양한 꽃나무들을 세심하게 배치해서 아기자기한 면은 있었지만 웅장한 맛은 없었다. 그때 그녀는 잘 선택했다기보다는 잘 선택되었다는 생각에 안도감을 느꼈었다.

　박 교수가 구겨진 면바지에 자유의 여신상이 프린트된 컬러 셔츠를 입고 한 손은 바지 주머니에 찌른 채 언덕길을 내려오고 있었다. 주연은 걸음을 멈추고 박 교수를 향해 가볍게 목례를 했다. 박 교수는 쉰 살을 넘겼을 것이다. 그녀는 성적인 긴장감을 전혀 안 주는 지도교수를 만난 게 어쩌면 행운일 수도 있겠다는 생각을 했다. 연두와 민석의 경우를 보면.

주연은 박 교수와 걸음을 맞춰 걸으며 공연히 날씨 이야기, 학생들 이야기를 하면서 긴장을 풀려고 했지만 긴장되는 건 어쩔 수 없었다. 박 교수는 이유 없이 강사나 동료 교수들과 식사를 하는 사람이 아니었다. 교직원 식당으로 갈 줄 알았는데 박 교수가 학교 밖으로 방향을 잡았다. 학장과 함께 갔던 한정식 식당이 저만치 보이자 박 교수가 말했다.

– 오늘 음악부 회의가 있어서.

– 네?

주연은 시간강사로서 갖춰야 할 자질 중의 하나가 절대로 되물어서는 안 되는 것이라는 걸 잘 알고 있었지만 비밀조직을 만나러 가는 것도 아닌데 말도 없이 데려온 게 너무 의외라 자신도 모르게 반응했다.

– 곧 총장 선거 있는 건 알지? 거기에 우리 음대 학장님이 나가신다고 해서 다들 밥이나 먹자고 했어. 주연 씨야 강사긴 하지만 뭐 항상 강사 할 건 아니니까 이럴 때 참석

해서 도장 찍어놓으면 좋지. 일단 학장님한테는 참석자들 명단을 올릴 거니까.

말은 그렇게 하면서도 박 교수는 마땅찮은 표정이었다. 학장이 총장 선거를 나가서 마땅찮은 건지 이런 뒤치다꺼리를 맡게 돼서 마땅찮은 건지 알 수 없었다.

총장 자리를 놓고 음대 학장과 겨루는 사람은 칼텍에서 학위를 받은 공대 학장이었다. 따뜻한 캘리포니아의 날씨처럼 그의 성격이나 노선은 온건했다. 큰 이슈를 들고 나와 사람들을 현혹하기보다는 학교의 현실적인 문제들을 꼼꼼히 챙기고 실천 가능한 것들부터 하나하나 해결해가는 타입이었다. 현실적인 문제란 결국 돈이 해결해주는 것이다. 정부 예산을 끌어오는 데 탁월한 실력을 발휘한 것을 인정받아 총장 자리를 무난하게 꿰찰 것이라는 평이었다.

정부가 공대에 후한 면도 있지만 아무래도 그가 공대 학장으로 있으면서 지하주차장으로 연결되는 100주년 기념홀 건립 자금을 따낸 것은 누구라도 인정해야 했다. 취업률도 매해 경신 중이었다. 물론 공과대에 한정된 지표이긴 하지만 조직에 있다 보면 가장 무시할 수 없는 게 지표다.

이런 공대 학장과 붙게 된 음대 학장이 내세울 만한 장점이라면 오십대 중반으로 젊다는 것과, 부산현대음악제를 만들어 자리를 잡게 했고, 현재 서울국제음악제를 추진하고 있는 것 정도였다. 본인의 장점을 내세운 캐치프레이즈는 '새로운 조직, 새로운 대학'이었다. 조직력을 새로이 창출해내는 것은 음악제를 통해 입증되었기 때문이다. 그렇지만 아무래도 공대를 꺾기에는 역부족이라는 평이었다. 어디서 감히 음대가 명함을……이라는 생각을 다들 하고 있을 거였다. 더욱이 음대 학장은 이 대학 출신이 아니었다. 당시 대학 내 불었던 순혈 거부 바람과도 맞아떨어져서 승승장구한 면이 없지 않았다. 정부 시책에 따라 대학마다 개혁 바람이 불었는데 넉넉하지 못한 예산에 타격을 주지 않으면서도 잔인한 피바람 없이 그나마 쉽게 손볼 수 있는 게 순혈주의 거부 같은 것들이었다. 자기대학 출신만 감싸고도는 풍토에 대해 비판적일 때여서 타대학 출신이라는 타이틀이 그의 능력을 부각시켜준 면도 없지 않았다.

음대 학장 자신은 순혈주의를 비판하는 바람을 타고 이곳에 안착했지만 의외로 그가 승인한 교수들은 순혈이거나 순혈에 가까운 사람들이었다. 학부나 석박 그 어느 것 하나라도 이 대학을 거치지 않은 사람들은 교수는 물론 강사도 어려웠다. 그는 자신의 편을 만들어가는 방법을 알고 있었다.

　박 교수가 주연을 호출해서 학부생들 음악사 강의를 맡기면서 다음 주 학장님과 한번 식사할 거야, 형식적인 거니까 걱정 안 해도 돼, 라고 말했지만 이 대학 학부 출신이 아닌 그녀는 당연히 걱정할 수밖에 없었다. 하지만 학장은 식사 내내 의외로 소탈하게 그녀를 대했었다.

3.

　룸으로 들어가니 열 명이 넘는 사람들이 이미 자리에 앉아 이야기를 나누고 있었다. 민석이 제일 구석 자리에 앉아 있었지만 제일 구석에 앉아 있다고 해서 눈에 안 띌 사람이 아니었다. 며칠 동안 그녀의 자아에 달라붙어 시동키를 몇 번이고 돌리게 만든 사람이었다. 룸이 가득 차자 박 교수가 일어섰다.

　ㅡ다들 바쁘실 텐데 이렇게 자리해주셔서 감사드립니다. 학장님이 이번 총장 선거에 나가시게 된 사안은 다들 아시고 이 자리에 오셨을 것으로 생각합니다. 그래서 뭐 구구절절 서론을 늘어놓을 필욘 없을 거 같고요, 일단 저부터도 선거운동을 해본 적이 없어서 어떻게 해야 효율적

이고 좋은 결과를 도출해낼 수 있을지 사실 막막합니다. 그래서 이 자리에서 서로 머리를 맞대고 구체적인 방안들이나 계획들을 논의했으면 합니다. 그리고 저기 계시는 이민석 교수님, 잠깐 자리에서 일어나실까요. 이 교수님이 아무래도 젊고 경험도 있고 하셔서 이번 선거운동에서 궂은일을 맡게 되셨습니다. 이 교수님, 한 말씀 하시지요.

민석이 자리에서 일어나 꾸벅 인사를 했다. 산발적으로 박수 소리가 울렸다.

—저도 얼떨떨합니다. 학장님으로부터 전화를 받고 첨엔 제가 자격도 없고 공연히 큰일을 앞두고 계시는 학장님께 누를 끼칠 것 같아서 고사를 했습니다만, 학장님이 간곡하게 부탁하셔서 이 자리에 서게 되었습니다. 사실여기 계신 분들 모두 저와 같은 마음일 겁니다. 일단 음악부에서 총장이 나온다면 뭐 음악부에 득이 되면 됐지, 해는 없을 거라고 생각합니다. 멀리 보면 예술계의 발전에도 영향을 끼칠 것으로 보입니다만, 그렇게 멀리 갈 것도 없이 우리 학교 음악부의 발전을 위해서라고 생각하시고 이번 선거에 적극 협조해주시길 부탁드립니다.

양성평등위원회에 제소된 사람이 총장 선거를 돕는다고? 학장이 제정신인가? 아니면 학장은 그 사실을 모른단 말인가? 주연은 자리에 앉는 민석에게 시선을 고정시켜

의식적으로 눈을 마주치려 했지만 민석은 그녀의 시선을 끝내 거부했다. 그녀는 다른 교수들의 꿍꿍이를 살피려고 표정을 훑어보았지만 워낙 포커페이스에 강해야 살아남는 직업 특성상 미소를 짓고 있는 얼굴에서 알아낼 수 있는 게 없었다.

식사를 하면서 두세 명 짝을 지어 사담에 빠진 교수들에게 의견들을 내놓으라고 박 교수가 몇 번 더 환기했지만 내놓을 의견이라는 게 있을 리 없었다. 상식적인 선에서 몇 가지 제안이 나온 게 다였다. 결국 디저트로 나온 홍시 셔벗을 먹을 때쯤 민석이 일어나서 준비해온 선거운동 계획과 구체적인 선거 일정을 발표함으로써 모임은 싱겁게 끝났다. 사람들은 손에 유인물을 하나씩 들고 식당을 나섰다.

학교 정문에 들어서자 박 교수가 이야기를 나누며 걸어가는 민석과 전자음악 허 교수에게 잠깐 시선을 둔 뒤 주연에게 다음 수업이 어떻게 되냐고 물었다. 그녀가 시계를 들여다보며 3시에 '서양음악사개론'이 하나 있다고 말하자 그럼 차 한잔할 시간은 되겠네, 라고 말했다. 주연은 박 교수와 이야기를 나누는 사이 점점 더 멀어지는 민석의 뒷모습에 시선을 고정했다. 민석과 사귀었던 시간들이 재작년 일인데도 아득하게 느껴졌다.

이민석 교수님은 정말 요즘 잘나가요, 라는 말들. 다른 사람의 입을 통해 그에 대해 듣는 것은 불투명한 유리에 눈을 바짝 대고 그 너머를 보려고 애쓰는 것과 비슷하다. 민석의 이름을 흘리듯 들을 때도 그녀는 자신의 이름을 누군가 호명한 듯 귀가 번쩍 뜨였다. 아무리 혼잡한 곳에서도 사람들은 자신의 이름이 불리면 쉽게 알아챈다. 자아를 호두 껍데기에 싸서 외부로부터 지키려는 인간은 자신의 호명에 이렇듯 반응하게 되는 것이다. 그런데 왜 민석의 이름에 대해 그녀는 자신 이름과 똑같이 반응했을까. 민석과는 헤어졌지만 여전히 민석은 그녀의 자아에 달라붙어 있었다. 호두의 틈을 비집고 들어온 민석의 이름은 그녀의 이름과 뒤엉켜 그녀의 자아 속에 어린아이처럼 웅크리고 있는 것이다.

박 교수가 학생이 유럽 여행을 다녀오면서 사 왔다는 루왁커피를 정성 들여 내렸다.

─소문은 들었지?

주연이 커피가 맛있다는 말을 막 하려던 참에 받은 질문이었다.

─네?

그녀는 또 되묻고 말았다.

─이민석 교수 말이야. 징계위원회에 소집된 소문.

―아, 네. 자세한 건 모르지만 대충요.

커피를 급하게 삼키느라 입천장을 덴 주연은 인상을 찡그렸다. 그런 그녀를 박 교수가 찬찬히 살폈다. 그녀는 박 교수의 말에 인상을 찡그렸다는 오해를 받고 싶지 않아 설레발을 쳤다.

―그런 이 교수님이 선거운동을 맡아도 되는 거예요?

―내 말이. 그거 안 될 텐데. 어떻게 그런 큰일을 이민석이한테 맡길 수 있는 거지? 도둑고양이한테 생선가게를 맡겨도 유분수지.

주연은 아까 박 교수의 표정이 떨떠름했던 이유를 이제야 이해할 수 있었다. 학장이 자기를 제쳐두고 민석한테 선거운동을 맡겨서였다. '교수윤리위원회'라는 공식적인 명칭을 두고 '징계위원회'로 바꿔 부른 저의와 맥을 같이한다. 어떤 조직이든 새로운 세력이 크는 것을 경계한다. 박 교수가 조용히 학생들을 가르치고 곡을 쓰고 싶어 할 것이라고 믿었던 것 또한 편견일 수 있다.

그녀가 대학원에 입학했을 때의 박 교수는 교수라는 타이틀을 막 단 직후여서 '순수'했을지 모른다. 그게 아니라면, 그가 교수며 제자 들과 두루두루 좋은 관계를 유지해온 것은 많은 에너지를 쏟아부어 가능했을지 모른다. 타고난 성격이라는 게 있긴 하지만 예술가들은 다들 마음속에 집 한 채씩 짓고 있다. 그런 사람들이 이 꽉 막힌 대학이라는 조직에서 두루두루 잘 지내는 결과를 가져온 건 자기를 지우려는 끊임없는 노력이 없다면 불가능한 것이다.

삼십대 중후반이었던 박 교수는 쉰이 넘었다. 무른 것이든 딱딱한 것이든 그 성질을 정반대의 것으로 바꿀 수 있는 시간이다. 간 쓸개 다 빼주며 젊음을 바쳐 이 자리를 지켜왔는데 갑자기 뛰어든 놈에게 모든 먹잇감을 빼앗기게 되었을 때 난폭한 포식동물처럼 변할 수 있는 것이다. 여러모로 민석에게 한참 뒤진 박 교수가 뒤틀린 심사를 가지게 된 건 당연하다. 누구도 십오 년 후 괴물이 될 거라는 걸 예상하는 사람은 없다.

―그러게요. 혹시 학장님이 그 사실을 모르는 게 아닐까요?

―모를 리가 있나. 그런 일이 있으면 제일 먼저 학장한테로 보고가 가게 생긴 구조인데. 알면서 그러니까 더 미치고 팔짝 뛸 일이지. 이건 이민석이 개인의 문제가 아니라고. 잘못하면 학교가 개망신 당하게 생겼다고. 이름 좀 있다고 날뛰는 모양인데 어물전 망신 꼴뚜기가 시켜도 유분수지. 한국 현대음악계의 발전을 위해서 싹을 죽이면 안 된다고? 그게 아니라 자신의 정치적인 성장을 위해 백

그라운드를 죽이면 안 된다는 거겠지. 자기애성 인격장애를 가진 놈 하나한테 질질 끌려다니기나 하고. 누굴 바보 병신으로 아나.

주연은 조용히 커피잔의 바닥을 내려다보았다. 고양이가 자신의 똥을 인간이 비싼 값에 사고파는 것을 안다면 어떤 생각을 할까. 박 교수가 어떤 이유로 민석을 자기애성 인격장애라고 단정 짓는지는 몰라도 그녀가 조금만 맞장구를 치면 더 험한 말이 나올 것 같았다. 아내에게도, 동료에게도 하소연할 수 없는 가슴 깊이 응어리진 말들을 까마득히 아래인 제자에게 털어놓는 게 그녀는 안타까웠다.

혹시 민석이 그녀의 증언을 믿고 선거운동을 맡은 게 아닐까 생각하니 이 자리가 더욱 불편해졌다. 나중에 박 교수가 그녀와 민석의 관계를 알게 되고, 그녀가 증언을 섰다는 사실을 알게 된다면, 고양이에게 생선가게를 맡긴 꼴 정도가 아니라, 어물전 망신 꼴뚜기가 시키는 게 아니라, 배은망덕이라는 손가락질을 면하기 어려울 것이다.

— 그럼 교수님이 이민석 교수님을 만나 이야기를 좀 해봐야 하는 거 아닌가요.

말하고 나서 주연은 바로 후회했다. 세상물정 모르는 풋내기거나 순진한 척 내숭을 떠는 것으로 오해할 수 있는 말이었다.

―부산음악제도 그랬고, 이번 서울음악제도 이민석이가 정부 인사한테 힘을 써서 수월하게 진행되는 거라던데, 학장은 그런 민석을 등에 업고 가면 수월할 테고, 민석도 공식적으로 선거운동을 하면 면죄부를 받을 수 있을 테고, 그렇게 끼리끼리 밀어주고 끌어주는 거겠지…….

박 교수는 까마득히 어린 제자에게 신세 한탄을 하고 있다는 걸 깨달은 듯 갑자기 입을 다물어버렸다. 박 교수가 하고 싶었던 말이 이 말이었다. 자신은 순수하게 창작하고 애들 가르치고 있는데 다들 정치 라인을 타고 힘을 키우고 있다는.

주연은 월간지 『음악세상』의 젊은 작곡가 특집에 실렸던 민석의 사진을 떠올렸다. 팔짱을 끼고 서 있던 사진의 배경이 된 미술관 같은 집. 한남동의 그 집은 외무부 고위직에 있는 민석의 부모님 집이라고 했다. 박 교수가 민석의 정치적 배경 운운한 게 단순히 음모론만은 아닐 수도 있었다.

선물 받은 커피를 맛있게 나눠 마시며 서로의 안부를 물을 때 가장 아름다운 사제지간으로 남는 것이다. 주연이 이 자리가 불편해서 어떤 핑계를 댈까 궁리하던 참에 마침 박 교수의 핸드폰이 울렸다. 박 교수가 몇 마디 통화를 하더니 그녀를 슬쩍 곁눈질했다. 강사 생활 몇 년에 느는 건 눈치뿐이다. 그녀는 짧게 목례를 하고 밖으로 나왔다.

박 교수 연구실 다음다음 방이 민석의 방이었다. 복도를 따라 걷다가 주연은 '이민석'이라고 새겨진 명패 앞에 섰다. 노크를 할까, 말까. 주연은 아직 증언을 서달라는 민석의 문자에 답장을 하지 않았다. 민석은 답을 기다리고 있을 것이다. 그녀와 사귀는 동안, 그리고 헤어져 있는 동안 민석이 그녀의 문자를 지금처럼 기다린 적이 없을 것이다. 늘 메시지를 기다린 쪽은 그녀였다. 자신의 정보를 더 많이 제공한 쪽도 그녀였다. 그를 만나는 동안 우리는 어떤 관계인가라는 회의에 시달렸다.

언젠가 민석을 떠본 적이 있다. 우리는 어떤 사이인가가 묻고 싶은 질문이었지만 그녀는 우회적인 방법을 택했다.

결혼하고 싶었던 적 있어요?

있었지.

언제?

미국에 있을 때.

그때 좋아했던 사람 있었구나.

응. 남자를 안달 나게 만드는 여자들이 있지.

그런데 왜 결혼 안 했어요?

결혼 이야기는 오갔는데 그게 또 간단한 게 아니더라고.

그리고 없었어요?

응, 그때가 처음이자 마지막이었어.

그리고 끝이었다. 그동안의 만남으로 민석이 더 이상의 대화를 원치 않는다는 것, 그리고 그녀의 질문의 의도를 그가 이미 알아채고 못 박아 회피하고 있다는 것을 알았다. 그녀는 그 지점에서 멈추었다. 마음을 말로 변환시켰을 때 무거운 다른 것으로 변질되어버린 몇 번의 경험이 그녀를 조심스럽게 만들었다. 민석이 우린 친한 동료 이상은 아니라며 도망갈까 봐 겁이 났다. 자신을 관리할 줄 아는 사람은 그 아름다움에 사람을 끌어들이지만 곁에 있는 사람을 외롭게 할 수 있다. 계획되지 않았다면 자신의 시간 속으로 누구도 한 발 들이밀지 못하도록 하는, 그런 것이 그녀를 더 안달 나게 했던 것 같다.

4.

열세 살 된 카잘스는 바르샤바에 있는 음악학교에 다니

고 있었습니다. 시골의 오르가니스트였던 카잘스의 아버지는 아들이 서울에서 땡땡이 안 치고 유학 생활을 잘하고 있는지 볼 겸 해서 바르샤바로 오게 됩니다. 훌쩍 커버린 아들에게 아버지는 풀사이즈의 첼로를 사주고 바흐의 악보를 사러 책방에 들릅니다. 거기서 카잘스는 낡고 먼지에 쌓인 바흐의 무반주 첼로 악보를 발견합니다. 바흐가 직접 쓴 자필 악보였죠. 카잘스는 그 악보를 가지고 매일 연습을 해서 스물다섯 살이 되던 해 자신의 연주회에서 발표를 합니다. 이를 계기로 바흐의 무반주 첼로곡은 세상 사람들과 만나게 됩니다.

여기까지는 여러분들도 익히 들었을 법한 에피소드입니다. 마치 소설에 나오는 비기를 획득하게 되는 과정과 비슷하지 않나요. 이백 년 동안 어느 허름한 악보상점의 먼지 속에 묻혀 있다가 어린 카잘스의 손에 들어가고, 청년이 된 카잘스가 초연을 하는 감동적인 스토리요. 하지만 팩트는 그게 아닙니다. 이 곡은 이미 프랑스에서 악보가 발행된 적이 있었을 뿐만 아니라 음악홀에서 연주되기까지 했습니다.

여기서 팩트만을 추려낸다면 '카잘스가 바흐의 무반주 첼로 악보를 발견하고 연주회에서 곡을 연주했다'는 것입니다. '귀중한 보석이 박힌 왕관이나 되는 것처럼 그 악보를 소중히 껴안았습니다'라고 카잘스가 1970년 A. E. 칸에게 보낸 편지에서 알 수 있듯이 카잘스는 악보상점에서 바흐의 악보를 처음 본 순간 엄청나게 감동했습니다. 자신을 일컬어 스스로 노동자 같다고 할 정도로 엄청난 연습량을 쏟아부어 그 곡을 재해석하는 데 성공했습니다. 그건 분명한 사실입니다. 카잘스가 연주회 티켓을 더 팔려는 파렴치한 속셈으로 이백 년 동안 미공개된 곡을 최초로 연주한 것처럼 페이크 마케팅을 하지는 않았다는 겁니다.

그렇다면 어떤 과정을 거쳐서 프랑스에서 악보가 출간되었고, 몇 차례 연주까지 되었다는 팩트는 사라져버린 것일까요. 현재로선 알 수 없죠. 사실 알고 싶지 않은 건지도 모릅니다. 우리는, 혹은 대중은, 과연 진실을 원하는 걸까요, 감동적인 스토리를 원하는 걸까요. 지금 여러분들이 몸담고 있고, 이 중 꽤 많은 친구들이 죽을 때까지 종사하게 될 음악계, 더 나아가 예술계에서 이런 장난은 무수히 많이 일어나고 있습니다.

특히 예술이 권력이 되기도 하는 현대사회에서 극적인 이야기를 위해 팩트는 수없이 덧칠되거나 삭제됩니다. 우리는 그렇게 탄생된 극적인 이야기를 신성시하며 열광하죠. 거기에 지루한 것을 참지 못하는 인간의 혀는 뱀처럼 끊임없이 날름거리고요. 그렇게 해서 예술이 순수하다고 믿는 대중에게 환상을 심어주고 대신 권력을 획득하는 하나의 방편이 되기도 합니다.

그런 의미에서 이번 학기 페이퍼는 『예술과 권력』으로 정했습니다. 게시판에 올려둔 텍스트를 읽고 작곡가들을 중심으로 예술이, 음악이, 어떻게 한 시대의 권력의 시녀가 되었는지를 조사해보시기 바랍니다. 제출 기간 엄수해주시고요.

연두가 깍지 낀 두 손을 책상 위에 올린 채 주연을 뚫어지게 바라보고 있었다. 주연도 강의 중 의식하지 않으려 애쓰면서 연두를 흘깃거렸다. 연두는 젊고 예쁘다. 재능 또한 뛰어나다. 그건 팩트다. 거기에 극적인 사건이 덧칠된다. 연두는 자신의 지도교수를 양성평등위원회에 제소했고, 그 지도교수는 교수윤리위원회 소집을 앞두고 주연에게 허위 증언을 해달라고 문자를 보내왔다. 진실이 어떻게 윤색될지, 탐욕의 뱀은 어떻게 혀를 날름거릴지 아무도 예상할 수 없다.

시계를 들여다보니 아직 십 분이 남아 있었지만 주연은 오늘은 여기까지 하죠, 라고 말하고 교재를 덮었다. 그때 한 학생이 손을 들었다. 연두였다. 주연이 여기까지요, 라는 말을 하기 전부터 슬금슬금 책상 정리를 하고 있던 아이들이 연두를 흘겨보았다. 수업 시간 중이건 수업이 끝나건 아이들은 질문하지 않는다. 질문은 그들의 세계에서 허세나 치기로 받아들여졌다. 그건 주연이 학교를 다닐 때도 마찬가지였다. 질문이 순수하게 질문으로 받아들여지지 않는 건 질문이 더 이상 순수하지 않기 때문이다.

— 연두, 말해보세요.

— 꼭 진실이 중요한 걸까요. 카잘스의 그런 드라마틱한 스토리가 바흐한테도 잘된 일 아닐까요. 덕분에 바흐는 최고의 첼로 솔로곡을 작곡한 사람으로 남게 됐으니까요. 모두에게 좋다면 진실이 꼭 진실이어야 할 이유가 있을까요. 더구나 카잘스가 악의적으로 왜곡한 게 아니라면 도덕적으로도 걸릴 게 없는 거고요.

— 우리가 효용성을 따지기 시작하면 할 말은 없죠. 효용은 자본주의 사회에서 그 어떤 것도 덮을 수 있는 마법의 망토 같은 거니까요.

주연은 대답이 뭔가 마음에 안 들어서 천장에 시선을 두고 잠깐 생각을 정리하고 있는데 연두가 고개를 가볍게 끄덕이더니 일어났다. 주연도 주섬주섬 책을 덮고 노트북의 전원을 껐다. 가발을 뒤집어쓴 바흐와 잘생긴 얼굴이 인기를 끄는 데 한몫했을 카잘스도 사라졌다. 스크린을 제자리로 돌려놓고 밖으로 나왔다.

연두가 아닌 다른 애가 질문을 했어도 대답을 그렇게 이상하게 했을까. 자신이 민석과 사귄 것을 연두가 알고 있을까 모르고 있을까. 알 수도 있고 모를 수도 있다. 알 수도 있다는 데 좀 더 많은 심증이 갔다. 모든 비밀은 부풀려져 소문으로 떠돌 때 그 비밀의 주인만을 피해가는 묘한 기술을 가지고 있으니까. 하지만 민석이 증인을 서달라는 문자를 보낸 것까지는 모를 것이다.

5.

모두에게 좋다면 진실이 꼭 진실이어야 할 이유가 있을까요. 악의적으로 왜곡한 게 아니라면 도덕적으로도 걸릴 게 없는 거 아닌가요.

주연은 당돌하게 질문했던 연두의 얼굴을 떠올렸다. 사 년 전 연두가 학부생이었을 때의 표정과는 확실히 차이가 있었다. 박 교수가 미국으로 단기연수를 나가게 되었다면서 다섯 명의 소그룹 스터디 지도를 주연에게 부탁했다. 고전파까지 진도를 나갔으니 낭만파부터 시작하면 될 거라고, 전공실기는 다른 교수가 맡아주기로 했으니 일주일에 한 번씩 슈퍼바이저 역할만 해주면 된다고 했다. 거기에서 연두를 만났다. 그렇게 민석과 연두와 주연, 셋의 관계가 시작되었다.

첫 스터디 모임에서 주연이 작곡 실기는 어떤 교수님이 맡으셨냐고 묻자, 아이들이 합창하듯이 이민석 교수님요! 하고 외쳤다. 그 말에는 자긍심이 느껴졌다. 주연이 웃으며 이민석 교수님의 어떤 면이 좋은 거냐고 묻자, 그냥 다 좋아요, 했다. 그러고는 자신들도 이유를 모르겠다는 듯이 웃음을 터뜨렸다.

민석은 작곡 전공자들 사이에서 우상으로 여겨지는 현대음악 작곡가 '알프레드 우스트볼스카야'에게 석박사를 사사했다. 알프레드 우스트볼스카야는 러시아 태생으로 쇼스타코비치에게 작곡을 배웠고, 미국으로 망명하여 자신의 음악 세계를 마음껏 펼친 현대음악의 레전드였다. 작곡과 신입생이 되면 신주처럼 모셔야 하는 『현대음악의 이해』를 쓴 사람이기도 했다. 꼭 후광효과 때문만은 아닐 것이다. 민석은 실력을 갖췄고 게다가 미혼이었다.

주연이 연두에 대해 관심을 가지기 시작한 건 브람스와 슈만, 그리고 그의 아내 클라라에 대해 이야기를 나눌 때였다. 낭만주의 시대를 스터디하면서 그 시대의 대표적인 작곡가인 브람스와 슈만, 클라라를 둘러싼 삼각관계를 빼

놓고 지나갈 수 없었다. 그들의 사랑이 어땠을지, 그리고 그들의 사랑이 음악 세계에 어떻게 영향을 끼쳤을지 토론해보자고 했다.

학생들은 크게 두 파로 나뉘었다. 클라라와 브람스는 플라토닉러브의 관계라는 입장과, 아니다, 그렇게 오랜 세월을 함께 지내면서 정신적인 관계에 머물 수만은 없었을 것이다, 특히 유럽은 기사도와 귀부인의 사랑에 대한 낭만적인 정서가 태생적으로 깔려 있어 선망의 감정이 에로스의 감정으로 발전했을 것이다, 라고 보는 입장으로 나뉘었다.

─과거의 기억이 현재의 많은 부분을 결정한다고 봤을 때, 브람스는 충분히 클라라와 연인 관계였을 거라고 생각해요. 브람스가 어렸을 때 엄마가 일찍 돌아가셔서 모성결핍에 시달렸다는 이야기를 책에서 읽었거든요. 그런 브람스가 자신에게 애정을 가지고 돌봐준 엄마 같은 클라라에게 단순히 정신적인 감정만 가지진 않았을 것 같아요.

이렇게 말한 학생의 말꼬리를 잡아 육체적인 사랑이 더 강하냐(가치가 있냐), 정신적인 사랑이 더 강하냐로 토론이 확대되었다. 연두 차례가 되었다.

─경배 위에 세워진 사랑은 플라토닉도, 에로스도 뛰어

넘는 아가페적인 사랑과 비슷하다고 생각해요.

　―아가페라면 종교적인 사랑을 말하는 건가요?

　다른 학생이 연두에게 물었다.

　―글쎄요. 그것과 비슷하지만 정확하게는 좀 다른 의미로 말했어요. 아가페적 사랑이 신이라는 절대적인 존재에 대한 사랑이라면, 경배는 신처럼 절대적인 대상뿐 아니라, 이를테면 예술 같은 것도 대상으로 할 수 있다는 면에서 좀 다르다고 생각해요.

　한 학생이 연두의 말꼬리를 잡아 신과 예술의 유사한 속성을 들며 왜 예술이 절대적이지 않냐고 반박했다. 이에 대해 또 다른 아이가 플라톤까지 끌고 와 예술가가 사기꾼으로 대접받던 시대도 있었던 만큼 당연히 절대적인 가치를 가지고 있는 신과는 다르지 않겠냐고 반론을 펼쳤다.

　토론이 점점 엉뚱한 방향으로 흘러갈 즈음 주연은 그리스 로마 시대부터 근대까지의 예술사를 간단히 요약해 들려주었다. 시대별로 예술가의 지위가 어떻게 달라졌는지 설명해주는 것으로 수업을 마쳤지만 주연은 연두가 아무렇지 않게 뱉은 경배라는 단어의 낯섦에 약간 움찔했다. 성배처럼, 의미는 살아 있지만 소리는 사라진 말이었다. 연두의 경배라는 말은 다른 아이들의 맹목보다 더 위험한 단어처럼 들렸다. 그렇게 민석을 경배했던 연두가 민석을 제소한 것이다.

6.

시디에서는 바르토크의 〈목관5중주〉가 흘러나오고 있다. 집에 돌아온 이후 무엇에도 집중이 되지 않았다. 민석의 문자에서는 낭만적인 구석이 조금치도 보이지 않았다. 그럼에도 흔들린 이유가 무엇인지 주연은 생각해보았다. 문자에서 발견되지 않는 낭만의 싹이 스스로 기억 속에서 움트고 있기 때문이었다. 민석과의 이별 당시에 당혹과 절망이 그녀를 덮쳐서 미처 되새길 틈이 없었던 달콤한 기억이 되살아났다. 민석의 집 현관문 벨을 누를 때의 설렘, 조수석에 앉아서 스틱을 쥐고 있는 민석의 손등을 훔쳐보며 슬며시 자신의 손을 그 위에 겹칠지 망설이던 마음들, 술을 마시면 붉게 달아오른 민석의 뺨만큼 세차게 고동치던 심장이 살아 있는 생물체처럼 서서히 움직이기 시작했다.

만약에 민석을 만날 결심을 한다면 기영에게 말해야 할 것이다. 주연은 과거의 남자에 대해 말하기를 싫어하지만 이건 현재의 일이다. 기영은 분명 기분 나빠 할 것이다. 그럼에도 말해야 한다. 말할 자신이 없다면 민석을 만나지 말아야 한다.

주연은 민석 쪽으로 움직이려는 마음을 다독이려고 기영에게 전화를 걸었다. 기영은 오늘 연주회가 있는 날이다. 리허설을 하고 있는지 받지 않는다. 기영은 재능이 뛰어난 첼리스트라고는 할 수 없지만 보통 이상의 실력을 유지할 수 있을 정도로 성실했다. 학부생들도 연습 시간을 어기는 경우가 허다한데 기영은 실내악단 객원 연주가로 활동하면서도 연습 시간을 어긴 적이 거의 없었다. 기영은 물욕도, 명예욕도 없이, 큰 감정의 격변 없이, 주어진 매뉴얼대로 살다가 예상 가능한 한 알의 밀알로 사라질 사람이었다.

기영과는 작곡가와 연주자로 친해졌다. 연주가 끝난 뒤 사례비를 봉투에 담아 건네곤 했는데 하루는 연주비 대신 저녁을 사라고 기영이 제안했다. 그런 기회가 잦아지면서 동료 이상으로 친해졌다.

언젠가 주연이 춘계연주회 곡을 완전히 망친 적이 있었다. 그녀는 바닥을 향해 추락하는 자신의 모습을 두 눈을 부릅뜨고 지켜보는 기분이었다. 그때 연주회가 끝나고 주연은 한강이 내려다보이는 스카이라운지를 예약했다. 식사를 하고 와인을 마시면서 이야기를 하다가 자신도 모르게 넋두리를 늘어놓았다.

작곡을 하는 게 두렵다, 차를 잘못 탔다는 것을 알면서도 꾸역꾸역 종점까지 간 뒤에 잘못 탔다는 것을 인정하고 싶지 않아 머물 곳을 찾아 두리번거리는 척하고 있다, 이제 어느 누구도 그런 속임수에 넘어가지 않을 것 같다, 그런 이야기들을 털어놓았다. 이런 자신의 모습을 기영이 술주정으로 안 좋게 보면 어떡할까 하는 걱정은 없었다. 이성적 호감이 아닌 인간적 호의는 행동을 자유롭게 한다. 상대의 애정을 눈치 볼 필요가 없어지면 행동들이 자유를 얻는다.

— 혹시 작곡이 아니라 연주를 전공했으면 나았을 거라고 생각하고 있는 건 아니에요?

주연은 이상한 부끄러움에 고개를 살짝 숙였다. 그녀는 정신없이 넋두리를 늘어놓는 와중에도 그 말이 목구멍까지 올라오는 것을 애써 누른 참이었다. 민석처럼, 같은 작곡 전공자였다면 창작의 고통에 어떤 우월감을 심어 연주자들을 대놓고 깔 수 있었다.

작곡 전공자들 중에는 악기 연주에서 작곡으로 돌아선 경우가 많았다. 사실 대부분이라고 할 수 있었다. 주연도 예외가 아니었다. 엄마의 닦달이 아니어도 스스로 문을 걸어 잠그고 피아노 연습에 열을 냈지만 학년이 높아지면서 유명한 콩쿠르에서는 전혀 성적을 내지 못했다. 그녀는 좌절했다. 그녀가 고등학교 2학년을 앞두고 피아노에서 작곡으로 전공을 바꾼 건 탁월한 선택이었다. 그런 그녀가 연주자로 살아남은 기영 앞에서 엄살을 떤 건 자존심을 지키려는 게 더 컸다.

 ─우린 오히려 작곡하는 친구들을 부러워했어요. 조금 안 좋은 곡을 쓴다고 해도 그게 틀린 건 아니니까. 우리처럼 손톱에 피가 나고 허벅지가 쓸려 굳은살이 박여도 상위 1퍼센트 안에 들지 못하면 거리의 악사와 다를 바 없는 처지가 되는 것도 아니니까. 우리는 늘 그런 두려움에 떨고 있거든요.

 서로의 고민을 털어놓은 후 좀 더 친밀한 사이가 됐지만 그 이상은 아니었다. 기영은 서울에서 자리를 잡으려고 지방에서 콜이 와도 내려가지 않고 불안정한 객원 연주자로 버텼다. 유학파도, 재능이 뛰어난 연주자도 아닌 자신이 어디에 줄을 서야 할지 결정을 내려야 할 때였다. 지방 시향이긴 해도 인지도가 괜찮은 S시에 자리를 잡았다. 같은 시향에 몸담고 있는 악장이 신경을 써줘서 그 지역의 대학 강사로 나가게 되었다. 그때부터 주연은 기영과 본격적으로 사귀었다.

사람들은 어떤 행동을 통해 연인과의 결혼을 확신하는 것일까. 어떤 행동들이 누적돼서 결혼하는 것일까. 당시에 주연은 알 도리가 없었다. 연인 사이에 설렘과 안정감을 동시에 충족하기란 참으로 어려워서 주연은 설렘에 끌려 누군가를 만났지만 결국 안정감을 얻지 못해 헤어졌다.

기영은 주말밖에 서울에 올라올 수 없어서 한 달에 한두 번 정도밖에 볼 수 없었지만 주연은 기영에게서 이제까지 만난 남자들에게서 느끼지 못했던 안정감을 느꼈다. 사귄 지 여섯 달 정도 지나자 기영이 정식으로 프러포즈를 했다. 화려한 이벤트는 아니었지만 반지를 준비하고 그녀가 제일 좋아하는 첼로곡 〈자클린의 눈물〉을 기영이 직접 연주해주었다. 나름 로맨틱했다. 약혼식을 하지 않으려고 했지만 양가 부모님들이 둘 모두 외동이니 약소하게나마 약혼식을 올리자고 해서 정말 약소하게 약혼식을 올렸다.

기영의 몸은 남자들이 키우려고 애쓰는 근육질이 아니어서 단단하지 않았지만 그녀는 그의 부드러움 속에 푹 박혀 있는 느낌이 좋았다. 그가 그녀의 등을 부드럽게 쓸면서 입술을 찾아 살짝 물었을 때 그녀의 촉수는 기이하게 변형되어 뻗기 시작했다. 그건 대학입시를 앞두고 밤

새 곡을 쓰다가 고개를 들어 새벽빛을 마주했을 때의 북받쳐 오르는 감정과 비슷했다.

주연은 이성 관계에서 또래보다 늦은 편이었다. 정서적 소통이나 정신적 위로가 빠진 욕망에 대해서는 좋지 않다는 선입견을 가지고 있었다. 넘쳐나는 성적인 정보들이 남자를 위한 판타지라는 데 동의했다. 모스크 계열의 향수보다는 플로랄 계열의 향수를 좋아했다. 혀를 뚫을 듯 강렬한 캡사이신 맛보다는 한 수저에 질릴지라도 달달한 티라미수를 좋아했다. 기영은 그녀의 선입견들을 모두 떨쳐버리게 했다. 몸을 악기에 비유하는 상투성을 인정하기로 했다. 세상이 아무리 발전해도 상투적이고 관습적인 악절이 사라지지 않는 것을 이해했다. 그건 결합하려는 몸의 질리지 않는 상투성을 닮았다. 탐닉의 'indulge'는 'intersive(in)'와 'endure(dulg)'가 어원이다. 상대의 요구대로 하도록 참다, 라는 뜻이다. 자신의 의지보다는 어떤 것에 끌려가는, 수동적인 의미가 들어 있다.

7.

호른의 웅장한 소리에 팔짱을 끼고 거실을 서성이던 주

연은 걸음을 멈추었다. 이 곡 좀 들어봐. 정말 근사하지? 민석이 허밍으로 부르면서 박자를 손으로 맞추던 장면이 떠올랐다. 민석의 머릿속에는 바르토크가 전부 복사되어 들어 있었다. 민석이 바르토크를 좋아한다는 것을 알고 그녀도 바르토크를 좋아하기 시작했다. 그 뒤 리게티에 열광하는 민석을 따라 그녀도 리게티에 열광했다.

무엇을 해도 민석에게 돌아갔다. 민석에 대한 설렘은 아직 유효하다.

민석의 연구실에 노크를 하고 들어가서 얼굴을 맞대고 무슨 말이든 했어야 한다고, 그래서 어떤 방향으로든 결론을 내렸어야 한다고 후회했다. 일상과 생각을 결정지어 줄 매뉴얼이 있다면 마음이 편할 것 같았다. 그 이후에 어떤 일이 일어나더라도 운명이라는 이름으로 홀가분하게 그 결정에 따를 것이다. 운명은 어떤 결과에도 승복하길 원하니까.

주연은 마음을 다잡고 노트북을 열고 시벨리우스 파일을 클릭했다. 아시아재단에서 주최하는 공모는 한 달도 안 남았는데 열 마디에서 더 이상 진도를 못 나가고 있었다. 서너 군데 강의를 뛰면서 중고등학생들 레슨을 할 때는 시간만 있으면 척척 곡을 써낼 줄 알았는데 지금은 시간이 많은데도 집중을 못 하고 있었다. 가끔 자신이 작곡가라는 사실조차 잊어버린다. 재작년에 그녀가 소속되어 있는 작은 단체에서 실내곡을 연주한 게 마지막이었다. 올해도 아무런 수상 실적을 올리지 못한다면 어떤 명분으로도 자신을 설득하긴 어려울 것이다.

며칠 전에 캠퍼스 언덕길을 올라가고 있는데 누가 언니, 하고 불렀다. 돌아보니 희진이었다.

— 언니, 정말 반가워요.

희진은 주연을 따라잡느라 정말 힘들었다는 듯이 헉헉거리며 주연 앞에 섰다. 희진은 같이 학교를 다닌 적이 없는 까마득한 후배였다. 희진이 사적으로 조직한 앙상블에 주연의 곡이 연주되면서 친해졌다가 그 뒤로 희진이 독일 유학을 가면서 연락이 뜸해졌다. 엑자멘을 받고 귀국했다는 소식은 SNS를 통해 알고 있었지만 희진도, 주연도 서로 연락하지 않았다.

서른 초반의 희진. 그 나이 때의 주연에 비하면 희진은 뚜렷하게 자기 길을 가고 있었다.

— 그래. 반갑다. 귀국했다는 얘기는 들었어.

— 한참 됐죠.

— 여기 강의 맡은 거야?

— 네. 언니 아직 강의하시죠?

— 그렇지. 아직이지.

－언니, 그 얘기 들었어요?

　희진이 말하면서 검지를 입가에 살짝 댔다. 몇 년 만에 만났는데도 희진의 습관은 변하지 않았다. 몇 십 년에 걸쳐 고정된 습관들은 그 사람의 얼굴보다도 더 그 사람을 특징짓는다.

　－무슨 얘기?

　－강사법 시행된다는 얘기요.

　－그 얘기 벌써 십 년 전부터 있었던 얘기야.

　－이번엔 뭔가 진짜 움직일 것 같아요. 강사들 절반이 잘릴 거래요. 절반은 강의 전담 교수로 바뀌고요. 정부가 살충제를 뿌리는 것 같아요. 강사들이 근절되어야 할 바퀴벌레인 것처럼.

　－너는 유학까지 갔다 왔는데 뭐 잘리기야 하겠어? 나 같은 노땅들이 문제지.

　－언니야말로 여기 오 년이나 다니셨는데 자르겠어요? 강의 전담으로 가지 않을까요?

　희진은 여기까지 말하고 입을 다물었다. 이런 입 발린 위로가 아무 소용이 없다는 것을, 늙은 여자를 학교가 계속 품기엔 학교의 입장이 얼마나 부담스러울지 희진이 더 잘 알고 있을 것이다. 문득 주연은 자신이 여기에 오 년 있었다는 것을 그녀 자신보다도 희진이 정확히 알고 있다는 사실에 소름이 돋았다. 다들 현미경을 들고 경쟁자들을 체크해나가고 있는 것이다.

─언니, 우리 둘 다 살아남자고요.

희진이 두 주먹을 불끈 쥐어 보인 뒤 다시 헉헉거리며 언덕길을 올라갔다. 강사법 시행 이야기는 주연도 들었다. 강의 전담 교수도 되지 못한다면, 희진처럼 매년 학위를 받은 유학파들이 귀국해서 들어오는데 이곳에서 버틸 수 있을지 자신이 없었다. 주연은 언제쯤 민석이나 박 교수처럼 교수동에 자신의 이름이 걸린 방을 가질 수 있을까. 누군가의 심부름을 위해서 교수동으로 가는 언덕길을 오르내리다 끝날 수도 있다. 전공수업인 작곡은 가르쳐보지도 못하고 동의할 수 없는 예술사조별각론이나 서양음악사개론 같은 선택과목만 강의하다가 끝날 수도 있다.

주연은 멀어지는 희진의 뒷모습을 보며 왜 자신은 유학을 가지 않았을까 새삼 생각해보았다. 음악 전공자들이 일반 사람들이 생각하는 것만큼 유학을 많이 가는 건 아니다. 회사에 취직도 어렵고, 교강사 되기는 더욱 척박한 현실 속에서 매년 쏟아져 나오는 이 많은 음악 전공자들은 동네 골목마다 하나씩 있는 피아노학원 속으로 흔적 없이 흡수되어버린다. 그녀가 초등학교 2학년 때 숙제를 안 해오면 자로 손등을 내리치던 신경질적인 여자처럼 한

때는 피아노를 전공한다는 자부심으로 캠퍼스를 누볐을 많은 음악 전공자들이 눈높이 선생이 떠난 자리에 앉아 아이들 손등을 때려가며 버티는 것이다.

여기서도 잘린다면, 주연은 생각했다. 남는 건 민석이 소개시켜준 Q예대 캠퍼스와 그녀가 학부를 나온 P대뿐이다. 충청도가 본교인 Q예대는 민석과 미국에서 같이 공부했던 친구가 그곳 정교수로 부임하면서 주연을 소개시켜주었다. 민석과 헤어졌지만 강의는 살아남았다.

올해 어떻게든 좋은 곡을 써서 수상을 해야 한다. 이번 곡에 승부를 걸어야 한다. 이 곡은 언니에게 바치는 레퀴엠이라 개인적으로도 의미가 있는 작업이다. 그때 주연이 초등학교 3학년이었으니 어리긴 어렸던 것 같다. 언니의 죽음을 이해할 수도, 실감할 수 없었다. 그땐 어려서 그랬다고 쳐도 왜 그 이후에 언니를 주제로 한 곡을 쓰지 못한 것일까. 현대음악이라는 게 주제가 있는 것도, 선율이나 스토리가 있는 것도 아니지만 얼마든지 언니를 추모하는 곡을 만들 수 있었는데. 주연은 민석이 발표한 레퀴엠을 듣고 그제야 언니의 죽음을 주제로 한 곡을 쓰려는 생각을 했다.

8.

언니는 버스에서 내리자마자 신호등이 초록색에서 빨
간색으로 바뀌는 줄도 모르고 급하게 횡단보도를 건너려
다가 버스에 치였다. 운전기사는 이 학생이 전에도 무리
하게 건너려고 해서 위험했던 적이 있었다고 변명을 했
지만 부모님에게도, 학교에도 그런 변명은 통할 수 없었
다.

주연은 언니의 장례식에 가지 않았다. 아니, 갈 수 없었
다. 언니의 뼈가 불에 타는 동안 그녀는 강원도에서 열리
는 음악 캠프에 있었다. 원래 가기로 되어 있었는지, 아니
면 엄마가 급하게 수소문해서 떠밀었는지는 알 수 없다.
우수상을 받고 관광버스를 타고 서울로 올라왔다. 달은
달나라로 가는 것처럼 달리는 버스를 계속 따라왔다. 버
스는 그녀가 다니던 초등학교 근처에서 멈췄다. 아이들은
다들 지쳐서 버스에서 비틀거리며 내렸다. 주연의 엄마는
무릎을 덮는 긴 검정 원피스를 입고 있었다. 그녀가 다가
가자 아무 말 없이 껴안더니 좀 울었다.

언니에 대한 최초의 기억은 어딘가를 끝없이 걷는 것이
었다. 목이 탈 듯이 마르고 침을 삼킬 때도 입안이 말라붙
어 목구멍이 따끔거렸다. 몸에 한 방울의 수분도 남지 않

고 탈수돼 땀도 나지 않았다. 다리는 질질 끌다시피 했고 두 팔은 허우적거리며 걸었다.

그때 주연은 여섯 살이었다. 부모님은 부부동반 모임에 나가면서 언니에게 어린 주연을 맡겼다. 저녁이 되기 전까지는 별문제 없었다. 엄마가 준 돈으로 슈퍼에서 먹을 걸 사 와서 소꿉놀이를 하느라 시간 가는 줄 몰랐다. 조금씩 어두워지면서 주연은 칭얼대기 시작했다. 처음에는 언니가 달랬지만 저녁이 되자 엄마를 찾으러 밖에 나가야 한다며 언니를 졸라대기 시작했다. 언니가 통제할 수 없었다. 언니는 할 수 없이 주연을 데리고 밖으로 나왔다.

언니는 주연에게 모든 주도권을 맡겼다. 한참 걷다가 두 개의 길이 나오면 어느 쪽으로 가고 싶냐고 물었고 주연이 가리키는 방향으로 걸었다. 또 두 갈래 길이 나오면 어느 길로 가고 싶냐고 물었고 주연이 가리키는 길을 향해 걸었다. 어린 주연이 가리키는 방향이라는 게 어떤 기준이나 일관성이 있었을까. 그런 주연이 가리키는 방향대로 언니는 갔고, 결국 길을 잃었다.

―그렇게 했을 뿐인데 내가 전혀 알지 못하는 엉뚱한 동네가 나왔어. 아마 지옥이 있다면 그런 델 거야. 길은 점점 어두워지는데 계속 새로운 길이 나오는 것. 그게 얼

마나 공포였는지 몰라.

그 기억은 주연에게도 공포였다. 어둠 속에 홀로 남겨진 것 같은 두려움에 목이 쉬어라 울었다. 언니와 함께한 마지막은 뭐였는지 기억나지 않는다.

이 악보에 한 음 한 음 채워야 한다. 악보 앞에서 막막해지는 마음을 잘 다스려야 한다. 처음에는 그리스 로마 신화에서 죽음의 주제를 차용해볼까도 싶었지만 그만두었다. 신화가 해줄 수 있는 건 아무것도 없었다. 신화나 상징은 타자화되어야만 거리감을 가지고 의미를 살릴 수 있다. 자신과 언니는 너무 밀착되어 신화나 상징이 들어설 자리가 없었다. 세계적인 추세인 즉흥적인 오케스트라도 시도해보았지만 평소 그녀의 스타일이 꼼꼼하게 짜서 쓰는 것이다 보니 잘 맞지 않았다. 세계적인 흐름이라고 해도 자신의 스타일과 맞지 않으면 어쩔 수 없는 노릇이다.

시벨리우스 파일의 편집에서 타악기를 불러냈다. 마림바를 클릭했다. 마림바가 골목길에 달빛을 비추고 있다. 어두운 밤길을 끊임없이 걷는 두 소녀의 발소리는 첼로와 바이올린으로 하자. 두 소녀, 첼로와 바이올린을 마림바가 숨바꼭질하듯 계속 따라온다. 높은 음색과 낮은 음색의 선율이 불협화음으로 어긋난다.

중간중간 어린 두 소녀가 두려움과 불안에 떤다. 그건 호른으로 하자. 여자 성악부를 넣는 것도 재미있을 것 같다. 언니의 목소리로 하면 좋지만 언니는 이 세상에 없다. 두 갈래의 갈림길, 그중 하나의 길을 택하지만 곧 또 다른 두 갈래길. 그 혼란스러움. 지금 주연이 서 있는 지점과 같은 갈림길. 그리고 마지막에 달이 떠 있는 좁은 길을 내려다보는 혼령. 그건 쓸쓸함일까, 두려움일까.

9.

주연은 결국 감정의 울렁증을 스스로 해결하지 못하고 해기 언니에게 문자를 보냈다. 해기 언니는 주연과는 반대로 C대에서 P대로 편입해온 경우였다. 마스터 클래스 때 얘기가 잘 통해서 친해진 선배였다. 주연이 왜 그 좋은 학교를 그만두고 여기로 왔냐고 하자 잘 모르겠다고, 거기 있는 내내 이방인 같았다고 말했었다.

해기 언니는 학부를 졸업한 후에 학교 근처에 작업실을 얻어 영화나 드라마 OST를 만들거나 실용음악과를 지원하는 아이들의 레슨을 하고 있었다. 결과에 대해서 입을 굳게 다무는 운명이 어떤 방향으로 가라고 깃발을 살짝 흔들어 힌트를 준다면 그게 바로 해기 언니의 조언일 것이다. 학교 다닐 때도 주연은 이런저런 고민들을 해기 언니에게 털어놓곤 했다. 대단한 충고가 있는 건 아닌데 조용히 듣고 나서 툭 던지는 한 마디가 그녀에게는 이정표처럼 도움을 주었다.

─너 지금 학기 중이라 한창 바쁠 때 아냐? 방학도 아닌데 먼저 전화하는 일도 다 있고. 무슨 일 있니?

해기 언니가 자리에 앉으며 물었다.

─학원은 좀 어때요?

─짭짤해. 서바이벌 프로그램이 많아져서 작편곡 배우는 애들이 많아졌거든. 한류 덕도 보고 있고.

─한류 바람이 여기까지 분다고요?

─가요에 대한 호감이 높아지고 있으니까. 우리 때는 가요는 거들떠도 안 봤잖아. 주로 팝송이 인기가 많았지. 요즘 애들은 팝송을 별로 안 좋아하더라고.

─클래식은 더 안 좋아하죠.

─그건 언제나 벌어지는 일이고. 그래도 클래식은 영원히 클래식이지.

저 멀리 꽂혀 있는 목표 지점의 깃대를 보고 모두들 정신없이 달려 마흔 살쯤 되었을 때 만족할 수 있는 사람이 몇이나 될까. 해기 언니는 학부 때부터 음반회사를 차리는 게 목표라고 했지만 지금은 음반회사라는 것 자체가 없어진 세상이 되었다. 주연 또한 교수라는 허상을 향해 달려왔지만 동물들의 약육강식이 지배하는 치열한 캠퍼스에서 살아남을 수 있을지 의문이었다. 대통령이나 과학자처럼 꿈일 뿐인 꿈이 아니라 지극히 현실적인 꿈을 꾸는데도 이루기 갑갑한 게 현실이었다.

  ─말해봐. 뭔가 할 말 있어서 왔지?

  주연은 민석의 문자를 받은 과정을 최대한 간략하게 설명했다. 해기 언니가 현재 학교에 몸담고 있는 사람이 아니라는 점이 좀 더 수월하게 말할 수 있도록 도왔다. 그녀가 민석을 만나고 헤어진 과정은 해기 언니도 대충 알고 있었다.

  ─그런 일이 있었구나. 하긴 요즘은 그런 일이 새롭지도 않지만 당한 사람들 입장에서는 늘 새로운 문제긴 하지. 사람들 호기심도 왕성해서 사실이 왜곡되기도 하고. 그런데 위증해달라고? 그게 말이 돼? 차라리 그 사람이 게이거나 아니면 고자라고 증명하는 게 낫지 않아? 너희 둘이 일 년 넘게 사귀면서도 별일 없었다며.

  심각한 상황인데 웃음이 터졌다. 해기 언니도 덩달아 웃었다.

- 왜 웃어? 그건 아닌 거야?

주연은 민석이 게이거나 고자라고 해석하는 해기 언니가 엉뚱하다는 생각을 하긴 했지만 하긴, 부산 마린호텔에서의 일을 얘기하지 않았으니 그렇게 해석할 수도 있을 거라고 생각했다.

- 그건 아니에요.

- 내가 보기엔 알리바이를 위증해달라고 하는 것보다 더 현실적으로 보이는데. 차이콥스키와 메크 부인의 예도 있잖아. 차이콥스키 입장에서는 메크 부인으로부터 경제적 지원을 받으면서도 그녀와 편지만 주고받아도 되고, 당시 커밍아웃하기 힘든 사회였는데 자신의 동성애적 성향까지 이해해주는 메크 부인이 얼마나 고마웠을까.

- 메크 부인과 헤어지고 나서 쓴 곡이 〈비창〉이었죠. 비창이 메크 부인과 헤어진 데서 오는 정신적인 충격을 다룬 걸까요, 아니면 경제적인 충격을 다룬 걸까요.

- 정신적인 상실의 충격에서 온 거라고 사람들은 믿고 싶을 테지만 경제적인 상실에서 썼을 가능성이 크지. 당시 귀족사회에서는 돈이 곧 생명이었으니까.

- 그건 지금도 마찬가지죠. 더하면 더했지, 덜하진 않은 것 같아요.

- 후대 사람들 입장에서는 팩트가 무엇이든지 간에 명

곡인 〈비창〉이 돈 때문에 쓰였다고 인정하긴 싫었을 거야. 예술이라는 게 그렇잖아. 진실을 밝히기보다는 낭만적으로 포장하는 게 중요하지.

– 맞아요.

– 우리 학교에서도 비슷한 일이 있었어. 성악과 교수가 일을 저질렀어. 워낙 성악과 자체가 도제식이다 보니까 몇 년 전부터 있어왔던 일인데 누구도 터뜨릴 엄두를 못 낸 거지. 그중엔 진짜 교수와 사귀는 애들도 있었으니까 문제 될 게 없기도 했고. 꼬리가 길면 밟힌다고 작년에 한 아이가 교수징계위원회에 제소했어. 그런 걸 털어놓을 수 있는 사회적인 분위기도 한몫했을 거야. 그 학생이 제소하고 났더니 여기저기서 자기도 당했다, 뭐 그런 식으로 들고일어나서 난리도 아니었어.

– 이민석 교수는 그 정도는 아니야.

주연은 자신도 모르게 민석을 두둔했다.

– 그런 일에 이름이 오르면 공금횡령보다 훨씬 이미지가 나빠지는데도 끊임없이 비슷한 일이 벌어지는 게 이해가 안 가. 남자들의 외부로 향한 성충동, 그것만이 이유인 건가. 정말 이해가 안 가더라. 그렇게까지 해야 한다는 게.

주연은 하나의 기억이 떠올랐다. 길을 가다가 화장실이 너무 급해서 아무 빌딩에나 들어간 적이 있었다. 한참 오줌을 누고 있는데 기분이 이상했다. 바닥이 검정 타일이었는데 번들번들하다 보니 그게 흑경 역할을 했다. 화장실 아래 약간 떠 있는 틈으로 옆 칸에 있는 사람의 얼굴이 반사돼서 비쳤다. 주연은 무심코 내려다보다가 흠칫 놀랐다. 앳된 얼굴에 커트머리를 해서 처음에는 여고생인 줄 알았는데 남자였다. 고등학생으로 보이는 애가 자위를 하고 있었다. 주연은 급하게 바지를 추켜올리고 밖으로 나왔다. 신고하려고 경비실까지 갔는데 그냥 나와버렸다. 왜 신고를 안 한 것일까. 지금 다시 돌아간다 해도 신고를 하지 않을 것 같다.

─그런 불명예를 안겨주는 남성 호르몬이 결국 죽기 바로 전까지 남성으로서의 역할을 지탱해주기도 한다는 게 아이러니한 거지. 여자들은 폐경과 더불어 여성 호르몬이 거의 사라지고 마는데. 신은 확실히 남자를 편애한 것 같아. 인류의 강한 특성을 모두 남자에게 쏟아부었어.

─그건 젠더의 문제라기보다는 개인의 윤리적 문제 아닌가요?

매사에 관조적인 해기 언니가 흥분해서 남자 여자 편 가르는 게 낯설었다.

─그래. 네 말이 전적으로 옳지. 내가 말하는 건 젠더의 범주 안에서 일어나는 비율이 개인적 범주에서 일어나는

것보다 훨씬 높아서 하는 말이지. 근데 그런 걸 부탁할 만큼 뻔뻔한 사람이니, 그 사람?

 ─이번에 우리 학교 총장 선거 하는데 음대 학장님이 후보로 나가시거든요. 그런데 이민석 그 사람이 선거운동을 한대요.

 ─그게 가능해?

 ─그렇죠? 그게 이민석 교수의 정치적인 백그라운드가 대단해서라는 말이 있던데. 이 교수 아버지가 외무부 고위직에 계시고 백부도 청와대 높은 자리에 계시다 보니 재단 이사장이 싸고돈다는 소문도 있고.

 ─얼씨구. 세상 돌아가는 게 이렇다니까.

 ─그렇게 대단한 빽이 있다면 그 애 문제도 나한테까지 손 안 벌리고 해결할 수 있는 거 아닐까요?

 ─그런 문제는 덮기보다는 파헤쳐서 결백한 걸 증명하는 게 깔끔하지. 덮는다고 지저분한 게 없어지는 건 아니니까. 평생 따라다니는 꼬리표가 될 수도 있는데. 네 마음은 어떤데?

 ─모르겠어요. 선뜻 결정이 내려지지 않아요.

 ─선뜻 결정을 못 내리겠다는 말은 위증할 가능성도 열려 있다는 뜻이니? 그렇게 되면 넌 범죄를 저지르는 게 되는데.

주연은 속마음을 들켜버린 것 같아 술만 들이켰다.

―너 근면한 러시아 농부 이야기 알아?

그녀가 고개를 저었다.

―나도 오래전에 들어서 정확히는 기억이 안 나는데, 대충 이런 이야기야. 러시아에 근면한 농부가 있었어. 그 농부는 새벽부터 일어나 뼈 빠지게 일했지만 가난했어. 근데 옆집 농부는 빈둥빈둥 노는데도 부자인 거야. 이유는 그 옆집에 훌륭한 황소가 한 마리 있었는데 그 소가 열심히 밭을 갈아준 덕분이었지. 가난한 농부는 매일 하나님한테 소원 하나만 들어달라고 기도를 했어. 근면한 농부가 기특했던 하나님이 나타나서 소원 하나를 들어줄 테니 뭐든지 말하라고 해. 농부가 무슨 소원을 말했을 것 같아?

―일 잘하는 훌륭한 소 한 마리를 보내달라고요?

―아냐. 옆집 소를 죽게 해달라고 했어. 이게 바로 질투의 핵심이야.

해기 언니가 왜 이 이야기를 꺼내는지 주연은 알 수 없었다. 연두를 질투하고 있다는 걸 해기 언니가 알 리 없는데.

―네가 위증을 하면 그 여자애는 어떻게 되는 거니? 이름이 뭐라고 했지?

해기 언니가 정곡을 찔렀다.

—너 아직 그 사람을 사랑하고 있는 거 아니니? 위증까지 고민할 정도로.

사랑으로 규정지을 수 있는 연인들이 몇이나 될까. 하지만 사랑으로 규정되지 않는 연인이라면 얼마나 슬플까. 주연이 대답을 하지 않자 해기 언니가 술을 단숨에 들이켜더니 조용히 말을 시작했다.

—자신이 정말 누구를 사랑하는지 알기란 참 힘들어. 실행은 그다음이야. 나도 내가 진짜 누구를 사랑하는지 아는 데만 꼬박 사십 년이 흘렀어.

해기 언니는 영화감독을 사랑하고 있다고 했다. 그 영화감독의 OST를 만들다가 서로를 발견했다고 했다.

—김정요 감독이야.

처음 들어본 이름이었다. 주연은 영화를 좋아하지만 개봉관을 찾아다니면서 보는 스타일은 아니었다. 좋아하는 감독의 작품을 몇 번이고 보는 스타일이다 보니 아는 감독들이 많지 않았다. 해기 언니가 주연의 침묵을 이해한다는 듯이 고개를 끄덕였다.

—별로 유명한 감독은 아니니까. 〈밤의 침묵〉이 그나마 좀 알려진 영화이긴 한데, 그 감독 여자야.

주연 또한 지독한 편견에 사로잡혀 있었다. 주연은 학

부 때 해기 언니가 주선한 소개팅에 나간 적도 있고, 해기 언니를 고등학교 선배에게 소개시켜준 적도 있었다. 해기 언니가 그 선배랑 잠깐 사귄 것도 알고 있다. 해기 언니가 남자를 오래 사귄 적이 없고 말투나 행동이 중성적이긴 했지만 그렇다고 해기 언니가 동성을 사귄다는 것을 인정하면서 맞장구쳐지지는 않았다.

─그냥 나는 여자들의 나약함이 좋았어. 여성적인 게 아니라 나약한 것을.

─나약한 게 여성적인 거 아닌가요. 여성적인 게 나약한 것이든.

─그건 아니고 어느 일부분이라고 생각해. 어렸을 때부터 여자가 좋았는데 나 스스로 그런 걸 무시했던 것 같아. 남과 다르다는 것을 인정하고 싶지 않았던 거지. 두려웠고. 남녀공학에 적응하지 못했던 것도 그런 거고. 결국 나는 이 자리로 돌아왔어. 어디서 읽은 것 같은데, 욕망은 오랜 시간 돌고 돌더라도 패턴을 따라 결국 자신이 원하는 곳에 안착한다는 거야. 욕망의 패턴화 같은 거지. 그 패턴을 따라 충족되지 않는 욕망을 찾아 끊임없이 헤매는 거고. 헤매는 동안에는 자신도 이유를 모르는 거고.

─그 말 멋있는데요? 욕망의 패턴화. 근데 언니, 왜 그동안 나는 사랑하지 않았던 거야? 나도 나약한데. 나 별

로야?

　주연은 좀 어색한 분위기를 없애보려고 농담을 했지만 해기 언니는 진지했다.

　―음…… 첫 번째 이유는 나도 그때는 나 자신이 어떤 색깔인지 몰랐고, 네가 조금이라도 나와 비슷한 면이 있었으면 우린 좀 더 다른 방향으로 만났겠지. 하지만 넌 순수, 백퍼 이성애자더라고.

　언니가 순수, 백퍼에 점을 찍었다.

　―내가 남자였다면 널 좋아했을 거야. 그러니 너무 서운해하지는 마. 벌써 우리가 마흔을 훌쩍 넘었다는 게 믿어지니?

　―언니, 나는 올해 마흔이에요. 만으로는 아직 서른아홉이라고요.

　―아, 그러시군요? 미안합니다. 허락 없이 나이 올려서. 근데 뭘 한 살 가지고 소리씩이나 지르시고.

　둘은 가볍게 웃었다.

　―난 나이 먹는 걸 갖고 엄살을 피우거나 호들갑을 떤 편은 아니었거든. 일상에 충실했고, 한 살씩 나이를 먹을 때마다 빙고게임의 칸을 메워가는 것처럼 뭔가 목표를 향해 전진하는 거라고 믿었어. 기대감을 가지고서. 언젠가 빙고!라고 외칠 그날을 향해서. 그런데 이젠 나이 자체가

독이라고 느껴져.

─언니, 요즘 학부 애들하고 얘기하다 보면 걔네들은 완전히 다른 나라 사람들 같아. 분명 한국말을 하고 있는데 가끔 걔네들이 하는 말을 알아듣지 못할 때가 있어. 그리고 그들이 하는 어떤 행동들도 한참 지나서 이해될 때가 있고 그래. 그럴 때 정말 내가 나이 들었다는 걸 느껴.

어느새 마흔이 되었다고 생각하니 정말 끔찍하다. 나이를 먹을수록 교수로 가는 길은 점점 멀어진다. 초조해지는 건 어쩔 수 없다. 그녀도 인정하고 싶지 않지만 인정할 수밖에 없다. 한 해가 간다는 게 너무 무섭다. 일흔이나 여든쯤 되면 세월에 방관할 수 있어질까.

─학교 수업은 할 만해?

─확실히 여대가 경쟁이 더 치열했던 것 같아요. 나 학부 다닐 때에 비하면 남녀공학 애네들은 맘 편한 것 같아요. 그 이유가 뭐죠?

─네가 더 잘 알지 않아? 여대에서 남녀공학으로 갔으니까.

─언니가 더 잘 알죠. 남녀공학에서 여대로 왔으니까.

둘은 다시 웃었다. 주연의 마음이 확 편해졌다. 답답했던 것들, 그런 것들이 가볍게 떨쳐진 기분이었다. 해기 언니는 그런 장점이 있다. 타고난 것일까. 아니면 부단한 노력 끝에 얻은 것일까. 주연은 고민하고 있는 것을 더 물고 늘어지려다가 만다. 결국 언니는 가볍게 털어버릴 것이다.

주연의 핸드폰 벨이 길게 울렸다. 기영이다.

─연주회 지금 막 끝났어요. 부재중전화가 많이 와 있네요. 무슨 일 있어요?

─아니에요. 그냥 걸었어요. 연주회는 괜찮았어요?

─늘 그렇죠. 끝나면 좀 허전하고, 좀 더 잘할 수 있었는데 하면서 아쉽고. 그러면서 시원하기도 하고. 잘 알잖아요. 뭐 하고 있어요?

─지금 해기 언니 만나서 술 한잔하고 있어요.

─아, 그렇구나. 오랜만에 만나네요. 재미있게 놀아요.

─저녁은 먹었어요?

─연주자들이 간단하게 먹고 가자는데 피곤해서 집에 들어가서 먹으려고요. 내일 수업도 있고.

기영은 집돌이다. 외식도, 모임도 거의 안 한다.

─이번 주말에 올라오죠?

─그럼요. 주말에 올라가 주연 씨 보는 게 내 유일한 낙인데.

기영의 웃음소리가 전화선 너머에서 가볍게 울렸다.

─이번 주말에 어디 여행이나 다녀올까요?

－그럼 좋죠. 너무 많이 마시지 말고, 조심해서 들어가요.

　사랑은 상대적인 저울을 가지고 있다. 채워지지 않으며 무게를 잴 수 없어서 그 깊이와 무게를 측량할 수 없지만 미소 하나, 눈빛 하나에도 금세 차고 넘치는 알 수 없는 질료이다. 그녀가 누군가를 먼저 좋아했을 때의 공허는 더 큰 기대감이 채워지지 않기 때문이다. 민석이 문자 하나 보내온 날, '하늘 한 번 올려다봐'라든지, '바빠?'라고 보내올 때면 그녀는 금세 어쩔 줄 모르는 마음이 되었다. 지금은 기영이 그녀가 보낸 문자, 전화 한 통에 어쩔 줄 몰라 한다.

－기영 씨랑은 어때?

－좋아요.

－진짜 좋은 거야?

　해기 언니는 그런데 왜 문자 하나에 흔들리느냐고 묻는 듯했다.

－기영 씨에 대해서는 정말로 불만 없어요. 좋은 사람이고요.

－결혼은?

－대충 내년 봄쯤으로 얘기는 됐어요.

－잘됐네. 안정적으로 기다리기만 하면 되네.

10.

안정적이라는 말이 얼마나 불안정한 판 위에 놓인 것인지 안정이라는 말을 하는 동안은 알 수 없다. 주연이 민석의 문자를 받기 전까지 그녀는 분명 안정적이라고 믿었다. 인간은 안정적인 상태를 원할까, 불안정한 상태를 원할까. 인간은 끊임없이 안정된 상태를 원하는 것 같지만 지루한 것을 참지 못하는 욕망은 들썩이게 만든다. 가장 바람직한 것은 안정이 확보된 불안정한 상태일 것이다.

약속 시간은 7시이다. 시간은 주연이 정했다. 너무 밝아서도 너무 어두워서도 안 된다. 어슴푸레한 빛이어야만 한다. 민석과의 지난 시간들을 정의해줄 수 있는 빛의 색이다. 장소는 둘이 자주 만나던 카페로 했다. 체인점이 아닌 개인이 동네에 차린 카페지만 규모가 제법 커서 주고받는 말을 주변 사람이 엿들을까 신경 쓰지 않아도 되는 곳이다.

주연이 도착해서 시간을 보니 약속 시간 십 분 전이었다. 그녀는 카페라떼를 주문해서 창가 자리에 앉았다. 민석이 약속 시간을 잘 안 지켰지. 그 사실을 주연은 약속 시간이 이십 분이 지난 뒤에야 깨달았다. 시간에 희석된 그의 단점들을 환기하는 데는 이십 분밖에 걸리지 않았다. 처음 만날 때 몇 번을 빼고 그의 집이나 그녀의 집에서 보게 되면서 민석이 약속 시간에 잘 늦는다는 것을 기억할 필요가 없게 되었다. 그는 교수회의에조차 자주 늦었다.

단정하게 세미 정장을 차려입은 여자들 세 명이 카페 쪽으로 걸어오고 있었다. 무언가 즐거운 대화라도 나누는 듯 세 명이 동시에 웃음을 터뜨렸다. 그들은 정해진 회사 일을 마치고 각자의 누적된 고단함을 애써 떨쳐버리기 위해 시시한 이야기에도 즐거운 체하는 것처럼 보였다. 카페 문이 열리고 그들이 들어왔다. 만약 저 사람들처럼 평범하게 직장생활을 하고 있다면 어땠을까. 틀에 얽매이는 갑갑함에 아마 한 달도 못 채우고 뛰쳐나오지 않았을까.

세 여자는 앉자마자 핸드폰을 꺼내 사진을 들여다보며 감탄사를 연발했다. 이거 언니 정말 맞아? 한 사람이 말했고, 그 말에 다른 여자가 스드메가 열일 하는구나라고 대꾸했다. 셋이 웃음을 터뜨렸다. 아마도 그중 한 명이 곧 결혼을 하는 모양이었다. 집을 장만하는 문제, 시댁 예단 문제를 이야기하면서는 심각해졌다. 그들은 화제에 따라 표정이 수시로 변했다. 주연도 누군가와 결혼이 결정되고 예식장이며 예단 문제 때문에 저들처럼 다양한 표정을 지을 날이 올까.

민석은 아직 오지 않았다. 결국 기영에게 말하지 못했다. 말할 수 없었다. 주연은 3월의 눈 내리던 그날, 민석의 뒷모습으로 기억되는 그 따뜻했던 날이 그리웠다. 지금은 여름인데도 으스스 떨렸다.

미소 지으며 그녀를 지그시 바라보던 민석의 눈을 다시는 못 볼 줄 알았다. 증언을 한다면, 다시 그의 따뜻한 눈을 볼 수도 있다. 그리고 어쩌면 민석과 다시 시작해볼 가능성도 있다. 민석과의 첫 만남부터 헤어짐까지의 기억으로부터 영원히 자유로울 수 없을 것이다.

2부

11.

학부와 다른 대학원을 가는 경우는 두 가지다. 지도교수와 사이가 안 좋거나, 학교 레벨을 올려서 가는 경우. 주연의 경우 남들이 보기엔 후자라고 생각했겠지만 그녀에겐 두 가지 다 이유가 아니었다. 그녀는 떠벌리지 않았지만 여대를 다니는 내내 유정란을 쑥쑥 뽑아내는 암탉들만 모인 닭장에 갇혀 있는 기분이었다.

동기 중 세 명이 대학원에 진학했는데 한 명은 독일로 떠났고, 한 명은 모교에 남았다. 주연만 타 대학원을 택한 게 되었다. 지도교수는 의외라는 듯이 그녀를 보긴 했지만 그다지 탓하는 것 같진 않았다. 지도교수 또한 학사와 석사까지는 이 대학을 졸업하고 미국 컬럼비아 대학에서 박사학위를 받아 비교적 순조롭게 모교에서 자리를 잡았으니 주연처럼 좁은 캠퍼스에서 벗어나려는 애들의 심정을 이해할 것이었다.

C대학원 합격 전화를 받고 주연은 해기 언니에게 연락을 했다. 둘은 대학 다닐 때 질리도록 먹었던 부대찌개집에 가서 대학 다닐 때의 이야기들을 지겹도록 했다. 모든 과거는 도표 속의 숫자처럼 갇혀서 주인이 불러내주길 언제까지나 기다리고 있었다. 둘은 끊임없이 그 숫자들을 불러냈다. 그게 뭔가 그럴듯한 학창 시절을 보낸 것처럼 미화하는 방법이었다.

해기 언니가 헤어지면서 주연에게 들려준 조언은 어디서든 잘하면 되지, 였다. 그 말은 진리다. 어디서든 잘한다면 뭐가 걱정일까. 결과적으로 주연은 썩 잘하지 못했다. 고전을 면치 못했고 궤도로 진입하기 위해서 많은 노력을 해야 했다.

사람들이 사는 곳은 닭장과 별반 다르지 않았다. 닭장에 암탉만 있건 수탉이 섞여 있건 잘할 놈은 잘하는 것이고 못할 놈은 못하는 것이다. 분위기라면 확실히 좀 다르긴 했다. 첫 전공 수업이 끝나고 뒤풀이를 갔는데 여자가 월등히 많았음에도 남자들이 대화를 거의 주도했다. 암탉과 수탉들은 서로의 마음에 들기 위해 필사적으로 고개를 세우거나 눈알을 뒤룩거리는 것처럼 보였다. 주연 또한 다를 바 없었다. 그녀에게 베푸는 호의가 단순히 타 대학 출신이어서가 아니라 여성적인 호감 때문이라는 착각은 그녀의 깃털을 고르는 체하게 만들었다.

첫 개강 날의 기억은 주연에게 또렷한 영상으로 남아 있다. 그들 대부분이 같은 학부 출신이어서 서로를 잘 알고 있었다. 마주 앉아 맥주잔을 부딪치며 건배를 한 후 돌아가면서 자기소개를 간단히 하긴 했지만 대학원은 엠티 같은 게 있는 게 아니어서 그녀는 여전히 누가 누구인지 몰라 한쪽 구석에 어색하게 앉아 있었다. 한참 술자리가 돌수록 그들의 목소리는 높아져갔다. 아는 사람이 한 명도 없는 틈바구니에서 석박을 딸 때까지 몇 년을 버텨내야 한다고 생각하니 갑자기 오줌이 마려웠다. 슬그머니 일어나 화장실을 갔다 오다가 담배연기와 낯선 환경에 잠깐 숨을 돌리려고 밖으로 나왔다. 거기에는 3월인데도 눈이 내리고 있었다. 3월에 내리는 눈이 별로 신기한 일은 아니지만 그날은 워낙 날씨가 맑고 전형적인 봄 날씨로 따뜻해서 전혀 예상하지 못했다.

주연은 점점이 떨어지는 눈을 보며 〈빌바오, 3월의 눈〉을 떠올렸다. 노르웨이의 작곡가가 말년에 몸이 안 좋아요양차 머물고 있던 스페인의 시골마을 빌바오에서 작곡한 가곡이었다. 그는 고국의 눈을 그리워하며 스페인 시골 마을의 따사로운 햇살 아래서 그 곡을 작곡했다. 빌바오에는 눈이 내리지 않는다. 그 작곡가에게 3월의 눈은 불가능성을 의미하는 것이었다. 그 불가능성은 삶일 수도, 사랑일 수도, 예술일 수도 있었다.

주연은 이상하게 감상적이 되었다. 눈은 조용히 내리다가 땅에 닿지 못하고 허공에서 흔적 없이 사라졌다. 밤의 네온사인에 노랗고 붉게 묘한 빛을 띠며 사라지는 눈은 웃고 있는 것처럼 보였다. 술집에서는 제설기에서 토해내는 눈처럼 사람들의 웃음소리가 쏟아지고 있었다. 그녀는 문득 이대로 집에 가고 싶다는 생각을 했다. 그때 누군가 호프집에서 나와 그녀 옆을 휙 지나쳐갔다. 주연은 네온사인을 통과해 어둠을 향해 등을 보이고 걸어가는 한 남자를 눈을 떼지 못하고 바라보았다. 남자의 등 뒤로도 눈은 흩날리고 있었다. 고개를 숙이고 하늘의 눈송이는 보이지 않는 듯 3월의 눈 속으로 걸어가는 남자는 모든 절대적인 불가능성에 순응하는 것처럼 보이기도 했고 기를 쓰고 거부하는 것 같기도 했다.

그가 아닐 수도 있지, 왜 그라고 생각했을까. 빙 돌아가며 자기소개를 했을 때 주연의 대각선 끝에 앉아 있던 사람이었다. 분명 소개할 때는 다른 사람들처럼 C대학 출신이었는데 그녀처럼 타 대학 출신인 양 말없이 술만 마시고 있어서 동질감을 느꼈던 남자였다.

그 남자일 리가 없지. 주연은 그가 점으로 사라진 곳을 바라보았다. 그라는 존재가 눈을 뿌린 뒤 거둬가버린 것처럼 3월의 눈은 흔적도 없이 소멸해버렸다. 밤하늘은 새까만 어둠만 뿜어내고 있었다. 그녀는 하늘을 올려다본 뒤 과장되게 어깨를 추스르고 자리로 돌아왔다. 그 새끼 내가 그럴 줄 알았다고. 뭐가 잘났다고 먼저 가. 그의 자리는 역시 비어 있었고 그의 빈자리에 대고 뒷담화가 쏟아지고 있었다.

그 남자는 3월의 눈과 함께 술자리에서만 사라진 게 아니라 아예 등록금까지 환불하고 미국으로 유학을 떠났다. 주연은 얼굴 대신 뒷모습으로 기억하고 있던 그 남자를 그로부터 십여 년 뒤에 마주하게 되었고, 그 새끼 내가 그럴 줄 알았다고, 뭐가 잘났다고 먼저 가, 라고 없는 사람 뒷담화를 해서 살짝 경멸하는 마음이 들었던 형철과 사귀게 되었다.

12.

삶이라는 것을 돌아보면 뭔가 꽉 막히는 시기가 존재한다. 주연에게는 석박사 과정을 밟던 시기가 그랬다. 학부는 7학기 만에 졸업했다. 무엇이 채찍으로 등짝을 후려쳤는지 그녀 자신도 이유를 모르겠다. 자신의 경력을 지렛대로 이용할 줄 모르는 아빠의 고지식함과 음악을 전공했던 엄마의 우울증이 더해져서 뭔가를 몰아붙여 하지 않으면 불안함을 느꼈던 것 같다.

대학원에 와서도 호기롭게 석박사 통합과정을 신청했지만 그녀는 동기들보다 오히려 몇 년을 늦게 졸업했다. 나이로 보면 이십대 중반을 통과하는 황금기였지만 열심히 노력해도 그전에 대충했던 것의 절반만큼도 대가가 돌아오지 않았다. 무엇이 등짝에 채찍을 휘둘렀는지 몰랐던 것처럼 무엇이 그녀의 발목을 잡아끌었는지 모르겠다.

형철과의 연애는 짧게 끝나버렸다. 그러니 연애를 핑계로 댈 수도 없었다. 그녀는 속도를 낼 수 없었다. 잠시 열차가 레일을 바꿔 타기 위해 멈춘 것 같았다. 아니다. 자꾸 닭을 비유해서 안됐지만 수면병에 걸린 닭 같았다. 학부 때는 콩쿠르에 입선도 했지만 대학원에 와서는 통 실적을 내지 못했다. 뜨문뜨문 휴학까지 해서 십 년을 꽉 채웠다. 아등바등했지만 아무것도 이룬 것 없이 그렇게 시간이 흘렀다. 게으름과 권태 속에서 불안한 것만으로도 분주한 시기였다.

그 시기 주연을 더욱 괴롭힌 것은 자살 충동이었다. 그녀는 언니의 혼령이 부르는 것인가 진지하게 고민해보기도 했다. 가족이 죽었을 경우에 같은 장소, 혹은 비슷한 계절에 죽는 경우가 있다는 얘기를 들은 적이 있었다. 그녀가 정신을 차렸을 때는 박사논문을 미룬 채 서른을 훌쩍 넘긴 뒤였다. 그녀는 기를 쓰고 박사논문과 작곡에 매달렸다. 박사논문이 통과되고 그다음 해에 국내에서 좀 알아주는 콩쿠르에서 상을 타게 되었다. 그 상으로 나중에 강의까지 맡게 되었지만 그것보다는 수면병과 자살 충동에서 벗어나게 해준 게 더 고마웠다.

주연은 박 교수에게 전화를 걸어 수상 소식을 알리고 뵙고 싶다고 말했다. 연구실로 오라는 박 교수와의 약속이 번복될까 봐 미친 듯이 달려갔을 때 박 교수도 그 상을 언급했다. 자신은 석사 때 받았다고 했다. 서른다섯 살 이전의 젊은 작곡가에게 주는 상이기 때문에 특별하달 수도, 작곡 전공자 중 누군가는 매년 받는 상이기 때문에 특별하지 않달 수도 있는 상이었지만 시간을 건너뛰어서 그녀와 박 교수를 묶어줄 끈 역할로는 제격이었다. 그녀는 호들갑스럽게 웃었고 자주 손을 비볐고, 박 교수는 전보다 말수가 줄었고, 서너 번 그녀의 어깨를 쳤다. 그녀는 박 교수가 자신의 어깨를 치는 행위를 제자보다는 동료로서 받아들이는 것으로 해석해서 기분이 나쁘지 않았다. 전에는 그런 행동을 한 적이 없었다. 주연은 열심히 하겠다고 큰 소리로 외치고 준비해간 홍삼 원액을 드렸다. 그 이후 박 교수한테서 강의를 주기로 했다고 연락이 왔다. 그렇게 시작한 학교에서 3월의 눈 속으로 사라졌던 그 남자를 다시 만났다.

13.

  기억이 존재를 불러오는 게 아니라 존재가 기억을 불러온다. 잊고 있던 민석의 존재가 3월의 눈 내리는 날 그녀의 기억들을 생생하게 되살려놓았다.

  —학장님 예당에서 연주회 있으시거든. 나는 일이 있어서 좀 늦을 것 같으니까, 주연 씨 이름으로 꽃다발 하나 준비해. 학부랑 대학원 애들 필참이라 작곡과에서 따로 꽃다발 준비할 테지만 그건 그거고, 주연 씨는 주연 씨대

로 챙겨야지.

3월 첫 개강을 며칠 앞두고 있었다. 학장과는 식사를 한 적이 있긴 했지만 어쨌든 부담스러운 사람이었다. 주연은 박 교수의 조언대로 거금을 주고 노란 나리와 연분홍 장미가 섞인 꽃다발을 준비했다.

모든 연주가 끝나고 홀 로비에서 박 교수를 찾아 두리번거리고 있는데 한 남자가 다가왔다. 그 남자가 안녕하세요? 이민석입니다, 라고 그녀에게 악수를 청했을 때 그녀는 그가 이번에 새로 부임한 교수라는 것을 알고 악수에 화답했다. 박 교수가 꽃다발을 준비하라고 말하면서 새로 부임하는 교수도 올 거라고 그에 대해 언급을 한 것이다. 그가 알프레드에게 사사했다는 것만으로 흥분해서 빨리 만나보고 싶다고 그녀가 말하자 박 교수는 그녀의 반응이 호들갑스럽게 느껴졌는지 타이틀이 중요한가, 곡을 잘 써야지, 라고 시니컬하게 대꾸했었다.

그녀는 그런 대단한 분을 먼저 챙기지 못한 것이 실례라는 생각을 했고 허리를 많이 숙여 인사를 했다. 그는 코르덴 재킷에 베이지색 면바지를 입고 재킷 안에는 얇은 회색 니트를 받쳐 입고 있었다. 자신의 타이틀을 떼버리고 편하게 입은 옷차림이 형식적인 것에 얽매이지 않는 사람이라는 좋은 인상을 주었다. 검정 원피스에 감색 재킷을 걸친 자신의 옷차림이 지나치게 포멀해서 그녀는 약간 부끄러웠다.

이제 무슨 말을 해야 하나 그녀가 쑥스러워하고 있는데 그가 저 아세요? 하고 물었다. 자신을 검지로 가리키며 당당하게 말하는 그를 주연을 빤히 쳐다보았다. 사회생활을 하면서 자신이 잘난 사람이라는 걸 알고 누군가로부터 확인받고 싶어 하는 속물들을 무수히 보아왔다. 편한 옷차림에 주었던 점수를 모든 사람들이 자신을 알아볼 것이라는 스타 의식이 까먹었지만 사회생활을 하면서 터득한 예의를 갖춰 그녀가 정중하게 말했다.

─그럼요, 알죠. 이번에 부임하신 교수님이시죠?

─아, 그게 아니고요, 우리 구면 아닌가요. 기억 안 나세요?

주연은 자신의 기억 어딘가를 들춰보았지만 그곳에 그는 없었다. 많은 초면의 사람들이 그녀에게 하는 말이기도 했다. 그녀의 얼굴은 스치고 지나가면 잊어버릴 평범한 얼굴, 너무 평범해서 어디선가 보았다고 착각하게 만드는 얼굴이었다. 한국인의 얼굴을 대략 몇 개의 유형으로 분류한다면 어느 하나에 들 법한 얼굴이라는 게 싫을 때도 많았다. 어렸을 때부터 그녀의 언니와 무수히 비교된 얼굴이기도 했다.

어렸을 때는 언니도 주연도 평범했다. 그러나 언니는 중학생이 되자 어딘가 달라지기 시작했다. 언니를 본 사람이라면 누구나 감탄을 했다. 하얀 피부에 갸름한 얼굴까지는 주연과 비슷했으나 이목구비들의 절묘한 균형이 그렇게 만든 것 같았다. 마치 밋밋했던 대지가 시간을 거치면서 아름다운 선상지를 일군 것과 비슷했다. 거기에 비하면 주연은 여전히 밋밋했다. 주연도 크면 언니처럼 될 줄 알았지만 끝내 사람들의 감탄을 불러일으키는 얼굴은 되지 못했다. 대신 그녀는 여섯 살에 시작한 피아노에서 또래에 비해 두각을 나타냈다. 그러나 쥐꼬리만 한 재능은 금세 바닥을 드러냈다. 고등학생이 되자 이 좁은 땅덩어리 어느 구석에 숨어 있었는지 모를 피아노 인재들이 무더기로 융기했다. 주연은 피아노를 버리고 작곡으로 도망쳤다.

─어디서 뵌 것 같긴 한데…….

사회생활을 하면서 터득한 모호한 표현으로 얼버무렸다.

─대학원 첫 수업 끝나고 옥토버에 가서 맥주 마셨잖아요.

주연은 그제야 기억했다. 말없이 앉아 있다가 3월의 눈 속으로 사라졌던 그, 형철이 욕했던 그, 그제야 선명하게

77

그날의 기억이 재생됐다. 그녀가 그에 대해 기억하는 것보다 그가 그녀에 대해 기억하는 게 더 많았다. 그녀가 맥주잔을 양손으로 들고 마셨던 것, 흰색 코트에 푸른색 니트를 입었던 것들.

사실 그녀는 그날 무슨 옷을 입었는지 기억하지 못해 증명할 길이 없는데도 편의적으로 선택된 그의 기억에 기대어 우쭐하는 마음이 들었다. 하지만 그는 3월의 눈에 대해서는 말하지 않았다. 그가 정말로 기억을 못 하는 걸까, 아니면 말하지 않은 걸까, 그런 건 그녀에게 중요하지 않았다. 대단한 이력의 그가 그녀에 대해 기억하는 게 몇 가지 있다는 것만으로 그에게 마음이 살짝 기우는 것을 느꼈다.

그때 박 교수가 연주홀 출입문을 밀고 헐레벌떡 뛰어들어왔다. 박 교수가 그들을 발견하고는 그들 쪽으로 걸어왔다.

— 학장님 아직 안 나오셨지?

— 네.

그녀의 대답이 끝나기 무섭게 학장이 로비로 나왔다. 학부와 대학원 대표 몇 명이 와서 학장에게 꽃다발을 건넸다. 학장님, 곡 아주 좋았습니다. 민석이 인사치레를 했다. 박 교수가 그런 민석을 슬쩍 돌아보았다. 박 교수는 학장의 곡을 듣지 못했으니 뭐라 할 말이 없었을 것이다. 다들 고마워요. 곧 개강이라 정신없을 텐데 이렇게 와주고. 어? 주연 선생도 오셨네, 라며 학장이 그녀를 따로 챙겼다.

다른 할 말이 없던 차에 무릎 아래까지 내려오는 두툼한 버버리 코트를 입은 노친네 몇이 학장을 향해 손짓을 하자, 학장은 그럼 내가 일행이 있어서 이만, 하며 손을 들어 보이고 그쪽으로 갔다. 학장 일행이 엘리베이터를 탈 때까지 다들 제자리에 붙박여 있었다. 엘리베이터 문이 닫히자 박 교수가 나도 가봐야겠다며 지하주차장으로 가는 엘리베이터 쪽으로 걸어갔다. 그때 주연은 서먹한 사이의 둘을 남겨두고 박 교수가 사라지는 게 좀 이해가 되지 않았다. 지금은 박 교수의 그런 행동을 충분히 이해하지만.

민석과 그녀는 어찌할 줄 몰라 잠시 서 있었다. 둘 다 차를 가져오지 않았다. 그녀는 강사로, 그는 교수로 첫 개강을 앞두고 있었다. 뒤풀이가 있을 거라고 생각하고 어떤 상황이 일어날지 몰라 차를 안 가져온 것이다. 그런 서로의 마음을 엿보고 둘은 웃었다.

- 저녁 안 드셨죠? 나가서 간단히 먹을까요?

민석의 말에 둘은 밖으로 나왔다. 유난히 까맣고 투명

한 하늘을 올려다보며 그가 혼잣말처럼 중얼거렸다.

─그때도 3월이었는데 눈이 왔는데…….

─빌바오, 3월의 눈!

마지막 말은 둘이 동시에 외쳤다.

14.

누군가를 좋아하는 것과 사귀는 것은 종류가 다른 감정의 과정을 겪는다. 좋아하는 감정이 수줍음을 동반한다면 사귀기 시작하면 소유의 감정이 수면으로 떠오른다. 많은 연인들이 이 과정을 투쟁 치르듯 치열하게 싸우거나 일방의 체념으로 쉽게 휴전으로 넘어가는 양상을 보이지만 그 어느 것도 처음의 다소곳한 감정에서 많이 변질된다.

주연은 민석과 대화를 나누면서 이 사람과 사귀게 된다면 쉽지 않은 감정의 변화를 겪게 될 거라는 것을 막연히 느꼈다. 그러나 나중에 그녀가 예상했던 것과는 다른 양상으로 혼란을 겪었다. 그의 집에 가서 저녁을 먹고 술을 마시는 횟수가 늘어나는데도 민석은 그녀에게 스킨십을 하려 들지 않았다. 주연은 민석이 외국에서 유학 생활을 하면서 여자가 먼저 어떤 요구를 표시하기 전에는 남자가 '들이대지' 않는 것이 몸에 밴 건가라는 생각도 했다.

어느 날 교수 회식이 끝나고 민석이 그녀에게 집이 어디냐고 물었다. 그녀가 동네 이름을 말하자 모셔다드릴게요, 라고 말하고 차 문을 열어주었다. 민석이 시동을 걸자 쇤베르크의 〈달에 홀린 피에로〉가 흘러나왔다. 그건 그가 시동을 끄기 전부터 이 곡을 듣고 있었다는 뜻이었다. 운전대를 잡고 있는 그의 옆모습에 읊조리듯 중얼거리는 소프라노의 음색이 얹어졌다. 전공자들 사이에선 너무 유명해서 어쩌면 좀 식상하기까지 한 곡이었지만 그날 그녀는 뭔가에 홀린 듯했다.

차가 달리는 내내 창밖으로 달이 따라왔다. 언니의 장례식 날 버스를 줄곧 따라오던 달 같았다. 그녀는 기분이 묘해졌다. 시간을 거슬러 그와 나란히 한 공간에 앉아 이 곡을 듣고 있다는 것조차 신기하게 여겨졌다. 미세하게 뒤엉킨 기억이 스르르 풀려나오는 것 같았다.

누군가를 향해 마음이 기울어지는 것은 안정적이지 않은 상태로 엎질러지려는 것이며 자꾸 엎질러지려는 마음을 의식적으로 일으키는 게 설렘이다. 차는 어둠을 뚫고 달렸고 그녀는 설레는 마음을 다잡기 위해 시트를 움켜쥐었다.

　나중에 민석이 부산현대음악제에서 발표한 곡이 〈달에
홀린 피에로〉를 표절한 게 아니냐는 문제가 제기되었을
때 그녀는 그날을 떠올렸다. 달빛 속을 달리는 내내 그와
그녀 사이를 떠돌던 시간들에 대해서 생각했다. 그러나
성악 파트에서 멜로디의 넓은 도약이 있는 건 〈달에 홀린
피에로〉와 비슷했지만 민석의 곡은 피아노 반주가 아닌
바이올린과 플루트였다. 악기 편성만 다른 게 아니라 전
체적인 곡 흐름으로 봐도 그걸 표절이라고 한다면 현대음
악 작곡가들 모두 표절이라는 함정에서 자유롭지 못할 것
이라는 게 그녀의 생각이었다.

　음악만큼 다양한 형식을 사용하는 예술 장르도 드물다.
전조들, 종지구들, 음정 진행과 화성의 연결은 몇 십 년
만에 진부해져서 작곡가는 더 이상 그것을 사용할 수 없
다. 끊임없이 새로운 특징을 찾아야 한다. 이런 것이 아이
러니하게도 음악을 표절에서 자유롭지 못하게 만든다.

　민석 또한 자신이 모델로 삼았던 곡은 〈달에 홀린 피에
로〉가 아니라 15세기의 가곡인 〈Flow my tears〉라고 해
명했지만 그 빌미는 그를 아니꼽게 지켜보던 사람들의 잘
갈린 손톱으로 파내기 좋은 흠집이 됐다.

15.

그 후 주연이 차를 가져갔을 때 그녀가 민석을 집까지 태워다줬다. 민석이 여기까지 오셨는데 잠깐 들어가서 차 한잔하시겠냐고 그녀에게 제안했다. 그녀는 이 말을 어떻게 받아들여야 할지 잠깐 고민했다. 주연은 형철과 헤어진 후 누구와도 사귀지 않았다. 소개는 많이 받았지만 연인으로 발전되지는 못했다. 그마저도 서른 중반을 넘으면서는 뚝 끊겼다.

이성과 동성의 사귐은 분명 다르다. 동성친구가 많은 친구들이 뜻밖에 이성친구를 잘 못 사귀는 경우도 많고 그 반대인 경우도 많다. 주연도 이성친구보다는 동성친구 관계가 훨씬 좋은 편이다. 혼자 잘 노는 편이고 연인 관계보다는 인간관계를 훨씬 잘 유지하는 편이라 남자친구가 없다고 해서 정서적 공백을 심각하게 느끼지 않았다.

해프닝이라 할 만한 사건은 있었다. 박사 마지막 학기에 전공 이수 학점을 다 채워 비전공과목인 '영화평론—히치콕과 채플린'을 들었다. 종강까지는 아직 두 타임 남았는데 교수가 영화제 초청을 받아 프랑스로 떠나면서 갑자기 종강을 통보했다. 종강이 된 것도 모르고 수업에 나왔던 학생들은 황당해하면서 누군가의 주선으로 술집으로 몰려갔다. 영화 과목이어서 여러 학과의 학생들이 뒤섞여 있었다. 그중 한 명, 공대생이 주연의 옆자리를 지키며 술잔을 채우고 안주를 챙겨주었다. 그녀는 내색하지는 않았지만 그가 마음에 들었다. 누군가 그에게 공대생이 왜 이런 과목을 들었냐고 묻자 그가 한 대답이 인상적이어서였다.

─제가 제일 좋아하는 영화감독이 채플린인데요, 채플린의 영화들이 대부분 현대 자본주의 사회에 대한 풍자를 다루고 있잖아요. 제 전공이 기계과인데 열심히 쇠를 갈다 보면 제가 바로 〈모던 타임즈〉의 채플린인 거예요. 그래서 이 수업을 듣게 되었죠, 는 누군가 물었을 때를 대비해서 준비해둔 말이고요, 실은 여자를 만날 때 히치콕이나 채플린에 대해 얘기를 하면 다들 좋아하는 것 같아서 들었습니다.

사람들은 열렬하게 박수를 치며 그를 지지했다. 그날 다들 꽤 늦은 시간까지 술을 마시다가 밖으로 나왔다. 하나둘 택시를 잡아타고 돌아갔는데 둘만 어정쩡하게 서 있었다. 주연은 그날 날씨가 굉장히 더웠다고 기억한다. 술에 취해서 더 더웠다는 얘기를 했던 것 같다. 친하지 않은 사람들이 그렇듯이 어느 순간부터 둘은 한 마디도 나누지 않는 공백의 시간을 견디고 있었다. 그러다가 그가 담배를 피운다며 골목으로 들어갔다. 그녀도 따라갔다. 거기에서 너무도 자연스럽게 키스를 했다. 그리고 같이 자게 되었다. 그녀가 술에 많이 취하긴 했지만 필름이 끊길 정도는 아니었고 술을 마시면 원나잇 스탠딩에 관대한 것도 아니지만 그날은 그런 일이 일어났다.

주연은 가끔 그날의 일을 떠올리곤 했다. 왜 그런 일이 일어난 걸까. 가장 큰 이유는 불안정한 심리 때문이었을 것이다. 자살 충동에 시달리던 시기이기도 했고, 클래식 작곡과를 나와서 과연 무엇을 할 수 있을까라는 회의를 마무리 짓지 못한 채로 박사까지 수료했다. 막막한 논문만 남았다. 유학파도 남아도는 판에 국내파인 자신을 누가 강사로 불러준다는 약속도 없었다. 그날 다들 어중된 날씨만큼이나 어중된 입지에 대해 불안해했다. 그날 거칠게 말하고 폭음을 했던 것에 그런 이유도 있었을 것이다.

충동적이었던 건 인정을 하지만 애초에 그에게 관심이 없었다면 그런 일은 일어나지 않았을 것이다. 그녀는 그가 마음에 들었고, 그와 잘해보고 싶었다. 하지만 그 남자는 그녀를 그렇고 그런 여자로 본 것인지, 아니면 그녀가 별로 마음에 안 든 것인지 더 이상 그녀와의 연락을 원치 않았다.

주연은 그 일로 꽤 상처를 받았다. 아마도 그에겐 이미 여자친구가 있거나, 어쩌면 유부남이었을지도 모른다는 합리화가 그나마 그녀의 자존심을 지켜주었다.

16.

이제는 불안하다고 골목에서 키스할 나이는 지났다. 민석은 주연의 눈을 내려다보며 그녀의 대답을 기다리고 있었다. 무덤덤한 것과 무관심한 건 분명 다르다. 그녀는 민석이 무관심한 게 아니라 자신의 감정을 드러내는 것에 무덤덤하다는 생각을 했다. 그런 점은 그를 경솔한 사람이 아니라는 신뢰를 주게 했다.

그의 눈을 보면서 이 사람에게 안기면 어떤 느낌일까, 그런 생각도 했다. 그런 감정 한편으론 이 사람과 그의 집에 들어가서 충분히 예상할 수 있는 상황이 벌어진다면 학교에서의 입장이 꽤 복잡해질 수 있지 않을까 잠시 고민도 했다. 하지만 그의 제안은 너무도 자연스러워 의혹을 갖는 자신이 속물스럽게 느껴졌다. 그녀는 잠시 감정을 내쳐두기로 했다. 그녀에게 주어진 a 혹은 b의 선택지가 아닌 답 없음을 찍기로 했다. 생각지도 않은 곳에서 생각지도 않은 호감이 솟구쳤을 때 일어날 수 있는 감정의 방치였다.

그러나 주연이 우려한 일은 일어나지 않았다. 민석은 자신의 말을 실천하겠다는 듯이 정말 얼그레이를 타 와 '차 한잔' 마셨고 지금 쓰고 작품에 대해 이야기를 했다. 그 뒤로 둘은 좀 더 자주 그의 오피스텔과 그녀의 오피스텔을 번갈아 들렀지만 역시나 어떤 일도 일어나지 않았다. 벽의 한 면을 가득 채운 음악과 관련된 책을 꺼내 읽거나 컴퓨터와 연결된 스피커에서 흘러나오는, 익숙하지만 같이 듣는 사람과의 감정 때문에 익숙하지 않은 것처럼 느껴지는 클래식을 들으면서 전공 얘기를 나누었다. 예술적 재능에 대한 회의 같은 건 언제나 동정과 안도감으로 서로를 묶어주었다. 차이콥스키가 자신의 재능에 회의했다는 말은 위로는 되지만 천재들의 엄살 같아서 그때뿐이었다. 그보다는 바로 옆에서 함께 고민하는 동료가 훨씬 더 생생한 안도감을 주었다.

그러나 시간이 지날수록 섹스가 배제된 만남은 그녀의 자존심을 지켜줌과 동시에 흠집을 냈다. 사랑이나 그리움의 실체를 증명할 수 있는 수단이 오직 육체적인 행위뿐일까라는 회의에 미치면 민석이 그녀의 자존심을 지켜주는 듯이 보였다가도, 여자로서 매력적이지 않은가라는 의심에 이르면 3월의 눈 오는 날 그가 그녀에 대해 가지고 있었던 소소한 기억들마저도 수상쩍어 보였다.

이런 감정의 소용돌이 속에서도 그와의 관계가 유지된 건 둘의 공통점인 형제 콤플렉스도 한몫했을 것이다. 그녀에겐 언니, 그에겐 남동생. 그것이 서로의 상처를 목격한 동지애의 친밀감으로 둘을 묶어주었다. 민석이 자신의 동생 이야기를 먼저 했고, 그 이야기는 그녀가 언니 이야기를 하게 만들었다.

자신은 어려서부터 남동생에게 콤플렉스를 느껴왔다고 말했다. 동생은 마치 태어날 때부터 모든 성공의 열쇠를 쥐고 있는 듯이 엘리트 코스만을 밟아왔다고 했다. 동생이 영국으로 유학을 갔다 온 뒤 대학교수가 되고 누구나 부러워할 만한 재력과 실력과 미모를 갖춘 여자와 결혼해서 두 명의 아이를 낳아 키우고 있다고 했다.

―게다가 말이야, 어머니를 모시고 있어. 내가 장남이고 동생은 차남인데도. 게다가라는 단어가 아주 잘 어울리는 아이야. 만약 그 녀석에게 불행이 닥친다면 아마 작은 불행조차 견디지 못하고 무너질지도 몰라.

―설마 동생에게 불행이 닥치길 바라는 건 아니죠?

―설마. 하지만 불행이라는 건 자기 안에서 터지기보다

는 상황으로부터 오는 거니까 닥치기 전까지는 알기 어렵지.

－지금의 민석 씨도 남들이 부러워하는 상황 아닌가요?

－난 좀 늦었잖아. 동생이 이미 모든 것을 획득한 뒤에 했기 때문에 딴사람과의 비교는 무의미해.

민석이 자신의 신상에 대해서 말을 한 게 거의 없어서 동생 이야기를 꺼낸 게 그녀에게는 특별하게 느껴졌다. 그녀도 뭔가 비밀을 하나 꺼내야 공평할 것 같았다.

－언니가 있었는데 죽었어요.

주연은 하늘나라라는 단어를 떠올렸지만 이내 지워버렸다. 언니의 이야기는 손이 안 닿는 곳에 올려놓은 시디를 아주 오랜만에 꺼내 튼 것처럼 어색했다. 감정이 살짝 부풀어 오르는 것도 느껴졌다.

엄마는 언니가 좋아하던 음식을 더 이상 하지 않는 것으로 언니와의 인연을 끊은 것처럼 보였다. 언니가 유난히 좋아했던 핫케이크나 카레치킨볶음 같은 것은 그 뒤로 먹어 볼 수 없었다. 주연 또한 언니가 입었던 것과 똑같은 옷을 입을 때만 잠깐 언니를 떠올렸다. 엄마는 둘이 쌍둥이가 아닌데도 가끔 사이즈만 다른 옷을 두 벌 사 오는 경우가 많았다. 그로부터 이 년 정도 지나서 주연이 키도 몸도 더 커진 뒤에는 더 이상 언니가 입었던 옷과 같은 옷을 입을 일이 없어졌다.

언니와 연결된 모든 것이 끊어졌고 언니는 조용히 시디 속에 갇혀 손이 안 닿는 선반 위에 올려졌다. 하늘나라라는 표현이 어색할 만큼 시간이 많이 흘렀다는 것을 깨달았다. 먹먹한 것도 아니고 슬픈 것도 아니고 어쩌면 끝까지 털어놓으면 안 되는 비밀을 털어놓은 것처럼 죄의식이 느껴졌다.

형철에게는 언니 이야기를 하지 않았다. 그녀가 언니 이야기를 했다면 형철의 성격상 그녀를 위로하기보다는 과거를 털어버리지 못하고 끌려다니는 감상적인 인간이라고 지적했을 것이다.

　

ー언니에게 질투를 느낀 적 있었어?

언니 얘기를 묵묵히 듣고 있던 민석이 맥주를 마시며 물었다. 그녀도 맥주를 마셨다. 말을 하는 동안 맥주는 거품이 사라져 밍밍했다.

ー분명 언니가 살아 있었을 때는 사람들이 언니를 볼 때마다 예쁘다고 하는 것을 질투했던 것 같아요. 게다가 언니는 공부까지 잘해서 부모님이 기대를 많이 했거든요. 그런 것들을 질투했던 것 같아요.

─지금은?

─지금은 중단되었다고 할까요. 뭔가 해결되지 않은 채 막혀버린 느낌.

─막혀버린다는 게 무슨 뜻이지?

─언니에 대해 많이 잊었다고 생각했지만 무의식적인 행동을 보이는 것까지는 막을 수 없었어요.

언니를 거의 의식하지 않았다고 믿었지만 그런 의식적인 기억의 억제가 무의식 속의 그녀를 출렁출렁 흔들었는지도 모른다. 그녀는 언니를 대체할 사람을 찾아 친밀감을 유지했다. 일부러 친하게 지내려고 하는 것이 아닌데 후배들보다는 선배 언니들과 쉽게 친해졌다. 언니로부터 끊임없이 도망치려 했지만 결국 그 자리로 돌아가고 만 것이다. 해기 언니도 그런 식으로 끌려들어온 관계일 수도 있다. 반대로 주연을 언니라고 다정하게 부르며 팔짱을 끼는 후배들하고는 그런 관계를 유지하지 못했다. 그래서 그녀가 연두에게 급속도로 관심이 생겼을 때 좀 의아하다는 생각이 들었다.

─혹시 언니가 주연 씨를 질투했을 거라는 생각은 안 해봤나?

─설마요. 제가 언니보다 뛰어난 건 약간의 음악적 재능뿐인걸요. 언니는 책도 많이 읽어서 지적인 분위기가

얼굴에도 배어 나와 어린 나이에 어울리지 않게 묘한 분위기를 풍겼죠. 그렇다 보니 화이트데이에는 책상 위에 사탕이 가득했고요.

—만약 언니가 딱 하나 가지고 싶은 것이 있는데 그게 음악적 재능이었다면?

—그런 생각은 안 해봤는데…… 언니가 음악에 아예 재능이 없었던 건 아니거든요. 학교에서 합창대회 반주를 할 정도의 실력은 됐어요. 부모님은 언니가 단순히 학교 성적이 좋은 모범생보다는 인식의 밑바닥까지 도달한 뒤에 삶의 비밀을 언어로 풀어놓을 수 있는 인문학자가 되길 원했죠. 언니도 음악에 그다지 흥미를 많이 느끼지 않았고요. 민석 씬 어때요?

—내 질투는 아직 현재진행형이지. 질투는 그런 것 같아. 내가 인정해야만 하는 사실에 대해서 인정하고 싶지 않을 때 발생하는 감정. 그리고…….

—그리고 대상이 살아 있어야 하고…….

17.

—동생하고 저녁 먹기로 했는데 같이 볼래?

주연은 민석의 제안에 긴장했다. 질투를 현재형으로 만든 '게다가 동생'을 보여준다는 건 어쩐지 자신의 약점을 보여주는 것 같은 느낌이 들었기 때문이다. 무엇보다 가족을 소개시켜준다는 것은 단순히 친한 동료에서 한 걸음 가까운 관계로 좁혀지는 것을 의미했다.

주연이 약속 장소에 먼저 도착했다. 햇빛이 엎질러지듯 내리비치고 있었다. 검정 원피스에 데님 재킷은 그 계절에는 썩 어울리지 않았다. 그녀도 그에게로 엎질러지려는 마음을 일으켜 세우느라 재킷을 바로잡고 헛기침을 몇 번 하고 났더니 그의 차가 도착했다.

주연은 자매가 아닌 형제들이 이런 데서 만나서 식사를 한다는 게 좋아 보이면서도 보편적인 것인가 의아했다. 인터넷 검색창에 '프러포즈 장소'를 치면 제일 먼저 뜨는 곳이었다.

−원래 동생분하고 이런 데서 만나요?

−그럴 리가. 오늘은 주연 씨와 같이 보는 거니까 특별히.

−그런 거죠? 난 또 형제들이 이런 데서 만나서 식사하는 게 자연스러운 건가 해서요.

−어떨 땐 격식이 필요한 자리에서 만나야 서로에게 도움을 줄 수 있거든.

주연은 이 말 뜻을 잠시 후에 알았다. 그들은 자주 싸웠고, 싸우지 않기 위해 격식을 차리는 자리가 필요하다는 뜻이었다. 타인의 시선을 의식하는 그들에게는 공개된 장소가 자신들의 행동을 통제하는 역할을 해주었던 것이다. 그런 노력에도 불구하고 그들은 결국 말다툼으로 끝냈다.

다들 저녁 식사를 안 한 상태라 안주 겸 식사를 대신할 수 있는 돈가스와 독일 소시지 모둠을 시켰다. 민석의 동생이(지금은 이름이 기억나지 않는다) 소시지를 포크로 찍으며 성적인 언급을 했다. 소시지 끝에 칼집을 넣은 것을 보고 '저희 형 안 했는데, 괜찮으세요?'라고 물었던 것이다. 농담이라고 지나칠 수도 있지만 여자에 따라서는 기분 나쁘게 여길 수도 있는 화제였다. 하지만 그 동생은 그런 것조차 가볍게 만들어버리는 재주가 있었다. 역시나 게다가 동생이었다.

민석의 동생이 그녀를 빤히 바라보며 대답을 기다리고 있었지만 그녀는 아직 그의 것을 못 본 상태였다. 그녀가 할 수 있는 대답은 애매하게 미소 짓는 것이었다. 이 능력자 동생이 그녀를 매력 없는 여자로 단정 지어버릴 것 같아서 사실대로 말할 수 없었다.

그날 민석은 그녀가 민석의 주량을 다시 생각해볼 정도

로 술을 많이 마셨다. 그녀가 워낙 술에 약하니까 그동안 민석이 그녀의 템포에 맞춰 조절을 한 것인지, 동생을 보면 질투심 때문에 과음을 하는지는 알 수 없었다.

동생과 헤어지고 주연을 집에 데려다주다가 민석은 그녀의 기분이 심상치 않다고 느꼈는지 동생이 한 말 너무 신경 쓰지 마, 그 녀석 일부러 나한테 싸움을 건 거야, 라고 말했다. 사실 그녀는 그의 동생이 아니라 민석에게 화가 난 것이었기 때문에 민석의 그 말이 전혀 위로가 되지 않았다. 민석과 키스도 하지 않았는데 동생한테 그런 이야기를 듣는 것에 그녀는 이상하게 감정이 비틀어졌고, 그런 자신의 마음을 들여다보는 게 지겨워졌다. 만약 그 반대였다면 동생을 비난했겠지만 둘의 관계를 비웃는 것처럼 느껴져서 비난이 민석을 향한 것이다.

둘이 어떤 관계냐고 누군가 묻는다면 그녀는 뭐라고 대답할 수 있을까. 한 달에 두 번 정도 보는 사이. 서로 이야기가 잘 통하는 친구이자 동료지만 연인이라고 공표하긴 어려운 사이.

그녀가 민석과의 결혼에 목매고 있는 건 아니지만 누군가를 만나면 결혼을 생각할 수밖에 없는 나이였다. 둘은 분명 친밀한 사이였지만 어떤 약속도, 미래에 대한 암시도 없었다. 결혼이라는 것이 분명 어느 쪽에도 부담을 주어서는 안 되는 사항이지만 연인관계에 있는 두 사람은 저울이나 시소처럼 감정의 평형을 이루기 어렵다. 결혼이나 미래 같은 용어를 사용해서 심리적인 양을 서로 조절해가는 것이다. 여기서의 약속은 꼭 지키라고 있는 것이 아니고 '관계의 타당성'을 확증하는 것이다. 관계의 타당성은 쌍방의 심리를 안정시키는 수단도 된다.

그냥 이유 없어. 그게 개 스타일이야. 그녀가 대답이 없자 민석이 덧붙였다. 주연은 민석이 말한 스타일이라는 게 뭘 말하는지 몰랐다. 아무나 만나면 싸움을 거는 게 스타일이라는 건지, 형의 여자친구를 보면 성적인 농담으로 공격을 하는 게 스타일이라는 건지.

창밖을 바라보고 있는 그녀에게 민석이 툭 뱉었다. 개가 작곡을 하고 싶어 했거든. 그 말에 그녀가 든 생각은 그게 뭐 대단한 거라고, 였다.

18.

히치콕 영화에 그런 대사가 있다. 너는 너 자신밖에 몰라. 그게 얼마나 옆에 있는 사람들을 힘들게 하는지 알아?

민석은 자신의 유학 생활에 대해 거의 말하지 않았다. 처음엔 겸손함처럼 여겨졌는데 나중에는 미국에서 무슨 트라우마가 있었던 건가라는 생각이 들 정도였다. 어느 날 주연이 미국에서 공부하는 건 어땠냐고 꼬치꼬치 캐묻자 마지못해 말했다.

한국 교수들처럼 그렇게 친절하지는 않아. 나무 꼭대기에 매달려 있는 망고를 따기 위해선 악착같이 바닥부터 기어올라가야 해. 아무도 손을 내밀어주거나 엉덩이를 받쳐주지 않으니까. 여행도 못 갈 정도였으니까 말 다 했지. 여행이라곤 나이아가라 폭포에 가본 게 처음이자 마지막이었어. 그것도 박사논문을 통과하고 한국행 비행기 표를 끊은 뒤였지. 좀 벗어나고 싶다는 생각뿐이었어. 그때 머릿속에 떠오른 곳이 나이아가라 폭포였어. 왜 그 영화 있잖아. 마릴린 먼로 나오는 영화. 대학 다닐 때 학교 앞 비디오 가게에서 히치콕 시리즈를 열심히 빌려 봤거든.

누구하고요?

혼자.

혼자요?

응. 혼자지. 그럼 히치콕 영화를 애인이랑 보겠어?

아니, 나이아가라 폭포요.

혼자.

혼자?

그의 유학 생활이 편하지 않았음을 말해주는 것이지만 그는 어쨌든 학부생들에게 알프레드 우스트볼스카야의 제자라는 것만으로 영웅 대접을 받았다. '그'가 아니라 '그의 배후'에 드리운 후광효과 때문이라고 사람들이 쑤군대긴 하지만 앞으로는 누구도 이룰 수 없는 것이었다. 우스트볼스카야는 이 세상에 없는 사람이니까.

하루는 스터디 멤버들에게 이민석 교수님한테 지도를 받기 전에 예비 검사를 받고 싶은 사람은 곡 제출을 해도 좋다고 말했다. 연두 혼자 보내왔다. 〈바이올린과 튜바를 위한 협주곡〉이었는데 학부생치고는 깜짝 놀랄 정도로 괜찮은 곡이었다. 전체적인 짜임새도 괜찮았고 기존에 없던 새로운 음색을 많이 사용했다. 콩쿠르에 내보라고 여기저기 수정할 부분을 지적해주었다.

스터디를 마치고 학교를 막 빠져나가는데 연두가 정문 앞에서 신호가 바뀔 기다리고 있었다. 주연은 연두 앞에 차를 세웠다. 지하철역까지 태워다주겠다고 했다. 연두가 랩스커트를 여미며 조수석에 탔다. 얇은 카디건에 랩스커트. 대학교 4학년, 스물세 살, 아니다, 일 년 휴학을 했다고 했으니 스물네 살, 한창 예쁠 때다. 주연은 자신에게도 저런 나이가 있었나 싶었다. 주연이 쉰 살의 삶을 예상할 수 없듯이 스물네 살이었을 때의 기억도 까마득했다. 가장 생생한 건 현재지만 현재를 즐기기에 이상은 너무 회의적이었다.

―연두야, 나한테 합평 받은 곡, 그거 이민석 교수님께 합평 받았니?

―네.

―뭐라셔?

―선생님 조언과 비슷해요. 여러 가지 주법들은 참신한데 너무 미니멀해서 단조롭다고요. 근데 그거 교수님 댁에서 합평 받았어요. 교수님이 생신이라고 그래서요.

―아, 그래? 교수님 생일이셨어?

주연은 담담한 척 말했지만 속이 부글부글 끓었다. 민석의 생일은 둘 통틀어 처음 맞는 생일이었다. 떠들썩하게는 아니더라도 뭔가 의미 있게 분위기를 잡고 싶었다. 생일 선물도 미리 사고 잔뜩 기대에 부풀었지만 민석이 곡 마감이 얼마 안 남았다며 미루자고 했던 것이다. 서운했지만 곡 마감 때 얼마나 피를 말리는지 그녀도 잘 알기에 받아들였다. 그런데 이 애들은 민석의 집에 가서 생일 축하를 떠들썩하게 한 것이다.

연두가 내려야 할 지하철역이 저만치 보였지만 주연은 연두를 내려주고 싶지 않았다. 주연은 차를 최대한 천천히 몰며 부드럽게 물었다.

　─교수님 댁에서 어땠어?

　─재미있었어요. 합평 끝나고 교수님이 저녁도 만들어주셨어요.

　─뭐 만들어주셨니.

　─쌀을 볶은 다음 해물을 넣고 끓인 거요. 정말 맛있던데요. 이름은 모르겠어요.

　─좋았겠구나.

　주연은 민석이 냄비에 올리브오일을 두르고 해물과 불린 쌀을 넣고 볶는 상상을 했다. 그건 민석이 이 아이들과, 아니 연두와 섹스하는 장면을 떠올리게 했다. 주연은 견딜 수 없이 불결하게 느껴졌다. 스터디 멤버는 다섯 명이었는데 왜 하필 그중에 연두를 떠올렸을까. 나중에 일어날 일들을 예견이라도 한 것처럼.

　─아이들은 이민석 교수님이 무슨 말 한 마디 할 때마다 야광봉을 흔들어대요.

　─야광봉?

　─아이돌을 만난 것처럼 눈이 빛나요. 교수님을 너무 좋아하는 것 같아요.

—넌 안 그래?

—저는 교수님을 경배해요. 교수님이 현대음악의 시작은 음향이다, 어떤 소리를 낼 것인지를 고민해야 한다고 했을 때 살짝 비명을 지를 뻔했어요.

그건 알프레드 우스트볼스카야가 쓴 『현대음악의 이해』의 작곡론 첫 페이지에 나오는 문장이다. 주연도 학부 때 그걸로 배웠고 연두도, 그리고 아마도 그 작곡가를 뛰어넘는 이론가가 나오기 전까지 많은 작곡 전공생들이 작곡 실기 첫 시간에 그 문장으로 배울 것이다.

민석은 현재 자신의 지위를 얻기 위해 엄청 노력했다. 그런 이야기를 한 적 있다. 대학교에 다닐 때 일주일에 한 편씩 곡을 썼어. 혼자 자학에 빠지기도 하고 기쁨에 비명을 지르기도 했지만 어떤 공모에도 당선되지 않았지. 방학이면 그런 나 자신에게 벌을 내리기 위해 갈빗집에서 숯을 달구는 일을 하기도 하고, 공사판에서 벽돌을 나르기도 했어. 근육들이 비명을 지르고 뼈마디가 쑤셔. 누우면 몸이 방바닥에 인절미처럼 퍼지는 기분이 들고. 그 지경이 되면 내가 결국 당도할 곳은 음악뿐이라는 생각이 들지. 몸을 혹독하게 다루면 재능을 미워하는 마음이 슬며시 사라지거든.

몸을 극한대로 학대한 이후에 얻을 수 있는 절박함을

가지고 미국에 가서 이뤄낸 성과였다. 누군가가 야광봉을 흔들어대거나 경배한다고 해도 질투하면 안 되는 것이다.

그렇지만 연두에 대해서는 잘되지 않았다. 주연은 연두가 자신이 가지지 못한 남들의 재능을 부러워하는 데 힘을 쏟거나, 여기저기 기웃거리지 않고 한발 한발 내딛다 보면 분명 그럴듯한 자리는 차지할 것이라고 믿고 있었다. 주연은 연두의 그런 완성되어가는 그 어떤 것을 조마조마하게 지켜보며 그것이 깨지길 기대하고 있었던 걸까. 언니가 자신의 어떤 것이 완성되어가고 있던 길목에서 그것을 놓아버렸듯이.

―지금의 너를 있게 한 기억 같은 건 없니?

사람들이 성격이라고 뭉뚱그려 규정짓는 덩어리 속에는 이런저런 콤플렉스가 웅크리고 있고 그것이 타인의 콤플렉스와 만나 인연이라 불리는 경우의 수들을 빚어내게 된다.

주연은 왜 연두가 자꾸 신경 쓰이는지, 연두와 그녀가 어떤 기억의 끈으로 연결되어 있지 않을까 싶어서 물은 것이다. 연두에 대해 느끼는 감정이 지저분한 질투 때문이 아니라 어떤 콤플렉스가 화학작용을 일으켜 내밀한 신호를 보내는 거라고 믿고 싶었던 건지도 모른다.

- 글쎄요. 뭐 특별히 콕 집어 말씀드릴 만한 게…….

- 형제는 어떻게 돼?

- 전 외동이에요.

- 외동이면 외롭지 않았어?

- 아뇨. 전 혼자가 좋았어요. 엄마가 딴 애들처럼 동생 낳아달라고 졸라대지 않았다고 넌 참 이상한 아이라고 하더라고요.

연두의 대답 속에 콤플렉스를 유추할 만한 단서는 없었다. 이상하게도 주연은 연두와 이야기를 나누면서 계속 떠나지 않는 의문이 하나 있었다. 과연 연두가 개방적인 스타일일까, 폐쇄적인 스타일일까, 하는 점이었다. 연두가 조금은 폐쇄적인 마인드이길 빌었다가, 그런 행동이 남자를 더욱 부추긴다는 속설이 떠올라 개방적이길 바랐다.

결국 주연이 두려운 것은 민석이 연두에게 굴복당하고 말 것이라 단정 짓고 체념하는 것이었다. 매력은 대상을 항목별로 각각의 점수를 매겨 총점으로 승부를 가리는 올림픽 종목 같은 것이 아니다. 이를테면 연두가 그녀보다 젊고 예쁘다는 것 하나만으로 이제까지 쌓아온 주연의 경력이나 성과들은 아주 취약한 지표로 전락해버린다. 연두의 미래가 검증되지 않았다는 것은 아무런 장애가 되지 않는다. '어리고 예쁘다'는 손에 잡히지 않는 허상 때문에 주연은 낡은 칼 한 번 휘둘러보지 못하고 지레 포기해버리고 말 것이다. 절대반지가 무서운 것은 그것이 실재해서가 아니라 실재한다고 믿는 경배 때문이다.

　－이민석 교수님 비밀 하나 알려줄까?

　－뭔데요?

　연두가 몸을 끌어와 운전석에 앉은 주연을 빤히 들여다보았다.

　－공적인 것과 사적인 것을 잘 구분하지 못하시는 것 같아. 자신이 너무 자유로운 나머지 다른 사람들에게도 자유를 강요하는 경향이 있고.

　'너는 너 자신밖에 몰라. 그게 얼마나 옆에 있는 사람들을 힘들게 하는지 알아?'라는 히치콕의 대사를 순화시켜서 한 말이었지만 그게 무슨 뜻인지 주연 자신도 정확히는 몰랐다. 단점이라고 말할 수 있을지도 알 수 없었다. 툭 튀어나온 말이지만 곰곰이 생각해보니 그녀가 민석을 향해 하고 싶은 말이었다. 자신을 타인에게 얽매이기 싫어서 자유라는 이름으로 타인을 내버려두는 것. 주연이 그 말을 까맣게 잊은 건 모호하고 의미가 불확실한 말을 골라 나중에 누구에게도 어떤 빌미를 주지 않으려는 그녀의 무의식이 작용했기 때문일 수도 있다.

─저 여기에서 내려주세요, 교수님. 고맙습니다. 조심히
들어가세요.

　연두가 주연에게 인사를 하고 지하철역을 향해 걸어갔
다. 주연은 자신이 모르고 스쳐 지나온 젊은 날의 유혹의
빛을 발산하는 연두의 뒷모습을 오래 훔쳐보았다.

　19.

　주연은 연두를 내려주고 백 미터도 못 가서 갓길에 차
를 세웠다. 그녀도 해보지 못한 생일 파티를 민석은 제자
들과 시시덕거리며 했다. 연애를 할 때 설렘에서 분노로
바뀌는 휘발성에 대해서라면 사건사고 기사에서 흔히 볼
수 있지만 그녀가 막상 기화되는 순간을 맞이하자 훨훨
타오르며 극점을 찍었다.

　─바빠요?

　─그렇지 않아도 전화하려고 했는데. 곡 거의 마무리했
으니 집으로 올래?

　갓길에 세우느라 작동시킨 비상등의 깜빡이 소리가 둘
사이의 대화 속에 규칙적으로 끼어들었다.

　─그럼 밖에서 맛있는 거 먹어요. 생일 파티 해야죠.

─생일 파티는 무슨. 생일도 지났는데. 그냥 집에서 간단히 먹자. 꼼짝 못 할 것 같아.

스터디 애들이랑은 생일 파티 했다면서요, 라는 말이 입안에 맴돌았지만 겨우 가라앉혔다.

─그럼 지금 갈게요.

주연은 생일 선물을 미리 사두길 잘했다는 생각이 들었다. 지난주에 화장품을 사러 백화점에 간 김에 그의 선물을 사서 차 트렁크에 넣어두었던 것이다. 그의 취향과는 상관없이 검정 드레스셔츠로 골랐다. 연주자나 작곡가라면 검정 셔츠는 몇 개라도 필요했다. 사실 그녀는 남자들이 흰 셔츠를 입은 걸 더 좋아하지만 흰색은 얼룩에 취약하다. 얼룩이 생기면 입을 수 없다. 선물 받은 옷을 민석이 오래 입는 만큼 그녀를 오래 기억하길 바랐다.

민석은 소파에 비스듬히 기대앉아 있었다. 머리는 형클어져 있었고 허기져 보였다. 앓은 것처럼 보이기도 했다. 주연이 어디 아프냐고 묻자 며칠 동안 작품의 실마리가 안 풀려 밤샘 작업을 했고 괴로움과 자학으로 종일 아무것도 먹지 않았다고 말했다. 제자들과 즐기느라 하루를 허비해버리고 자청한 괴로움이라 얄미운 마음이 들었지만 작품의 완성을 위해 고군분투한 그 자체는 아름답다는 생각이 들었다.

그녀가 작품을 쓰느라 밤을 샜던 적이 있기나 한지 아득하게 여겨졌다. 그녀가 미친 듯이 곡을 썼던 시기는 열아홉, 고3 때뿐이었다. 뒤늦게 피아노에서 작곡으로 전공을 바꿨으니 다른 아이들보다 몇 배를 더 열심히 써야 했다. 곡을 쓰다가 고개를 들어보면 어느 샌가 새벽이 가까이 다가와 있었다. 그 새벽은 그녀를 새로운 세계로 데려가줄 빛이었다. 그러나 그 이후 곡을 쓸 때의 괴로움은 그냥 괴로움일 뿐이고 수고는 지겨운 수고일 뿐이었다. 그래서 다른 사람이 곡에 바치는 수고나 괴로움은 바라보는 것만으로도 숭고하고 아름다운 예술혼이 된다.

―뭐 좀 만들어 줄까요?

―배는 별로 안 고프고 술을 좀 마시고 싶은데 괜찮겠어?

―괜찮죠.

주연이 냉장고 문을 열었다. 늘 물병 옆에 맥주 캔이 몇 개씩 있었는데 하나도 없었다.

―어? 술이 없네요. 술 사 올 걸 그랬네.

―내가 작업하면서 다 마셨나 봐. 거기 냉장고 옆에 봐봐. 와인 있을 거야. 애들이 생일이라고 사 왔네.

주연은 와인을 들어올려 봐봤자 잘 알지도 못하는 라벨을 읽는 척하면서 마음을 다스렸다. 와인을 따고 치즈를 접시에 담아 거실로 갔다. 민석이 그녀가 찾지 못했던 올리브를 꺼내 와 와인과 함께 먹고 마셨다. 그는 제자들이 사 온 붉은 와인을 마시면서 서서히 기운을 차리는 듯 보였다. 제자들의 젊은 피를 먹고 싱싱하게 피어나는 것 같았다.

— 연두도 왔어요?

— 그럼 왔지. 개가 스터디 장이잖아.

— 걘 남친 있어요?

— 연두랑 동기인데, 승일이라는 것 같던데. 몰랐어?

잘 모르는 애였다.

— 연두 곡 어땠어요?

— 잘 썼던데. 본인은 자신이 잘 썼다는 걸 모르는 것 같아서 적당히 칭찬했어. 학부생들 잘못 칭찬했다가는 자만해져서 곡이 산으로 가는 경우가 종종 있으니까. 콩쿠르에 내보라고 말은 했는데.

주연은 민석이 누군가를 칭찬하는 게 익숙하지 않았다. 더욱이 연두를 칭찬하는 건 친척들이 언니의 외모를 칭찬할 때 같이 서 있던 자신은 투명인간이 된 것처럼 머쓱했던 기억을 떠올리게 했다.

민석에 대한 질투 때문인가, 아니면 주연이 가지지 못한 음악적 재능을 연두가 가져서인가, 둘 다일 것이다. 확실한 건 연두가 패배했으면 하는 생각이었다. 연두가 주저앉아 울고 있다면 진심으로 토닥여주고 연민할 수 있다. 그러나 주연이 사랑하는 남자나, 이십 년 이상을 바쳐온 음악에 연두가 더 뛰어나다면 진심으로 박수 쳐줄 수 없다. 조금 전에 벌어진 랩스커트의 앞부분을 여미며 다소곳이 내리던 연두가 오버랩됐다. 주연은 자신의 몸속 어느 지점에서 기분 나쁜 불을 지피려 해 끼얹듯 와인을 원샷했다.

그때 주연이 민석에게 공대생과의 해프닝을 꺼낸 것에는 연두에게 느꼈던 질투심을 민석에게서 유발하고 싶은 마음이 있었을 것이다. 민석이 주연의 존재를 의식하고, 긴장하는 마음을 갖길 바랐다. 인간이 에로스도 플라토닉도 아닌 그냥 단순히 알코올의 힘에 의해 어떤 행위를 유발할 수 있는지 경고하고 싶었다. 그 이후 민석을 만나기 전까지 십여 년의 솔로 생활을 밝히는 것은 그녀 성격의 일반 특성이기 때문에 의미가 없었다.

ㅡ이후 그 공대생을 한 번도 본 적 없고, 사실 그때도 잘 알지도 못하는 애였는데, 충동적으로 키스를 하다니 지금 생각해도 나답지 않은 것 같아요.

ㅡ왜 안 잤어?

예상치 못한 질문에 주연은 민석을 바라보았다. 반년이

넘도록 키스도 안 하는 사람이 원나잇 스탠딩에 대해 언급하니 좀 당황했다. 게다가 민석의 그 말은 그녀가 처음에 의도했던 것과 달리 어떤 질투도 담고 있지 않았다. 호기심에 가까웠다. 그녀는 자기도 모르게 거짓말을 했다.

－글쎄요, 어느 쪽도 거기까지는 생각지 못했을걸요. 아니면 그 남자가 술을 너무 많이 마셔서 안 섰거나.

그녀는 비교적 사고와 발화 사이의 괴리가 큰 편이고 그녀가 스스로 정한 어떤 단어들은 절대 입 밖으로 끄집어내지 않는 편이다. 예를 들어 ‘선다’ 같은 단어들. 질투심이 배제된 민석의 질문에 살짝 화가 나서 그녀의 사고 체계 같은 게 와르르 무너진 때문인지 모르지만 확 뱉고 나니 어쨌든 후련했다. 그리고 앞으로는 좀 더 자주 마음의 필터링을 거치지 않고 말을 해야겠다는 생각도 들었다. 그러나 한편으론 그게 나이 들어가는 특징 중의 하나일 거라는, 그녀가 이십대일 때만 해도 경멸했던 특성들을 후련해한다는 것에 좀 씁쓸한 마음도 들었다.

－그래, 도덕보다는 욕망이 강하지.

－욕망이 강하다고요?

민석이 한참 와인을 음미하더니 덧붙였다.

－그래, 그렇지만 욕망의 방향성을 알지 못한다는 게 함정이지.

욕망에도 방향이라는 게 있을까, 질투라면 몰라도.

ㅡ질투 때문에 힘든 적 있어요?

말을 하고 나자 게다가 동생과의 질투는 현재형이라는 얘기를 한 게 기억났다. 그래서 덧붙였다.

ㅡ여자에 대해서요.

ㅡ여자 때문에 질투한다…… 질투를 안 하는 남자들이 있을까. 그렇지만 내 경우에는 이십대 초반에만 좀 심했던 것 같아. 그 이후에는 자연스럽게 거리를 두게 되더라고.

ㅡ거리를 둔다는 건 무슨 뜻이에요?

ㅡ음…… 그냥 그 대상을 싫어하게 되는 거지. 어쩌면 편의적인 것인지도 몰라. 질투하는 나 자신이 너무 힘들어서 아예 피하는 쪽으로 발전한 건지도. 주연 씬 어떤데?

ㅡ저는 거의 없는 편이에요.

주연은 말하고 나서 찔끔했다. 민석처럼 대상을 피하는 쪽으로 발전했다면 좋겠다는 생각을 했다.

ㅡ그래? 그럼 속은 편하겠군.

ㅡ축하해요. 생일도 축하하고, 곡 마무리한 것도 축하하고.

불리한 화제로 이야기를 끌어갈 필요가 없다. 민석이 와인을 마시는 것을 보며 트렁크에서 생일 선물을 꺼내

오는 것을 잊었다는 사실을 깨달았다.

　—실은 지금 굉장히 기분 좋아.

　—곡 마무리해서요?

　—그것도 그건데, 그동안 머릿속으로만 뱅뱅 돌던 실마리를 드디어, 어젯밤에, 풀었어. 나는 이제까지 조성을 파괴하는 데만 모든 시간을 바쳤어. 일부러 조성을 깨는 데 에너지를 다 쏟아 빙빙 길을 돈 거야. 공사 중 팻말이 있다고 우리가 멀리 딴 길을 돌아갈 필요는 없잖아. 어쨌든 우린 그 공사 중 팻말만 피해 가면 되는 거야. 지나치게 의식했어. 음악적 미(美)에는 기본 형체인 선율이 있고 수천 번 변화하고 강조되면서 새로운 뼈대를 제공하는 화성이 있고 이 양자가 통합해서 움직이게 하는 음악적 동맥인 리듬이 있는 거잖아. 여기에 여러 다양한 음색의 매력이 합쳐지고. 이런 음 재료로 음악적 이념을 표현해야 하는 거지. 완전히 형상화된 이념이란 이미 그 자체로 독립적인 아름다움이며 스스로가 목적이 된다.

　—매력 넘치는 소리들의 의미 있는 연관, 그 연관의 조화와 대립, 이탈과 도달, 상승과 소멸. 우리의 정신적 직관 앞에 자유로운 음 형식으로 나타나 미적 만족감을 준다.

　—한슬리크. 음악적 아름다움.

마지막 말은 둘이 동시에 외쳤다. 그리고 둘은 와인잔을 부딪쳤다. 맑은 소리가 둘의 웃음소리를 가볍게 띄웠다.

—미학적인 것을 깨는 데 온 에너지를 쏟았어. 형식과 내용의 부조화만이 뭔가 새로운 것을 보여줄 거라고 오해한 거야. 새로움의 강박이 나를 구속했어. 왜 그 간단한 걸 이제야 깨달은 건지. 우리가 추구하는 목적을 위해, 자신의 음악의 완성을 위해 무엇을 수단으로 삼든지 그것은 용인될 수 있다고 봐. 내적인 자유를 외적인 통제에서 찾으면 안 된다고, 어떤 소리를 내느냐에 신경을 쓰라는 교수님의 말씀을 이제는 이해할 것 같아. 바그너도 조성의 파괴를 수단으로 삼았지 목적은 아니었어. 바그너에게 조성은 원인이자 결과였어. 니체는 바그너의 음악을 기분 나쁜 땀을 흘리게 하고 좋은 기분을 사라지게 한다고 했지만 결국 바그너는 영원히 남았어.

주연은 바그너의 〈결혼행진곡〉을 떠올렸다. 바그너는 여자 관계가 복잡한 바람둥이였고, 결혼생활도 순탄치 않았지만 아이러니하게도 〈결혼행진곡〉을 작곡했다. 지금 이 시간에도 수많은 예식장에서는 바람둥이가 만든, 신랑 신부의 영원한 서약을 알리는 결혼행진곡이 울려 퍼지고 있을 것이다.

─난 언제나 기회가 올까요. 공모전에 내려고 오케스트라 곡을 쓰고 있는데 어느 순간부터 진도가 안 나가요.

　─아직 기회가 많잖아.

　─남들이 들으면 나랑 민석 씨랑 한 십 년 차이 나는 줄 알겠어요.

　그 말에 그는 뭔가를 골똘히 생각하는 듯싶더니 말했다.

　─혹시 이번에 부산현대음악제에 안 됐다고 심통 내는 건 아니지?

　심통? 위로하고 힘을 주기는커녕 어떻게 그런 말을 할 수 있지? 주연은 민석과 전공이 같아서 이해하고 공감하는 부분이 많기 때문에 서로의 감정을 다치게 하지 않고 안전하다고 생각했는데 오히려 같은 전공이라서 이런 식으로 서로에게 상처를 줄 수 있다.

　그녀는 문득 바그너가 영향을 받았다는 쇼펜하우어의 문장이 떠올랐다. 모든 사랑은 공감이다. 공감이 아닌 사랑은 자기애이다. 민석이 그녀를 향한 건 사랑이 아니라 자기애였다.

20.

주연은 연두의 남자친구를 뒷조사했다. 뒷조사랄 것도 없이 금세 알게 되었다. 승일은 그녀의 강의를 듣고 있었다. 대강당에서 백 명 넘게 수강하는 과목이라 학생들을 잘 알지 못한 것이다. 둘은 사귄 지 삼 년씩이나 된 잘 알려진 CC였다. 입학 동기였지만 승일이 제대 후 복학을 해서 학년은 더 아래였다. 복학한 뒤에는 이론으로 전공을 바꿔 학부생들 연주회 때 지휘를 해주는 모양인데 평이 신통치 않았다. 둘은 잘 다투지 않는 희귀한 CC라고 연두의 주변 인물들이 전했다.

나중에 주연은 승일을 만난 적이 있다. 기말 점수에 이의를 제기하러 승일이 그녀의 방을 찾아왔다. 흰 라운드 티셔츠를 받쳐 입고 겉에 체크무늬 셔츠를 걸치고 있었다. 흰 티셔츠에는 'composer'라고 인쇄되어 있었다. 아마도 과대표가 동대문 같은 데서 단체로 싸게 맞춰서 나눠준 과티일 것이다. 패션에 안목은 없지만 목도 안 늘어났고 깔끔한 걸로 봐서 자취나 기숙사 생활은 하지 않는 것 같았다.

연두가 사귀는 당사자였기 때문에 주연은 은근히 긴장했지만 승일은 주변의 평범한 남자애들과 조금도 다르지 않았다. 승일은 3월 눈 내리는 날의 민석이나 형철과 비슷한 나이인데, 그때의 그들과 비교해보면 훨씬 어리다는 느낌이었다. 생각이 깊고 재능도 뛰어난 연두가 왜 저런 애를 사귀는 걸까 좀 의아했다. 하지만 주연이 민석과 형철을 만났을 때는 막 대학원에 입학해 어렸을 때였고 어린 시선의 착각이 그들을 더 거대하게 여겼을 수도 있다. 지금은 그녀가 선생으로서 승일을 내려다보는 입장이고.

주연이 뭐가 문제냐고 묻자 승일이 자기 생각에는 A일 것 같은데 B+가 나왔다고 말했다. 그녀는 시험지를 꺼냈다. 승일의 이름을 찾으면서 왜 그렇게 생각하냐고 물었다.

 —잘 썼거든요.

 —성적 내는 방식이 상대평가라는 건 알고 있겠지?

 —네.

 —그건 네가 잘 썼다고 해도 더 잘 쓴 애가 있으면 B+가 나올 수 있다는 뜻이고.

 —네. 알고 있습니다. 확인해보고 싶었습니다.

요즘 애들과 달리 또박또박 잘 쓴 글씨체였다. 답안지를 보니 그녀가 A와 B+ 사이에서 망설였던 답안지인 게 기억났다.

—이 답안지에는 문제가 없어. A와 B+ 사이에서 망설이다가 출석을 보니 네가 몇 번 빠졌더구나. 그래서 B+가 된 거야.

—예, 알겠습니다. 그럼 됐습니다.

그는 나가면서 다시 한 번 인사를 했다. 야망도, 의지도 없는 애였다. 세상에 대해 너무 빨리 수긍해버리고 착하다는 평에 만족하는 타입이다. 주연은 한편으로 안도했다. 연두가 사귀는 사람이 그녀가 반할 정도의 사람이라면 그것 또한 질투날 것이다.

21.

해가 바뀌었다. 승일은 한 학년 올라갔고 연두는 대학원에 입학했다. 연두는 민석의 첫 지도학생이 되었다. 민석은 연두의 첫 지도교수가 되었다. 민석은 연두를 조교로 지명했다. 하루는 연두가 주연에게 이런 질문을 했다.

조교가 어느 정도까지 교수의 일을 돕는 건가요?

딱히 정해진 범위는 없지만 교수가 시키는 일이라면 해야 하지 않을까?

만약 이삿짐 옮기는 걸 도우라고 했다면 그 지시에 따

라야 할까요?

설마 그런 교수가 있을라고. 대학교가 군대도 아니고.

연두는 뭔가 깊은 생각에 잠긴 표정을 짓더니 혼잣말처럼 말했다.

그때 교수님 말씀이 맞았어요. 그때의 충고를 새겨들었어야 했는데…….

주연은 무슨 말인가 싶어서 연두를 바라보았다.

전에 그런 말씀 하셨잖아요. 이민석 교수님이 공적인 것과 사적인 것을 구분하지 못하는 분이라고요.

그제야 주연은 얼마나 멍청한 짓을 했는지 깨달았다. 강사이긴 해도 엄연한 선생이 학부생에게 교수 험담을 늘어놓다니, 그것도 사적인 자신의 감정을 주체하지 못해서.

22.

그러니까, 어디서부터 어긋났던 것일까. 민석과 처음이자 마지막으로 자고 나서 병원에 가서 사후피임약을 처방받고 그 약을 입에 털어 넣은 뒤 복잡한 감정에 휩싸였던 것들. 그 며칠 후 팔짱을 끼고 장미 화단 앞에서 포즈를 취하고 있는 민석의 사진을 『음악세상』에서 발견하고 주연이 그에게 헤어지자는 문자를 보낸 것. 이틀이 지난 뒤에 많은 고민 끝에 결정한 것이라고 생각해, 그 생각 받아들일게, 잘 지내, 라는 민석의 짧은 답을 보고 울었던 것들.

부산현대음악제에 학장과 민석이 초대되었다. 주연이 학장을 모시고 운전을 해서 내려가기로 했다. 민석은 학장과 함께 움직이는 게 불편했는지 핑계를 대고 저녁에나 도착할 거라고 했다. 두 명의 대학원생을 뺀 나머지 발표자들은 현역에서 활발히 활동하는 작곡가들이어서 자기들끼리의 경쟁심도 대단할 것이었다.

다음 날부터 일정이 시작되는 거라 대부분 저녁에 내려올 테지만 주최 측에서 학장과 민석, 그리고 독일과 한국을 오가며 활동하는 작곡가 한 명을 저녁 식사에 초대해서 그들은 일찍 출발했다.

중간에 휴게실에서 우동 한 그릇을 먹고 곧바로 달리기 시작해서 부산의 마린호텔에 도착했을 때는 4시쯤이었다. 약속된 저녁 식사 시간까지는 여유가 있었다. 주연은 좀 쉬고 싶었다. 학장에게 말했더니 흔쾌히 그렇게 하라고 했다. 나중에 로비에서 만나기로 하고 배정된 방으로 들어왔다. 방으로 막 들어서는데 통유리창으로 바다가 훤히 내려다보였다. 기분이 묘했다. 주연은 여행을 가고 싶어 했고 민석은 집에서 함께 밥을 먹고 싶어 했다. 유학 생활 중 지겹도록 혼자 밥을 먹어서라고 했다.

그녀는 샤워를 하고 가지고 온 옷들을 하나씩 입어보았다. 검정 원피스가 제일 무난했지만 지나치게 무난했다. 그 옷은 연주회 당일에 입어야겠다고 생각했다. 허리 부분에 셔링이 잡혀 있어서 뱃살은 가려주면서 가슴은 강조하는 민소매 보라색 원피스를 입었다. 그 위에 검정 카디건을 걸치고 밝은 분홍의 립스틱을 발랐다. 엘리베이터가 1층에 멈추고 로비에 발을 내딛는 순간 형철이 아이디카드를 목에 걸고 두 여자에게 뭔가를 지시하고 있는 장면이 눈에 들어왔다. 저 사람이 왜……라는 당혹감을 가라앉히기도 전에 형철이 그녀를 발견했다.

─어? 웬일이야?

─선배님이야말로 웬일이세요?

─이거 우리 회사가 기획했잖아. 혹시 음악제에 초대된 거야? 명단에 없던데.

형철이 팸플릿을 들춰보는 시늉을 했다.

─박 교수님이 미국에 계셔서 제가 학장님을 모시고 왔어요.

―민석이는?

―일이 있어서 저녁에 도착한대요. 잘 지내셨죠?

―정신없이 지냈지. 저녁 식사에 오지?

―네.

형철이 민석과 그녀가 사귀고 있는 것을 알지 못할 것이고, 민석 또한 그녀가 형철과 사귄 것을 알지 못할 것이라고 그동안 믿어왔는데 형철을 보는 순간 혹시 이 둘은 그 사실을 알고 있는 것이 아닐까, 아찔했다. 민석이 그녀와 거리를 유지한 이유가 그녀가 형철과 사귄 사실을 알아서일 수도 있는 것이다.

주연은 형철을 만나는 동안 민석 얘기를 들은 적 없고, 민석을 만나는 동안 형철을 화제로 꺼낸 적이 없다. 그녀는 누군가를 사귀면 그전에 사귄 사람에 대해 거의 말을 하지 않는 편이다. '과거 남자가 현재 남자의 발목을 잡으니 어떤 유혹에도 과거는 털어놓지 말라'는 충고 때문만은 아니다. 그녀가 남자친구의 과거를 시시콜콜 듣고 싶지 않듯이 남자들도 마찬가지일 거라고 생각해서였다. 나중에 형철과 민석이 특별한 사이라는 것을 안 뒤에는 더욱 "저 새끼 저럴 줄 알았다"는 말의 의미를 형철에게 물어보지 않았고, 민석에게 형철이 그런 뒷담화를 했다는 말을 전하지 않았다.

둘은 대학 동기 이전에 예고 동창이었다. 그것도 평범한 동창이 아니라 단짝이었다. 고등학교 삼 년 내내 일등을 나눠 가졌고, 서로의 실력을 인정하는 사이였다. 어머니들끼리도 학교 행사가 아니어도 따로 만나 차를 마실 정도로 친했다.

민석과 형철이 틀어지게 된 계기는 고3 크리스마스이브였다. 그들이 다닌 예고에서는 크리스마스이브에 작곡과를 포함해서 기악, 성악 등 1등을 한 음악부 학생들의 음악을 연주해주는 게 연례행사였다. 전교 학생들이 대강당에 모여 한 해를 마무리하는 피날레로 성대하게 치르기 때문에 다들 영광으로 여기는 무대였다.

형철이 1등, 민석이 2등을 차지했다. 그러나 연주회를 앞두고 형철이 표절 시비에 휘말렸다. 형철이 졸업한 선배의 곡 일부를 차용했다는 혐의였다. 그걸 제보한 사람은 민석이었다. 선생님들이 모여 심의를 가졌다. 표절이라고 단정 짓기는 어렵지만 표절이 아니라고 주장하기도 어려운 상황이었다. 형철의 부모님이 학교로 호출된 자리에서 또 한 번의 회의가 열렸다. 성적은 형철이 1등 그대로 가되, 연주회에는 2등인 민석의 곡이 올라가기로 결정됐다.

크리스마스이브에 민석의 곡이 연주되기 시작하자 형

철이 구토를 하며 연주회장을 뛰쳐나갔다. 구토를 한 게 사실인지는 알 수 없지만 소문이 이렇게까지 돌 정도면 둘 사이가 심각했던 건 사실이라고 할 수 있었다. 모든 학생들이 원하는 꿈의 무대 바로 직전에 그런 불명예스러운 문제에 시달린다고 생각하면 당사자에게는 목숨을 걸 만한 일이었을 것이다. 예고 학생들은 워낙 경쟁이 심해서 실기 성적이 떨어지면 입에 거품을 물고 쓰러져서 응급실에 실려 가는 경우도 있다고 들었다. 더욱이 자기랑 가장 친한 친구가 표절을 알린 제보자라면 상처는 더 클 수 있었다.

둘은 그렇게 어긋나기 시작해서 같은 대학을 다니는 내내 서로 말 한마디 나누지 않았다. 3월의 눈 내리는 날 민석이 떠난 것도, 형철이 민석의 뒤통수에 대고 욕을 한 것도, 대학 사 년 내내 같이 다닌 것도 모자라 대학원에서까지 또 얼굴을 맞대야 하는 게 서로 괴로워서였다. 이런 민석과 형철이 각자 다른 길을 가고 있는 건 둘을 위해서도 잘된 일이었다. 민석은 유학을 다녀와서 교수이자 작곡가로 활동하고 있고 형철은 공기업인 예술위원회에서 기획과 연출로 확실히 입지를 굳히고 있다.

그런데 민석이 형철의 표절을 제보한 것은 꿈의 무대에서 형철을 끌어내리고 자신의 곡을 올리기 위해서였을까,

아니면 순수하게 예술을 보호하기 위해서였을까. 거꾸로 부산음악제에서 연주된 민석의 곡을 형철이 〈달에 홀린 삐에로〉를 표절했다고 걸고넘어진 것은 예술적 차원에서 였을까, 예술가로서 승승장구하는 민석을 끌어내리기 위해서였을까.

23.

─민석이 오면 나한테 전화 좀 줘. 전화번호 알지?

─안 바뀌었죠?

─응.

안 바뀌었냐고 물었지만 주연에게는 형철의 전화번호가 없었다. 중간에 핸드폰을 잃어버린 적이 있는데 그때 그녀가 알고 있던 지인들의 번호를 몽땅 잃어버렸다. 대부분의 사람은 전화를 걸어와서 번호를 알게 되었는데 형철은 술에 취해서 실수한 척으로라도 전화를 걸지 않았다.

형철은 뒤돌아보지 않는 사람이었다. 그에게 타이틀이 되지 않는 과거는 의미가 없었다. 미래의 현신인 '돈'을 위해서라면 자신의 온 일생을 바칠 것을 선서라도 할 사람이었다. 그녀나 민석처럼 바닥도, 실체도 보이지 않는 재능에 대한 회의감 따위에 괴로워하지 않았다. 세상을 변화시킬 수 있는 상상력을 가지지 않은 것을 부끄러워하지 않았으며 꾸역꾸역 주어진 과제를 수행해서 받아낸 학위로 죽을 때까지 먹고살 수 있는 것에 만족할 타입이었다.

주연은 형철의 그런 성격을 부러워한 적도 있었다. 자학하거나 차곡차곡 쌓아온 분노를 사회구조에 쏟아버리는 사람보다는 훨씬 낫다고 생각했다. 모든 허물을 자신에게 돌려 빚에 허덕이는 사람도 숨 막히지만 모든 것을 사회 시스템 탓으로 돌리는 사람 또한 불편하다. 그에게 목줄이 매여 있는 한 그녀의 삶은 약간의 애교만으로도 안정될 것이라 믿어지는 구석도 있었다. 그런 사람과 평생을 함께한다면 삶에 괴생물체 같은 심미안이나 밑 빠진 독 같은 예술적 재능을 바라는 것이 아니라 하루하루를 치열히 살면 되는 것이다.

그러고 보면 형철과 민석의 성격은 극과 극이었다. 형철이 감격할 만큼 잘해주고 나서 트집을 잡아 공격하는 스타일이라면 민석은 그 반대였다. 혹하는 마음이 들게 잘해주지는 않지만 대신 기대하는 것도 별로 없었다. 형철의 경우는 어, 이게 뭐지, 정말 한 남자로부터 절절한 사랑을 받고 있구나, 라고 느끼는 순간 그의 잔소리가 그녀를 차가운 현실로 내동댕이쳤다. 이 세상에 하나밖에 없는 공주와 돌이킬 수 없는 천치를 넘나들게 만드는 사람이었다.

기념일에는 꽃초를 하트 모양으로 세워놓고 그 안에서 세레나데를 불러주는 건 기본이고 그녀조차 기억하지 못하는 언젠가 했던 말을 기억해두었다가 선물을 준비했다. 그랬다가도 논문 주제는 잡은 거야? 일 년 후딱 간다. 외부 장학금은 신청했어? 지난번처럼 양식 잘못 써서 놓치지 말고. 누구 알지? 걔 이번에 국제 콩쿠르에 입상했잖아. 자긴 어떻게 된 거야? 맨날 곡 쓴다 팻말만 걸어놓고는 노는 것 같아, 라고 몰아세웠다. 자신이 잠시도 쉬지 않고 치열하게 사는 대신 연인에게도 그에 발맞출 수 있는 에너지를 요구하는 사람이었다.

이런 형철의 성격 때문에 그녀는 형철과 사귀는 동안 늘 뭔가를 해내야 한다는 압박에 시달렸고, 시간에 빚진 기분이었다. 그럼에도 부담만 잔뜩 졌을 뿐 그 어느 때보다도 깊은 웅덩이에서 헤어 나오지 못한 시기였다.

형철과의 헤어짐은 빚을 모두 갚아버린 것처럼 시원했다. 수강 신청을 할 때 형철과 겹치지 않도록 다른 학과의 전공과목으로 대체했다. 영화평론도 그렇게 해서 듣게 된 것이었다. 학비에 보탬이 될 수 있는 조교도 맡지 않았다. 덕인지, 탓인지 형철과는 거의 마주치지 않았다. 형철이 결혼한 사람은 음악 전공이 아닌 사회학과를 나와 예술 위원회에서 같이 일하는 여자라고 했다. 그가 다른 여자와 결혼한 것은 그를 위해서도 주연을 위해서도 잘된 일이었다.

반대로 민석과 이별 문자를 주고받은 뒤에는 정말 헤어진 건지 믿을 수 없었다. 하루 종일 그의 SNS를 뒤져 수십 번 본 사진들을 멍하니 바라보며 마음 한구석의 아린 통증을 달랬다. 학교 수업 시간이 달라서 마주칠 일이 별로 없는데도 그가 혹시라도 점심을 먹으려고, 혹은 담배를 피우러 나오지 않을까 싶어 그의 연구실 근처를 서성였다. 학교는 일터가 아니라 그녀가 사랑했던 사람이 존재하는 공간이었다.

주연은 형철의 존재로 인해 로비에서 서성거릴 수도, 카페에 들어가서 커피를 마실 수도 없어서 다시 방으로 들어왔다. 주연은 민석에게 언제 도착하느냐고 문자를 보냈다. 민석은 예정대로 저녁 식사 시간에나 도착할 것이라고 했다. 그녀는 보라색 원피스를 벗고 검정 원피스를 꺼내 입었다.

24.

　주연은 학장과 함께 콜택시를 타고 횟집으로 이동했다. 바다가 바로 코앞이었지만 지저분한 노점들과 그 앞에서 호객 행위를 하는 삐끼들을 보니 서울의 먹자골목에 온 것 같았다. 2층으로 올라가자 통유리창으로 탁 트인 바다의 수평선이 보였다. 그제야 부산이라는 실감이 났다. 두 사내가 앉아서 이야기를 나누고 있다가 그녀와 학장이 들어서는 것을 보고 일어섰다. 형철은 보이지 않았다.

　ㅡ아이고, 증말 반갑습니더.

　체크무늬 싱글정장을 차려입은 사내가 학장의 손을 심하게 흔들면서 맞이했다.

　ㅡ아까 말씀드렸죠. 정 학장님은 약관의 나이에 시벨리우스 음악제에서 작곡상을 수상하셨다고요. 우리나라 최연소 수상자로 신문에 대서특필되기도 했습니다. 이 음악제도 학장님이 아니었으면 성사시키기 힘들었을 겁니다. 정말 대단하신 분입니다. 음악적으로나 행정적인 면으로나 무에서 유를 창출하시는 분입니다. 곧 총장 선거에도 나가실 겁니다. 총장이 되신 후에는 좀 더 힘을 실어주실 수 있을 겁니다. 그러니 많이 도와주십시오. 학장님, 이분

은 부산시 예술분과위원회에서 활동하시는 의원님이십니다.

형철이 소속되어 있는 예술위원회 위원장이라는 사람이 양쪽을 소개했다.

─우리 부산은 이자 국제적인 도시입니더. 부산영화제는 진작에 자리를 잡았으니 말할 것도 읍꼬예, 클라식꺼정 스타트를 끊었으니 쌍끌이 아닝교. 이자 1회지만 시작이 반이라캤으니 뭐든 도움드릴 일 있음 시켜만 주이소. 마다카겠습니꺼.

시의원의 말이 끝나자 학장이 문득 생각난 듯이 이쪽은 저희 작곡과 송 교수님입니다, 라고 주연을 소개했다. 그녀는 민망해하며 정중히 인사를 했다.

학장이 학부 때 핀란드에서 열린 시벨리우스 음악제에서 작곡가 상을 받았던 건 사실이다. 학장의 곡은 시벨리우스홀에서 연주되었다. 주연은 그 곡을 대학원 때 박 교수가 동영상과 함께 분석해줘서 들었다. 당시에 주목을 받은 곡인 건 맞지만 까맣게 잊고 있었다. 학장의 배가 나오고, 쉰 살이 넘고, 흰머리가 섞인 머리를 기름을 발라 말끔하게 뒤로 넘겨서 그의 이력을 잊은 것도 있지만 학장의 예술적 재능은 거기까지였다. 그 이후로도 크고 작은 상들을 받았지만 진은숙과 비슷한 연배로서 그녀를 뛰어넘는 작곡가는 되지 못했다.

독일의 한 대학에서 바로크 시대의 하프시코드로 박사학위를 받고 나서는 오히려 진공청소기라는 별명에 걸맞게 폭넓게 빨아들인 인맥을 이용해서 창작보다는 조직에서 자신의 능력을 발휘했다. 학장실에 실력 있는 외부 정치계 인사들을 위한 와인바가 있다는 소문까지 나돌 정도였다. 그는 마흔이 다 된 나이에 결혼했는데 결혼마저 자신의 커리어를 채워 넣기 위한 것이 아니냐는 말이 떠돌정도로 자신의 경력에 신경을 쓴 사람이었다. 이 부산음악제도 거의 학장의 정치적 입김으로 탄생한 셈이라고 했다. 시의원이 쩔쩔매는 것도 그런 이유에서였다.

─여기 요래 보기엔 허름해 비도 맛이 갠찮아예. 이보소 아지매, 여 식사라 몇 개 더 갖다주소. 그럼 다들 건배하겠심더.

시의원이 술잔을 치켜들었다. 다들 건배를 하며 성공적인 행사가 되기를 기원했다. 술잔을 놓는데 주연의 핸드백에서 진동이 울렸다. 민석이 터미널에 도착했다고 문자를 보내왔다. 민석이 합류한다는 생각을 하자 그녀는 이상하게 안절부절못하게 되었다. 그녀는 조용히 일어나 밖으로 나왔다. 시원한 바람에 바다 냄새가 실려 울컥 쏟아져 들어왔다. 서울 먹자골목의 횟집이 아니라고 외치는 아우성 같았다. 뜨거운 열기에 휩싸여 있던 숨구멍이 탁 트였다. 깊게 바다 냄새를 들이마셨다. 택시가 멈추더니 민석이 내렸다. 감색 싱글양복에 보스턴백을 들고 있었다. 그녀를 보더니 활짝 웃으며 손을 들었다. 주연은 마음이 턱 내려앉았다. 참 행복하다는 기분에 뭔가 뭉클했다. 2층에서 웃음소리가 터져 나왔다. 그녀가 짧은 치마를 입고 불편하게 앉아 있었던 그 모든 상황 속에서 민석이 오자 유일한 편이 생긴 것 같았다.

　―좋네.

　민석이 노을이 막 지기 전 다층의 색들로 화려한 바다를 둘러보면서 말했다.

　―바다 정말 좋죠?

　―운전하느라 피곤했겠네. 다들 기다리시겠다. 들어가자.

　주연은 이대로 잠깐이라도 해변을 산책하고 싶었지만 어른들 모셔놓고 따로 행동하는 것도 예의가 아니라는 생각이 들었다. 민석을 따라 2층으로 올라갔다. 민석 앞으로 수저 한 벌이 새로 놓이고 후래자삼배라며 민석의 잔에 돌아가며 술을 따랐다.

　―자기장은 큰 공깃방울처럼 지구 전체를 에워싸고 있죠. 음악도 마찬가지입니다. 다양한 음악제들이 더 많이

생겨서 자기장이 지구를 보호하듯이 예술도 보호되어야 합니다. 경쟁을 통한 효율적이고 실력 있는 조직을 갖추어 대중 속으로 파고들어야 합니다. 그게 외면받은 예술을 살리는 지름길입니다. 그런 점에서 앞으로 우리나라의 클래식 음악을 살리느냐 죽이느냐는 이곳 부산에서 현장을 이끌어가실 시의원님에게 달려 있습니다.

학장이 만찬을 주최한 호스트를 칭찬하며 훈훈하게 마무리를 지었다. 독일에서 활동하는 작곡가 한 명이 더 오고 나서도 한참을 더 있다가 술자리가 끝났다. 방향이 다른 시의원을 빼고 호텔로 돌아갈 사람이 다섯 명이었다. 택시의 정원을 초과하는 인원이었다. 안 그래도 될 텐데 굳이 학장이 나서서 콜택시 기사와 실랑이를 벌인 끝에 이천 원을 더 주기로 합의했다. 택시 한 대에 다섯 명이 꾸역꾸역 올라탔다.

25.

뇌 생리학을 전공한 친구가 '인간이라는 것은 결국 호르몬이라는 화학작용의 장난에 놀아나는 모르모트'라는 말을 한 적이 있다. 주연처럼 언니들에게 더 친밀감을 느낀다거나 까탈을 부리는 자신만의 취향이라는 것들도 뇌에서 나오는 여러 호르몬들의 조합에 의한 허상일 뿐이라는 것이다. 감정의 오해들을 대단한 의미라도 가진 듯 생각하며 엄살을 떨지만 현미경으로 들여다보는 자신들이 볼 때는 가소롭다는 것이다. 그러면서 한 마디 덧붙였다. 그런데 말야, 막상 내가 사랑을 하고 있을 때는 그 성능 좋은 현미경도 먹통이 된단 말이지.

주연이 민석을 만나는 동안 호르몬의 변화를 곡선으로 그려보면 그 말이 타당할지 모른다. 그녀는 분명 아무것도 아닌 사인에 의미를 부여했고 그런 그녀의 추측과 그의 행동이 어긋날 때 혼란스러워했으며, 때로는 그 사소한 의미들이 내분비계에서 분출한 호르몬을 만나 급속도로 달아올랐다. 하지만 호르몬의 역할을 절대적으로 숭배하는 뇌 연구 학자들도 간과한 게 있다. 알코올이라는, 사람들 사이를 넘나들면서 마음대로 조종하는 매개체가 존재한다는 것을.

주연은 주량이 센 편은 아니지만 좋아하는 사람들과 있을 때는 맥주 두세 잔만으로도 꽤 기분 좋은 감정을 느낀다. 사랑의 행위에도 적극적이 된다. 엄마 아빠 두 분 모두 제법 술이 센 편이고 술자리도 좋아하셔서 가끔 두 분은 모임에서 양껏 마시기도 한다. 주연은 두 분 어느 누구

133

도 닮지 않았다. 아마도 열성 유전자들이 어느 순간 담합해서 몸속의 아세트알데히드 분해 요소를 탈락시켜버렸는지 모른다.

그러나 아이러니하게도 이런 체질이 그녀를 술자리로 이끌었다. 폭음을 해서 크게 실수할 일도 없고 다음 날 숙취로 자학하지 않아도 되며 적당히 시간을 조절해서 마시면 그 누구보다 달아오른 술 취한 기분을 유지하면서 유쾌하게 보낼 수 있어서였다. 언니라면 어땠을까. 부모의 유전인자를 그대로 물려받아 술을 엄청나게 마셔댔을지 모르지만 누구도 확인할 수 없다. 그날 부산에서 벌어진 일들도 이 알코올이 매개가 되었다.

26.

—민석이랑 술 한잔하기로 했으니 호텔 지하에 있는 바로 내려와.

형철에게 문자가 왔다. 그녀의 핸드폰에 저장되지 않은 번호였으니 형철이라는 것을 알 수 없었지만 이렇게 말할 사람은 형철뿐이었다. 왜 민석이 아니고 형철이 문자를 보냈나 하는 것보다 형철의 명령조가 더 거슬렸다. 사람은 쉽게 변하는 게 아니지.

주연은 횟집에서 돌아와 화장도 다 지우고 추리닝 차림이었다. 다시 나가기가 귀찮았다. 그녀는 민석에게 전화를 걸었다. 받지 않았다.

그때 주연을 지하 바로 내려가게 한 것은 무엇이었을까. 당시에는 민석의 연락 두절이라는 핑계가 있었지만 나중에 생각하니 그녀는 두 남자 사이에 서 있고 싶었다. 형철과 민석을 한자리에서 만나야 하는 희극적인 상황이 어떻게 전개될지 궁금했다. 둘을 동시에 볼 때의 느낌은 어떻게 다를까. 과연 그들이 어떤 모습으로 이 상황을 맞이할까. 그리고 아까 로비에서 형철과 마주쳤을 때 의심스러웠던 부분들, 둘은 과연 그녀가 그들과 사귀었다는 것을 서로 알고 있을까. 이런 그녀의 호기심을 그들이 알게 된다면 잔인하다고 비난할 수도 있을 거라고, 청바지로 갈아입고 운동화를 신으면서 그녀는 생각했다.

호텔 지하 바라는 게 있다면 그곳은 견본 같은 곳이었다. 어두운 조명에 은은하게 흐르는 재즈, 테이블에 스틸 재질로 포인트를 주어 세련된 감각을 보여주려고 노력한 것들.

그녀는 눈이 어둠에 익숙해지길 기다렸다가 좀 더 안으로 들어갔다. 형철이 그녀를 향해 손을 흔드는 것을 보고 그쪽으로 발걸음을 옮겼다. 가까이 가서 보니 형철은 그녀를 등지고 앉아 있었다. 손을 흔든 사람은 민석이었다. 왜 그녀는 민석을 형철로 착각했을까. 그리고 왜 민석임을 확인했을 때 더 반갑게 느꼈을까.

주연이 앉을 자리에는 이미 진토닉이 놓여 있었고 그들은 그녀가 앉기도 전에 건배하기 위해 잔을 들고 있었다. 구토를 일으킨 두 라이벌이 마주 앉아 있는 것치고는 화기애애한 분위기였다. 형철은 월급은 적고 일은 많으나 팀 단위의 자율적인 회사에서 단련돼서인지 관대했고, 민석은 자신이 형철보다 비교우위에 있다는 자신감 때문인지 호탕했다. 감정의 색깔을 희석시키기에 충분한 세월도 무시할 수 없을 것이다.

그들은 예술이 돈이 되려면 〈렛잇고〉 같은 디즈니의 환상을 입혀야 한다는 것, 결국 비난하면서도 이루마나 유키 구라모토 같은 대중 스타를 키우는 것만이 클래식이 살아남는 방법이라는 하나 마나 한 이야기들을 나누었다.

민석은 클래식을 생산하는 자로서, 형철은 판매하는 자로서, 그녀는 둘 어디에도 속하지 못하는 경계인으로서의 애로사항들을 토로하면서 뜨거운 동지애를 나누었다. 판매자건, 생산자건, 경계인이건, 예술계에 흘러 다니는 돈을 쓸어 담는 아주 극소수의 계층들을 성토할 때는 한마음이 되었다. 결국 예술은 패배자들이 승리하는 거라고 역사가 말해주고 있다는 이상한 논리를 끌어와 현재 패배한 삶을 살고 있는 자신들이 역사의 승자라며 행복하게 웃었다.

그녀가 엘리베이터를 타고 내려오면서 가졌던 천박한 호기심, 양손에 떡을 쥔 오만함 같은 것들은 둘의 포커페이스에 말려 점점 초조해졌다. 그녀가 둘 사이에서 양다리를 걸친 것도 아니고, 형철은 결혼까지 했지만 그녀는 이상한 죄책감에 사로잡혔다.

민석의, 남자를 안달 나게 만드는 여자가 있지, 라는 말이 떠올랐다. 좋은 건지 나쁜 건지, 두 남자 사이에 있으면서 그녀가 남자들을 안달 나게 하는 여자는 확실히 아니라는 생각이 들었다.

그녀는 좀 많이 마셨던 것 같다. 민석이 그녀의 취향을 고려해서 진토닉을 주문해줬고 형철이 그녀의 취향을 고려해 주문한 마티니까지 마셨으니 정말 취했던 게 틀림없다. 그렇지만 민석이 화장실을 간 사이에 형철이 둘이 사귄다며?라고 말했을 때는 술이 확 깨는 기분이었다. 민석이 그녀와 사귀는 사이라는 것을 공식적으로 인정한 것이다. 그리고 그 말은 민석도, 형철도 그녀가 그들과 사귄 것을 모르고 있었다는 얘기가 된다.

그녀가 민석과 사귄 것은 떠들어대지 않아서 아는 사람들이 거의 없을 테지만 형철과는 공식적인 CC였다. 그런 형철과 그녀 사이를 민석이 알지 못한 이유는 민석이 오래 유학 생활을 해서이기도 하지만 민석의 협소한 인간관계가 더 큰 작용을 했을 것이다. 그의 세속적이지 않은 태도는 세속적인 것보다 훨씬 쉽게 적을 만들었다. 예술가인 척하는 것은 아니지만 세상의 잡다한 번민들로부터 초월한 듯한 말없음과 사람들과의 거리 두기는 그를 대하는 사람들을 속물로 만드는 이상한 힘이 있었다.

민석이 그녀를 사귄다고 공식적으로 형철에게 밝혔지만 연인이라고 할 수 있을지, 그럼에도 민석은 사귄다고 생각하고 있는 것을 어떻게 받아들여야 하나, 이런 여러 감정들이 뒤섞이면서, 무엇보다 알코올이 원인이었겠지만 주연은 기분이 뒤죽박죽되어 고개를 숙이고 있었다. 이런 그녀를 형철은 우는 것으로 착각했는지 어쩔 줄 몰라 하며 그녀의 어깨를 토닥였고, 그때 민석이 화장실에서 돌아왔다. 민석은 형철로부터 그녀를 떼어내더니 그녀의 얼굴을 들여다보며 괜찮냐고 물었다. 그녀는 괜찮지 않았다. 그녀를 달래는 그의 관대하면서도 부드러운 말에 더 자극받았다. 이제 술 마시면 우냐? 그녀의 등을 토닥이는 민석에게인지, 고개를 숙이고 있는 그녀에게인지 형철이 날카로운 목소리로 말했다. 그러곤 그녀가 우는 거 아니라고 말할 틈도 주지 않고 애 늙더니 좀 변했네, 라고 말해서 감상적이 되려던 마음마저 싹 가시게 만들었다.

주연은 금세 진정되었다. 다른 사람들이 보았다면 재수 없어 보일 수 있는 이 상황이 별로 부끄럽지는 않았다. 좀 후련한 기분이었다. 처음으로 사랑하는 사람으로부터 보호를 받고 있는 기분이었다. 형철에게는 민석의 애정을 자랑하고, 민석에게는 형철에 대한 질투를 일으키고 싶은 마음도 있었을 것이다.

질투에 의해 촉발된 행위가 사랑해서 가진 행위와 동일하다고 할 수 있을까. 엉거주춤 일어서서 이 아까운 술을……이라고 중얼거리며 민석과 그녀가 남긴 술을 모조리 원샷하고 있는 형철을 뒤로하고 그녀의 방에서 민석과 잔 뒤에 든 생각이었다.

27.

　연주회는 무사히 끝났지만 그녀는 무사하지 않았다. 연주회가 진행되는 동안 뭔가 불안했던 징조들이 서울로 오면서 뭔지 알게 되었다. 민석과 잔 날이 가임기였다. 그녀는 입술을 깨물었지만 입술을 깨문 것으로 해결될 문제가 아니었다. 뭔가 행동을 취해야 했다. 몇 가지 방법이 있었다. 그냥 불안감에 떨며 그날을 기다리는 방법도 있고, 민석에게 얘기를 하는 방법도 있고, 사후피임약을 먹는 방법도 있다. 그녀는 마지막 방법을 택하기로 했다. 생리일을 무작정 기다리다가 덜컥 임신이 되는 걸 맞이할 수도 없었고, 아직 일어나지도 않은 일을 민석과 상의한다는 것도 웃겼다.

　사후피임약을 사기 위해 처방전이 필요하다는 사실을 몰랐다. 그녀는 혹시 몰라 옆 동네 여성의원으로 갔다. 그녀는 아직 미혼이므로 아이를 원치 않는다는 사실을 낯선 의사에게 밝히는 것은 그녀의 무책임, 몰지각을 드러내는 상황이었다. 의사는 유난히 꼬치꼬치 캐물었다. 얼굴이 뜨거워졌다.

　민석은 이틀이 지나도록 연락이 없었다. 민석이 자주 연락을 하는 편은 아니었지만 주연은 뭔가 꽁하게 지켜보는 마음에서 민석의 전화를 기다렸다. 평소대로라면 그쯤에서 그녀가 문자를 보냈을 테지만 이상한 오기 같은 게 곁들여졌다. 사흘이 지나고 나흘이 지났다. 어쩌면 민석이 그녀와의 연락을 피하는 거라고 생각하니 오기가 아니라 자존심이 작동을 했다. 일주일로 접어들었다. 좀 더 민석의 마음이 확실하게 감지됐다. 그는 결혼이나 약속 같은 짐을 지기 싫어서 버티다 '동굴' 속으로 숨어든 것이다.

주연은 최대한 심플한 생활을 하려고 노력했다. 수업을 가고 수업이 끝나면 곧장 집에 와서 저녁을 해 먹었다. 씻고 강의 준비를 하고 음악을 들으며 잠자리에 들었다. 그렇게 며칠이 더 지났지만 민석으로부터는 여전히 연락이 없었다.

그날도 수업을 끝내고 집에 오니 우편함에 정기구독을 하고 있는 『음악세상』이 꽂혀 있었다. 그녀는 자려고 침대에 누웠다가 사이드테이블에 놓여 있던 잡지를 펼쳤다. 대충 훑어보던 중에 침대에서 벌떡 일어났다. '젊은 작곡가 특집'이라는 타이틀 아래 민석이 팔짱을 끼고 활짝 웃고 있었다. 민석의 배경은 건축가에 의해서 지어진 듯 모던하면서도 단아한 주택이었다. 담을 둘러싼 크고 작은 조경석들 사이로 키 작은 사철나무들이 자라고 있었고,

정원에는 온갖 색깔의 장미가 피어 있었다.

그 사진에서 익숙한 장면은 민석이 즐겨 입는 회색의 얇은 니트뿐이었다. 세련된 도시 감각을 빌려 와 전원의 색깔을 입힌 그곳에 왜 그가 서 있는지 잠시 이해되지 않았다. 곧 주연은 잡지사 측에서 인터뷰를 위해 야외의 분위기 좋은 카페를 섭외한 것이라고 생각했다. 그러나 본문을 읽어보니 그 집은 민석의 본가였다. 그것도 근교가 아니라 서울 시내 한복판이었다. 외무부의 고위직에 있는 민석의 아버지가 직접 지은 집이라고 쓰여 있었다.

이제까지 그녀가 살았거나 살고 있는 집은 아파트 혹은 오피스텔이었고, 그녀가 방문하는 민석의 집도 오피스텔이었다. 정원이 딸려 있고 굉장히 심플하면서도 전문가의 손길을 받은 듯한, 소규모의 미술관으로 쓰여도 손색이 없을 2층 주택이 그의 본가라고는 손톱만큼도 생각하지 않았다. 그녀가 그의 집안 배경에 대해 알고 있는 것은 그의 게다가 동생뿐이었다. 더욱이 그는 분명 동생이 자신의 어머니를 모시고 있다고 했다. 동생이 살고 있는 집을 빌려서 인터뷰 장소로 쓸 만큼 그가 '좋은 게 좋은 거지' 하는 무던한 성격은 아니었다.

워낙 자신의 소소한 일들을 이야기하는 성격이 아니긴 했지만 잡지 특집으로 인터뷰를 했다는 것조차 말하지 않았다는 게 살짝 기분이 언짢았다. 그녀가 우연히 이 잡지를 보지 않았다면 끝내 알 수 없었을 것이다.

주연은 잡지를 끌어당겨 흔하게 볼 수 있는 빨강, 하얀 장미 외에 보기 드문 노란 장미까지 활짝 핀 아름다운 정원을 자세히 들여다보았다. 그리고 그녀의 기억은 어느 한 날로 자리를 옮겼다. 그의 오피스텔에 장미 몇 송이가 소담하게 꽂혀 있었다. 연주회는 자주 있었고 꽃다발은 의미를 담은 선물이라기보다는 연주회가 끝난 후 사진을 찍기 위한 용도 이상의 의미를 갖지 않은 지 꽤 됐다. 안개꽃이나 다른 사이드 꽃 없이 여러 색깔의 장미만이 덩그러니 꽂혀 있는 게 이상했을 텐데, 그때는 그냥 아무 생각 없이 지나쳤다.

잡지 속의 장미를 보자 같은 꽃이라는 것을 알 수 있었다. 그가 꽃을 사서 자기 방을 장식하는 취향이 아니라는 것을 알 정도는 되었다. 장미가 꽂혀 있는 게 꽃병이 아니라 목이 긴 주스잔이라는 것도 심증을 굳게 했다. 그가 본가에 갔다가 때마침 만개한 장미를 색색이 꺾어 차에 싣고 와서 자신의 방에 꽂아놓는다는 건 도저히 상상이 가지 않았다.

그때, 교수님의 이삿짐 정리를 돕는 게 조교의 일에 들어가느냐고 물었던 연두의 말이 생각났다. 민석의 부모님이 어떤 이유에선지 동생의 집에서 나와 본가로 옮기게 되었고, 이삿날 민석이 연두를 부른다. 연두는 조교의 역할이 어디까지인지 의아해하면서도 자신의 앞날에 지대한 영향을 끼칠 수 있는 교수의 제안을 뿌리치지 못한다. 그의 모친은 짐 정리가 끝난 후에 이런저런 일을 도운 연두에게 꽃을 한 아름 꺾어 건넨다. 민석은 연두와 함께 모친의 인사를 받으며 민석의 오피스텔로 함께 돌아온다. 연두는 장미를 그의 서재에 꽂기 위해 싱크대를 열어 통통하고 목이 긴 주스잔을 꺼낸다. 어느 시점에서 주연이 민석의 집을 방문해 거실에 꽂혀 있는 장미를 본다.

말을 잘하는 사람은 말을 도구 삼아 자신의 행동을 합리화하고 마음의 움직임이 예민한 사람은 정서를 도구 삼아 자신을 합리화한다. 주연은 후자에 가까운 편이다. 그녀는 부끄러운 절차를 거쳐 사후피임약을 처방받아 병원을 나섰지만 민석은 동굴 속으로 숨어들었다. 그 후로 미소 짓고 있는 민석의 사진을 발견한다. 그곳에 연두의 그림자가 어른거리고 있다. 그녀가 그의 아이를 가질지도 모르는 가능성을 차단한 복잡한 감정이 어떤 위로도 받지 못한 채, 민석이 여기저기 들이대는 남자라는 사실을 확인하게 되었다. 그녀는 순식간에 마이너스 감정에 사로잡혔다. 불신을 끌어들이는 습성은 그와 만났던 기억들 전부를 불신하게 만들었다. 민석이 자신을 만나는 순간에도 연두를 집에서 만나고 있었을지 모른다는 의심은 주연을 절망 상태에 빠뜨렸다.

주연은 자신이 왜 연두를 처음 보았을 때부터 견제하는 마음이 들었는지 마침내 터득하게 되었다. 연두는 언니의 얼굴을 닮았다. 언니처럼 오밀조밀 균형 잡힌 미인형의 연두를 처음 보았을 때부터 주연은 연두를 견제했는지 모른다. 다른 애들처럼 민석을 향해 야광봉을 흔들지 않아도, '경배'라는 죽은 단어를 써가면서까지 민석에게 아가페적인 사랑 어쩌고저쩌고 할 때 이미 그녀는 언니로부터 중지된 질투의 형체를 무의식적으로 받아들였던 것이다. 랩스커트를 입고 차에 탄 연두를 자꾸 흘겨본 것도 바로 이런 상황을 무의식적으로 예측해서일 것이다. 주연은 알고 있었다. 연두가 남자들을 안달 나게 하는 여자라는 걸.

주연은 자신을 비웃고 있는 잡지 속의 민석을 잘게 찢어버리고 헤어지자고 문자를 보냈다. 꼬박 이틀이 지난 후에 민석으로부터 짧은 답장이 왔다.

많은 고민 끝에 결정한 것이라고 생각해.
그 생각 받아들일게…

잘 지내…

주연은 이 문장을 수천 번 읽었다. 어떠한 감정도 배제된, 완벽하게 사무적이어서 이별을 확정 짓는 가장 혹독한 문장이 되었다. 그녀는 자신이 보낸 문자와 그가 보낸 답문을 수천 번 비교해보며 다르게 보냈을 경우의 답문을 추측하며 괴로워했다. 이별이 미뤄지는 동안 안정적으로 유지되었던 마음이 소용돌이치면서 견딜 수 없어졌다.

주연은 자신이 보내는 이별 문자에 민석이 어떤 반응을 보일지 경우의 수를 짐작했으며 마음의 반응들을 예습했다. 아무 쓸모가 없는 게 바로 이별의 감정을 예습하는 거라는 걸 이별의 문자를 받고 깨달았다. 연습을 할 때는 슬픔과 절망 같은 것이 진짜처럼 선명했지만 막상 이별을 확정하는 문자를 받았을 때 그것이 얼마나 겉멋 들려 포장되었는지 깨달았다. 이별이 처음이 아니었음에도 그 구질구질한 감정은 매번 새로웠다. 같은 곡이라도 악기 편성에 따라 전혀 다른 곡이 되는 것처럼.

슬픔은 곧 분노와 억울함으로 탈바꿈했다. 이불을 뒤집어쓰고 소리를 질렀다가 콧물을 질질 흘리며 울었다. 몇 끼를 굶었다가 폭식을 하기도 하고, 에스프레소 커피를 연달아 대여섯 잔을 들이켜 쥐어짜는 위통에 비명도 질렀다.

분노가 사그라지자 다음은 질투였다. 주연은 민석이 다른 여자들과 바그너, 히치콕, 망고 이야기들을 시시덕거리는 것을 원치 않았다. 서로를 동질감으로 묶어주었던 재능에 대한 회의를 다른 여자들에게 흘려 홀리게 만들길 원치 않았다.

그녀가 그의 집 어디에라도 숨을 수 있다면, 언젠가 영화에서 봤던, 주인 몰래 양변기에 숨어든 비단뱀처럼 그의 양변기 속에라도 숨어서 그를 염탐하고 싶었다. 그러나 그녀는 비단뱀이 아니기 때문에 양변기가 아니라 SNS를 들락거리며 그의 움직임을 염탐했다. 움직임이라고 할 만한 건 별로 없었다. 가끔씩 음악과 관련된 뉴스나 잡지 기사, 현대음악에 대한 자료들을 업로드하는 게 전부였다. 주연이 눈을 부릅뜨고 염탐한 건 거기에 달린 댓글들이었다. '언제 어디서 누가 무엇을 어떻게 왜'라는 육하원칙을 이때처럼 제대로 적용시켜본 적이 없었다. 시시각각 변하는 그녀 마음의 색깔들이 온 땀구멍으로 배어 나와 그녀의 몸뚱어리는 얼룩덜룩 흉측한 비단뱀이 되었다.

그때 기영이 보이는 것보다 가까이 있었다. 기영의 존

재로, 누군가와 헤어지면 꽤 오랜 공백기를 거치는 그녀의 연애 스타일과는 다른 일이 일어났다. 기영을 만나면서 연애가 편할 수도, 안정될 수도 있다는 만족감은 문자 한 통으로 흔들렸다.

  그리고, 지금 그녀는 민석을 기다리고 있다.

3부

28.

손으로 쓸어 넘긴 머리, 편하게 입은 무채색 옷차림에 로퍼. 유리창 너머로 보이는 민석은 길에서 흔히 볼 수 있는 평범한 아저씨의 모습이다. 저 남자가 어떤 기억을 가지고 어떤 일상을 살고 있는지, 저 남자가 쓴 곡이 얼마나 새로운 바람을 일으키는지, 망고나무에 올라가는데 아무도 그의 엉덩이를 받쳐주지 않아 손과 무릎에 어떤 상처가 있는지, 그의 목소리와 그의 행동만으로도 얼마나 설레게 할 수 있는지, 길거리에서 흔히 마주치는 아저씨 같은 외모만으로는 아무도 알 수 없다. 그 사실에 그녀는 안도한다.

민석이 카페로 들어와 두리번거리더니 주연의 맞은편

에 앉았다. 그녀를 아주 잠깐 바라보더니 테이블 위의 커피를 보곤 카운터로 갔다. 주연은 그가 카운터에서 아메리카노를 주문하고 계산하는 뒷모습을 봤다. 그는 커피를 좋아하지 않았다. 그녀와 사귀는 동안 민석이 커피를 마시는 걸 본 적이 거의 없었다. 그런데 이제 커피를 마시나. 연두가 그의 오래 굳은 습관을 바꿔놓았나. 연두는 커피 마니아였다. 자신이 담배나 술을 안 하는 이유도 커피로 이미 배 속이 시커메졌기 때문이라는 말을 한 적도 있었다.

주연은 그가 커피를 들고 자리로 오는 모습을 보면서 막연히 문자를 받고 고민했을 때보다 더 난감하다는 생각이 들었다. 자리에 앉아 커피를 마시는 민석도, 그녀도, 쉽게 말을 꺼내지 못했다. 민석도 어디서부터 말을 시작해야 하는지 모를 것이다. 사귈 때에는 누가 먼저 약속을 잡느냐가 중요하지 않았다. 연인은 쌍방 소통의 의무와 권리가 있고 그걸 즐겼다. 이제는 어떤 목적을 가지지 않으면 마주할 일이 없는 사이다. 둘은 심하게 싸운 사람들처럼 인사도 나누지 않고 앉아 있었다. 민석이 먼저 입을 열었다.

— 이런 일로 오라고 해서 미안해요.

— 어떻게 된 일이에요?

— 사실 나도 잘 모르겠어요. 걔가 왜 그런 행동을 했는지도 모르겠고.

―아무 일도 없었는데 그랬다는 거예요?

―아무 일도 없는 건 아니지만 일방적인 건 아니라고 생각했으니까요.

그런데 걔는 일방적이라고 생각했다? 추행이에요, 폭행이에요, 라는 말이 목구멍까지 올라왔다.

―내가 할 일이 뭐예요? 무엇을 증언하는 건가요?

그는 대답을 하지 못했다.

―우리가 사귀고 있다고 하는 건가요?

주연은 순화해서 말했다. 그가 보일 듯 말 듯 고개를 끄덕였다.

―저랑 사귀고 있어도 충분히 다른 여자를 불러올 수 있는 거 아닌가요?

그녀의 질문에 그는 끝까지 대답을 하지 않았지만 대답 없음이 긍정을 의미했다. 아니었다면 고개를 저었을 것이다. 그럼 위증을 해달라는 거냐는 말을 꺼내야 할 시점이었지만 차마 그 말까지는 나오지 않았다.

―증언을 서면 도움은 되는 건가요?

―잘 모르겠어요.

―날짜가 정해졌어요?

―곧 인사위원회가 열릴 것 같아요. 이번엔 조사만 하는 거니까, 증인 참석은 안 해도 될 거예요.

─그담은요?

─미안해요. 많이 당황했을 거예요.

주연이 따져 묻는다고 생각했는지 민석이 사과를 했다. 그의 사과에 오히려 그녀가 당황했다.

─당황스러웠다기보다는 좀 걱정됐죠. 무슨 일인가 하고.

주연은 뭔가 둘 사이의 대화가 어색하다는 느낌이 계속 들었는데 그게 무엇 때문인지 곧 알아챘다. 민석이 존댓말을 쓰는 것이었다. 기영은 처음 만날 때부터 지금까지 그녀에게 존댓말을 썼다. 그녀가 말을 놓자고 해도 부모님도 아직 서로 존댓말을 쓴다고, 어려서부터 그런 모습을 봐서인지 잘 안 된다고, 자신은 제자들한테도 말을 놓는 게 불편하다고 했다. 민석은 두세 번 만나고 나서 바로 말을 놓았다. 민석의 존댓말이 둘 사이의 거리를 인정하는 것 같았다.

─근데 왜 존댓말을…….

주연의 말에 그가 살짝 미소를 지어서 그녀도 미소 지었다. 카페 안이 갑자기 소란스러워졌다. 퇴근 시간 이후 잡았던 약속을 위해 사람들이 몰려드는 시간이었다. 민석이 둘러보더니 자리가 불편한 모양이었다.

─저녁 안 했지? 나가서 밥 먹을까? 술을 마시든가. 어

디가 좋아?

　ㅡ옥토버 갈까요?

미리 준비해둔 대답은 아니었다.

　ㅡ학교 앞 옥토버?

　ㅡ네.

민석은 잠시 생각하는 눈치였다. 주연이 '우리가 처음
만난 곳'이라는 낭만적인 의미로 그 장소를 불쑥 댔지만
그도 그녀와 같은 생각인지는 모르겠다. 거리를 가늠해보
고 있는 것인지도.

밖으로 나와 주연은 민석의 차에 탔다. 민석이 시동을
걸자 리게티의 〈아트모스페르〉가 흘러나왔다. 그건 그가
이곳에 오는 동안 그 곡을 들었다는 뜻이었다. 처음 그의
차에 탔을 때 흘러나오던 〈달에 홀린 삐에로〉가 떠올랐
다. 그로부터 너무 많은 시간이 지난 것처럼 느껴졌다.

그의 장식적인 부분들, 이를테면 왼손으로 관자놀이를
짚는다든지 아웃사이드 미러를 통해 뒤차들의 흐름을 확
인한 후 등을 의자에서 살짝 떼는 동작들이 그녀의 기억
을 일깨웠다. 저런 행동들은 그녀만 알고 있다는, 그녀에
게 익숙한 그 습관들만이 그와 그녀가 사적인 관계였음을
확인시켜주었다.

민석은 많이 피로해 보였다. 무력해 보이기까지 했다.

그가 자신을 치장했던 허세 같은 것은 순식간에 벗겨져버렸다. 그런 것들이 그녀의 연민을 살짝 자극했다. 부산 마린호텔의 지하 바에서 그가 그녀의 머리를 감싸고 위로해주었듯이 이제는 그녀가 그를 감싸고 위로해줘야 하는 상황이었다.

민석이 옥토버가 저만치 보이는 곳에서 차를 갑자기 세우더니 여긴 학교 앞이라 아무래도 사람들 눈이 많을 것 같다며 차를 돌렸다. 처음 그녀가 옥토버 얘기를 꺼냈을 때 그녀는 민석이 거리를 가늠해보고 있다고 생각했는데, 민석은 학교 앞이라 누군가의 눈에 띌 상황들을 저울질하고 있었던 것이다. 옥토버에서 한참을 달려와 그녀의 집 근처 와인바로 갔다. 안주를 시키는데 그녀는 문득 그의 동생이 생각났다.

─동생은 잘 지내죠?

민석은 대화가 널뛴다고 생각한 것 같았다. 대답이 없었다. 민석이 한참 있다가 잘 있다고 말했다. 자신의 동생 이야기를 물은 것 때문인지 다시 말이 없어졌다. 원래 말이 많은 편은 아니었지만 말이 없는 것치고는 살짝 미소 띤 얼굴이 부드러운 이미지를 만들었는데 지금은 그마저도 딱딱하게 굳어 있었다. 사적인 호흡을 나누는 자리라고 혼자 설렘의 기억 속에 갇혀 있기는 어려울 것 같았다.

- 왜 나랑 안 잔 거예요?

이런 자리에서 할 말은 아니었다. 마린호텔에서 그렇게 충동적으로 벌어지지만 않았다면 지금쯤 다른 관계가 되지 않았을까 하는 생각을 계속 해왔던 터였다. 아니다. 솔직히 말하면, 민석이 선택한 행위들이 그를 어떤 궁지로 몰고 갔는지 후회하는 모습을 보고 싶었다. 민석이 애송이에게 학을 떼고 앞으로 나머지 인생을 함께할 연인으로 자신을 다시 택할지도 모른다는 기대를 무시할 수는 없었다. 한편으론 사다리 꼭대기까지 올라갈 수 있도록 붙들어달라고 애원해서 있는 힘을 다해 붙들어줬더니 목표에 도달한 뒤에는 사다리를 발로 차버리는 건 아닐까 불안함도 없지 않았다.

민석은 그녀의 질문을 이해하지 못한다는 듯이, 아니면 어떻게 그런 질문을 하느냐는 표정으로 그녀를 빤히 바라보았다.

- 왜 그렇게 생각하지?
- 부산에서 빼고.

민석은 그녀의 머리 위 어딘가에 잠시 시선을 두더니 다시 그녀의 얼굴을 바라보았다.

- 기억 안 나?
- 뭐가요?

―주연 씨가 거절한 거.

이번엔 그녀가 대답할 수 없었다. 그녀의 기억에 민석이 그런 말을 한 적이 없었다.

―콩쿠르 심사 끝나고 새벽에 전화한 적 있지. 와달라고. 기억나? 그런데 주연이가 거절했어. 그 이후로 다시그 말을 꺼내기 어려웠어.

주연은 아, 하고 소리 나지 않게 기억을 일깨웠다. 민석과 사귄 지 두세 달쯤 되었을 때 그녀가 잠결에 깨서 핸드폰을 보니 민석의 부재중 전화가 두 통이 와 있었다. 새벽 2시 무렵에 걸려 온 전화였다. 그녀가 민석에게 전화를 걸었다. 민석이 볼 수 있냐고 했다. 무슨 일이냐고 묻자 핸드폰 너머로 점 세 개만큼의 침묵이 흘렀다. 그녀는 가겠다고 말하고 전화를 끊었다. 끊고 보니 한 시간 전에 그의 문자가 와 있었다. 그가 뒤풀이 모임이 끝날 무렵에 보고 싶다고 문자를 보냈고, 그녀가 답이 없자 집에 갔는데 뭔가 미련이 남아서 민석이 다시 두 통의 전화를 건 것이다.

주연은 민석의 마음의 궤적이 선명히 보였다. 술을 마시고 생각이 나서 전화를 하고 만나자고 말을 꺼내는 지점들, 이런 무수한 감정의 이동점이 이어지면 연인으로서의 곡선을 완성시켜가는 것이다. 주연은 자신의 마음이 많이 기울어져 있는 것을 보면서 그의 그런 행동들을 기다려왔다는 것을 깨달았다. 누군가를 굳건하게 달리던 트랙에서 벗어나게 만드는 것이 사랑의 힘이라고, 그 사랑의 힘을 그녀가 작동시켰다는 기분은 설렘과는 또 다른, 그녀를 새벽에 일으켜 세워 샤워를 하게 만드는 강한 힘이었다. 가볍게 화장을 하고 옷을 입고 시동을 거는 내내 그녀는 묘한 흥분을 느꼈다.

그러나 그녀가 그의 집에 거의 다 도착해서 차를 돌린 건 무슨 이유로 봐야 할까. 그녀에게 몸과 마음은 하나의 비커에 정확하게 50:50의 비율로 채워져 있는 동격의 유동액이다. 어떤 남자와 잔다는 건 비커를 통째로 들이붓는 과정이다. 이 또한 편견일 수 있겠으나 남자들의 몸과 마음은 두 개의 비커에 각각 50씩 들어 있는 것 같다. 어떤 여자를 만나느냐에 따라 그 비율은 임의로 조정된다. 몸과 마음 다 들이부어 100일 수도 있지만 몸 50, 마음 0일 수도 있고 몸 0, 마음 50일 수도 있는 것이다.

주연은 그의 집 앞에서 망설였다. 민석이 그녀에게 술에 취해 전화를 한 건 알코올의 찌꺼기를 '해소'하려는 거라고 생각했다. 술에 취해 충동적으로 불러들인 것에 그녀가 얼씨구나 반응한다면 예전의 공대생 때와 같은 취급을 당할지도 모른다고 오해했다.

연애에서의 경험은 다음 연애에 지대한 영향을 미친

다. 그것이 옳은 방향으로든, 옳지 않은 방향으로든. 공대
생과의 경험을 연애라고 할 수는 없지만 그때의 상실감과
자괴감은 어쨌든 그녀를 이상한 방향으로 이끌었다. 아
무래도 오늘은 안 될 것 같아요, 라고 문자를 보내고 차를
돌렸다. 새벽의 텅 빈 도로를 달려오면서 몇 번이나 민석
에게로 돌아가서 안고 싶다는 뜨거움에 목이 얼얼해졌다.
가서 또 후회할지 모른다는 망설임이 결국 가속페달을 밟
게 만들었다. 그녀 또한 상처받기 싫어하는 자기애로 똘
똘 뭉친 사람인 것이다. 이후 민석이 그녀에게 어떤 스킨
십도 시도하지 않은 것은 또한 그의 자기애일 것이고.

29.

　―기억나요. 그걸 거절로 받아들였을 줄은 몰랐어요. 나
는 남자의 욕망에 대해, 민석 씨는 여자의 멈칫거림에 대
해 서로 이해를 못 했던 것 같아요.
　―여자의 멈칫거림?
　―그런 게 있어요. 어느 순간에 망설여지는 순간들요.
도덕이라고 하기는 애매한데요, 욕망을 이기는 어떤 힘들
이 있어요.

―욕망도 이기는 그 어떤 힘이라는 게 무너지는 건 뭐 때문이지.

　민석의 집 앞에서 그녀를 막던 힘을 부산에서는 털어버렸다. 그때는 형철까지 셋이었고, 그런 어떤 것들이 상승 작용을 했다. 마지막 한 방울의 물이었을 것이다. 수면을 팽팽하게 당기는 장력 같은 것.

　―욕망의 방향성 같은 건가.

　―그렇게 해석할 수도 있겠네요. 그런데 부산에서 올라온 뒤에 왜 연락을 안 했나요.

　민석은 잠시 무슨 말인지 모르겠다는 표정을 지었다.

　―부산음악제 끝나고 서울 올라와서 이주 가까이 문자 한 통 없었잖아요.

　―그때 형철이가 내 곡 표절 제기할 때 아니었나. 난 서울에 올라오자마자 해명하고 수습하느라 정신없었는데 주연 씨가 헤어지자는 문자를 보내와서 뒤통수 맞은 기분이었다고.

　그녀는 잠시 멍했다. 그녀의 오해가 모든 것을 망쳐버렸다.

　―한 가지만 더 물을게요.『음악세상』잡지에 인터뷰한 적 있죠?

　―응. 한참 됐는데. 그게 왜?

─거기가 부모님 집이었다면서요.

─응. 맞아.

─어떻게 부모님 네서 인터뷰를 해요? 어머님이 동생과 함께 살고 있다고 하지 않았나요?

─그때는 아버지가 일 때문에 외국에 계실 때였을 거야. 어머니 혼자 큰 집에, 그것도 단독주택이라 아버지가 걱정을 했고, 마침 동생이 모시겠다고 해서 잠깐 같이 산 적이 있지. 그러다 아버지가 들어오시면서 다시 어머니가 동생네서 나왔고. 『음악세상』 편집위원이 예고 동창인데 그 친구가 고등학교 때 우리 집에 놀러 온 적이 있어. 인터뷰를 하면서 그 집에서 하면 어떻겠냐고 제안하더라고. 그 집이 인상적이었나 봐.

그녀가 잡지에서 사진으로 슬쩍 본 것만으로도 입이 벌어질 정도였는데 누군들 인상적이지 않을까.

─그럼 장미는요?

─장미? 무슨 장미?

─정원의…….

주연은 침을 삼켰다. 이 말을 물어야 할까. 아니면 이쯤에서 넘어가야 할까. 이번이 아니면 기회가 없다. 아쉬운 사람은 민석이다.

─어머님이 동생네서 이사 나올 때 연두가 이사하는 것

을 도와주었나요?

　-지금 무슨 소리 하는 거야. 연두가 왜 부모님 이사를
도와?

　-조교잖아요.

　-조교가 무슨 교수 부모님 이사 가는데 도와줘. 군대
도 아니고.

　-연두가 저한테 조교가 교수님 이사하는 것까지 도와
야 하냐고 물었거든요.

　-아, 그거, 내가 연구실 옮겼잖아. 그때 걔한테 책하고
악보들 좀 정리하라고 했거든. 책이 좀 무겁잖아. 한 이틀
고생했어. 그걸 가지고 주연 씨한테 고자질했나 보군. 암
튼 요즘 애들이란.

　주연은 민석이 연두라는 이름을 놔두고 애, 걔, 요즘 애
들이라는 부정적인 어휘를 선택한 게 마음에 들었다.

　-그럼 장미는요?

　-무슨 장미?

　-민석 씨 방에 주스잔에 장미가 꽂혀 있었잖아요.

　-기억에 없는데. 어머니가 갖다 놓으셨나. 가끔 어머니
가 집에 들르는데 밑반찬이나 꽃 같은 거 가져오시거든.

　주연은 안도했다. 민석이 그녀가 싫어서 이상한 행동을
한 것이 아니었다. 모든 책임은 그녀에게 있다. 그녀는 망

상가에, 스토커에, 편집증환자였다. 민석의 답변이 사실이든 아니든, 진실이든 아니든 간에 그녀가 민석에게 이별 문자를 보낸 두 가지 이유 모두 그녀의 오해 때문인 것으로 결론이 났다. 민석이 표절 문제로 한참 힘들어할 때 그녀는 자신의 감정에만 휩싸여 헤어지자는 문자를 보냈던 게 미안했다. 너그러워지고 싶었다.

─제가 어떻게 하면 돼요?

─아직 아무것도 결정된 건 없어. 그쪽에서 연락이 오면 내가 전화를 할게. 흐지부지 덮일 수도 있고.

─그날 무슨 일이 있었는지 얘기해 줄 수 있어요?

─들으면 기분 안 좋을 수도 있어.

─그래도 증언을 서야 한다면 어떤 상황인지는 알아야 하지 않을까요.

─그 애가 내 조교를 하면서 친해졌어. 적어도 나는 친해졌다고 생각해. 하루는 연락이 왔어. 잠깐 할 말이 있다고. 집에 있다고 하니까 집으로 오겠대. 전에도 두세 번 집으로 온 적이 있어서 개도 나도 별 뜻 없이 받아들인 거지. 뭐 개 혼자 온 적은 없지만. 저녁을 안 먹었다고 해서 저녁을 만들어 먹으면서 와인 한 잔을 했어. 공모전에 작품을 냈다고 하더군. 마침 내가 그 대회 심사를 맡게 됐어. 근데 그 애 곡은 떨어졌어. 나쁘진 않았어. 운이 없었

다고 할까. 심사위원장이 다른 곡을 밀었어. 연두는 좀 미니멀하게 쓰는 편이잖아. 나는 절제돼 있어서 오히려 좋았는데 아무래도 수상작은 화려해야 연주할 때도 눈에 띄고 심사에 의혹을 품지 않으니까. 그다음에 연두를 다시 불렀어. 기대를 많이 하고 있어서 심사 전후 사정을 얘기해야 할 것 같았고. 연두가 그날 많이 힘들어했어. 그래서 둘 다 술을 좀 많이 마셨고······.

민석이 한숨을 내쉬었다. 역시 알코올이 개입한 건가.

— 그런데 그날 이후 연두가 제소를 한 거고요.

— 그것도 몇 달이나 지난 뒤에. 자기 작품을 안 뽑아줬다고 그런 것 같기도 하고.

— 정말 그래서 그랬다고 생각해요?

민석이 기분 나쁘다는 표정으로 그녀를 보았다. 그녀는 질문을 바꿨다.

— 억울해요?

— 억울하고 아니고의 차원이 아니야. 내 인생이 걸린 문제야.

이런 일에 얽인 사람들치고 인생이 안 걸린 사람이 있을까.

30.

　기억은 경험이 구성한다. 경험은 과거의 기억에 기반한다. 습관은 생각보다 질기지만 습관을 질기게 만드는 것은 기억이다. 수많은 경험 중 기억으로 채택되는 경험은 어떤 기준에 의해서인가. 여기에 작동하는 손은 어떤 규칙에서일까.

　강의가 끝나고 민석의 집으로 가면서 들었던 마음들, 좋아하는 사람을 만나는 데서 오는 설렘과 전공 이야기를 나누면서 뭔가 안개 같은 것이 걷히곤 했던 명쾌함들, 전공이 다른 기영과는 절대로 함께할 수 없는 같은 배를 탄 동지들끼리의 위로 같은 것들, 창을 통해 들어오던 밝은 햇살, 그의 집에 커튼이 없어서 함께 재래시장에 가서 암막커튼을 샀던 것, 그 암막커튼이 드리운 방에서 낮잠을 잤던 것, 코스트코에 가서 그가 좋아하는 치즈와 와인과 고기 들을 사서 장바구니에 담았던 사소한 것들이 그녀를 흔들었다.

　다시 그 시간들로 돌아가고 싶은 열망을 느꼈다. 기억만으로 살아가는 것도 가능할 것 같다. 더 이상 실체하지 않는데도 뭉뚱그려진 그림자 같은 기억이 점점 더 형체를 갖추어간다. 그 믿을 수 없는 그림자는 실체보다 더 각인

된다. 함께 있을 때의 불쾌함과 성가심, 서운함 같은 구체적인 감정들은 슬그머니 그림자 속으로 숨는다. 그녀가 스스로 그를 걷어찼다는 자책은 그리움, 조바심, 애달픔처럼 사랑이라고 부를 수 있는 추상적인 감정들만 수면으로 떠오르게 한다. 손으로 잡으려 하면 손가락 사이로 빠져나가는 감정들은 수면의 파문처럼 그녀를 멀미 나게 한다.

그들 사이에 남은 건 기억밖에 없다. 함께 애완동물이나 식물을 키운 것도 아니다. 공유했던 감정들은 실물로 존재하는 애완동물이나 식물들과 달리 왜곡되기 쉬웠다. 왜곡된 기억은 파편화되었고, 그녀는 불면의 밤 속으로 가라앉는 자신을 그림을 감상하듯 감상하고 있었다.

민석이 연두를 상대로 싸우고 있다는 사실을 확인하고 나니 민석과 함께 보냈던 기억이 더욱 아련하게 느껴졌다. 기영에 대한 죄의식과 민석과 사귀던 초기의 묘한 감정들이 뒤섞여 부풀고 이지러졌다.

기영을 만나야 할 것 같다고 그녀는 생각했다. 만나서 특별히 어떻게 한다는 계획 같은 건 없었다. 일단 만나본 뒤 결정을 내리기로 했다. 양팔저울의 한쪽에는 민석이, 다른 한쪽에는 기영이, 그 중심에는 그녀의 기억이 있다. 그녀의 기억이 휘청거린다면 그것의 실제 무게와는 상관없이 어느 한쪽으로 기울어질 것이다.

주연은 기영에게 내려간다고 전화를 할까 하다가 그냥 가기로 마음을 먹었다. 기영을 갑작스럽게 만났을 때의 마음을 보고 싶었다. 그녀는 차의 시동을 걸면서 기영에게 어떻게 말을 해야 할까, 마음이 아팠다. 어떻게 말해도 기영 입장에서는 썩 기분 좋은 일이 아닐 것이다. 약혼을 한 여자가 전 남자친구의 성추문을 잠재우기 위해 증언을 선다는 건, 더욱이 함께 밤을 보냈다는 증언이라면, 그것이 허위증언이라는 것을 기영에게 따로 입증해야 하는 것이다.

주연은 기영에게도 민석과 사귄 걸 말하지 않았다. 기영이 그 사실을 아는지 모르는지는 알 수 없다. 기영이 그녀에게 사귀자고 말을 한 날에 그는 전 여자친구에 대해 털어놓았다. 기영 또한 CC였다. 하긴 사람들이 얼굴을 자주 보는 캠퍼스나 연주 활동을 하는 장소가 아닌 곳에서 누군가를 사귈 방법이 있을까. 호색한이거나, 철면피거나, 바람둥이가 아닌 다음에는. 사람들은 굉장히 좁은 우물 안에 몸담고 있고 결국 그 우물 안에서 만난 개구리들끼리 짝짓는 방법밖에 없다.

기영은 그 여자와 거의 십 년 정도 만나고 헤어지고를 반복했다고 말했다. 십 년이라는 말에 주연은 정신이 번쩍 들었다. 그때라면 기영과 함께 스카이라운지에서 와인을 마시던 기간도 포함된다. 그런데도 기영이 커플이라는 것을 알지 못했다.

 ─여러 번 헤어졌다 만났어요. 처음 한두 번 사귀다 헤어질 때는 주변 사람들한테 밝혔지만 십 년이잖아요. 일일이 밝히는 것도 좀 그렇더라고요. 그래서 주연 씬 몰랐을 거예요.

 연인끼리는 사귀었다가 헤어지고 다시 재회했다가 이별한다. 그렇지만 얼마나 수많은 이별과 재회를 반복하면 십 년이라는 시간이 흐르는 걸까.

 ─보통 누가 잡아요?

 기영은 그녀의 말을 잘 알아듣지 못했다. 무슨 뜻이냐고 다시 물으려다가 의미를 파악한 듯 꼬았던 다리를 바꾼 뒤 헛기침을 한번 했다.

 ─그냥, 뭐…… 서로…… 내가 잡을 때도 있고, 그 친구가 잡을 때도 있고 그렇죠.

 ─그럼 진짜 끝났다는 것을 어떻게 확신해요?

 나중에 기영이 이런 말을 했다. 그녀가 기영에게 이 질문을 한 게 자기와 사귈 마음이 있었던 거 아니냐고, 자기와 사귀는 동안 그 여자와 다시 재회할 것을 염려해서 물은 것 아니냐고 의혹을 담았지만 주연은 맹세코 그런 마음은 없었다. 그렇게 오랜 기간 누군가를 사귀어본 적이 없는 그녀에게 연인들의 십 년이라는 시간은 별들의 몇억 광년처럼 천문학적인 숫자였다. 그런 연인들의 마음을 알고 싶은 거였다.

십 년을 사귄 연인이 진짜로 헤어지는 걸 알게 되는 지점을 기영이 담담하게 말했다.

ㅡ그냥 뭐, 그런 건 저절로 알게 돼 있는 것 같아요. 더이상 너덜너덜해져서 꿰맬 수 없을 때.

31.

고속도로에는 차들이 많지 않았다. 평일인 데다 러시아워가 끝난 시간이었다. 한참 달리다 보니 아침에 일어나서 물 한 잔도 안 마시고 출발했다는 사실이 떠올랐다. 그렇게 생각을 하자 배도 고프고 참을 수 없이 목이 말랐다.

주연은 가까운 휴게소로 차를 틀었다. 등산복 차림의 중년 남녀들이 고속버스에서 단체로 내려 조용했던 휴게실이 갑자기 시끄러워졌다. 수십 가지가 적힌 메뉴판을 훑어보자 막상 뭘 먹고 싶은 생각이 들지 않았다. 커피 라지 사이즈를 테이크아웃하고 담배를 한 갑 사면서 긴장하긴 했나 보다고 그녀는 생각했다.

담배는 대학원에 들어와 자살 충동에 시달릴 때 잠깐 피웠다. 자신의 손으로 목숨을 끊고 싶은 마음이라는 게 지나고 보면 왜 그랬는지 기억도 안 나는데 당시에는 제법 심각했다. 그게 무엇이든 안 해본 것이라면 아무거나 닥치는 대로 해보고 싶었다. 그중 하나가 담배였다. 도움이 됐는지 안 됐는지 모르겠지만 어쨌든 충동은 가라앉았고 그녀는 다시 담배를 피우지 않았다.

주연은 바깥의 벤치에 앉았다. 기영의 따뜻한 미소가 그리우면서도 그것을 거부하고 싶었다. 기영의 미소는 그녀의 죄의식을 부각시킨다. 그녀는 커피와 담배를 동시에 마시고 피웠다. 입으로 느끼고 코로 냄새를 맡는 동안 서로의 향취가 비슷해서 농도가 배가 됐다. 그녀는 맛과 냄새에 깊이 젖었다. 십 년이 넘도록 담배를 안 피웠던 사람이라는 게 믿어지지 않게 그녀는 담배 세 대를 연달아 피웠다. 커피 한 잔을 다 비웠다. 일어서는데 빈속이 요동을 치면서 살짝 비틀거렸다. 그게 고행하는 사람들의 자기학대처럼 기분이 나쁘지 않았다.

주연은 다시 차를 출발시켰다. 아래로 내려갈수록 고속도로는 더 한산해졌다. 속도를 높였다. 빨리 가서 기영을 만나야 한다, 민석에게 휘둘리는 마음을 잠재워야 한다, 라고 그녀가 생각하며 액셀을 밟는 순간 앞차가 비상등을

171

켜는 것을 발견했다. 그러나 이미 늦었다. 그녀가 급브레이크를 밟았지만 차는 보드를 탄 것처럼 죽 미끄러졌다. 안전띠의 반동을 느낄 새도 없이 핸들에 머리를 박았다.

그녀가 간신히 정신을 차려 고개를 드니 앞차의 차주가 그녀의 차 쪽으로 걸어오고 있었다. 그녀도 차에서 내렸다. 앞차는 SUV였고 그녀의 차는 세단 형태였다. 앞차의 들린 엉덩이 속으로 그녀 차의 앞 범퍼가 말려들어갔다. 앞차는 범퍼에 스크래치가 간 것 빼고는 멀쩡했지만 그녀의 차는 앞이 뭉개져서 라디에이터에서 물이 뚝뚝 떨어지고 있었다. 다행히 앞차의 차주는 그녀에게 소리를 지르거나 하지 않았다. 오히려 그녀에게 다가와 괜찮냐고 걱정을 해주었다. 아마 그녀가 거의 정신 나간 여자처럼 땅바닥에 주저앉아 있어서였을 것이다.

곧 보험회사 차와 레커차가 도착해서 일을 처리해주었다. 그녀의 차는 운행할 수 없을 만큼 찌그러져 가까운 지역 서비스 센터로 가기로 했다. 센터 직원이 차가 많이 손상을 당해서 부품을 갈고 수리하는데 새 부품으로 하면 400만 원, 중고 부품으로 하면 200만 원 정도 나올 거라고 말했다. 그녀가 망설이는 것을 보고, 아니면 폐차를 하시든지요, 라고 말했다. 그녀가 망설인 건 새 부품으로 할지, 중고 부품으로 할지였다. 차를 산 지는 오 년이 넘었지만 그 돈으로 이만한 중고차를 살 수 없다. 중고 부품으로 해달라고 하고 계약서를 썼다.

유니폼을 입은 센터 직원들이 바쁘게 오가며 자동차를 정비하고 있었다. 문짝이며 바퀴와 보닛이 떨어져 나간 자동차 골조는 놀이공원의 범퍼카보다 더 장난감 같았다. 주연은 멀찍이 서서 그걸 바라보면서 자판기 커피를 마셨다. 달달한 커피가 들어가자 긴장했던 마음이 좀 누그러졌다.

사람들은 몇 분 후의 일도 예측할 수 없다. 그녀가 어젯밤 기영과 통화할 때만 해도 그녀는 집에서 쉴 거라고 말했다. 거짓말을 한 건 아니다. 그때는 이곳에 올 계획이 전혀 없었다. 휴게소에서 담배연기와 커피의 상승작용으로 핑 도는 어지러움에 고행자의 쾌감도 느꼈다. 그 어지러움이 거리와 속도감을 떨어뜨려 교통사고를 일으키리라고 그때는 생각하지 못했다. 하지만 그녀가 교통사고를 낸 의지를 0퍼센트라고 단언할 수 있을까.

이제 어떻게 할까. 이곳에서 그녀가 할 수 있는 일은 없다. 차가 저 지경이 된 것에 비하면 크게 다친 데는 없다. 목을 좀 돌려보고, 허리를 돌려봐도 약간 뻐근할 뿐, 쑤시거나 통증은 없었다. 직원에게 서울로 가는 교통편을 물었다. 터미널로 가서 시외버스를 타는 방법이 제일 나을 거라고 했다.

큰길로 나오자 택시 두 대가 대기하고 있었다. 지방에 오면 익숙한 광경 중 하나가 택시들이 거리를 돌아다니지 않고 어딘가에 줄지어 서서 손님을 기다리고 있는 것이었다. 그녀를 태운 택시는 십 분도 안 걸려 시외버스 터미널에 도착했다. 서울로 가는 버스가 곧 도착한다는 안내 방송이 나왔다. 그녀는 매표소로 가서 서울이 아니라 기영이 살고 있는 S시의 표를 끊었다. 무작정 하행하는 표를 끊었다. 왜 교통사고까지 났는데 집으로 가지 않고 기영이 살고 있는 도시의 표를 끊었을까. 왜 기영을 꼭 만나야 한다는 강박에 사로잡혔을까. 그녀가 교통사고를 낸 의지를 0퍼센트라고 단언할 수 있을까에 대한 답이었다. 그건 아니라고. 이렇게 사고까지 났는데도 기영에게로 가지 않느냐고.

32.

고속버스는 강을 지나고, 산을 지나고, 나무를 지나고 하늘을 나는 새를 지났다. 마치 해의 나라로 가는 듯이 누런 해가 따라왔다. 주연은 터미널에 내렸다. 그곳에도 택시들이 줄지어 손님들을 기다리고 있었다. 그때 갑자기

비가 한두 방울씩 떨어졌다. 그녀는 뛰어가 택시에 올라 탔다. 택시는 곧 출발했다. 미처 구름 뒤에 숨지 못한 누렇게 번진 해가 택시 뒤를 따라왔다.

택시는 기영의 원룸 앞에 그녀를 내려놓고 떠났다. 논과 밭이 펼쳐져 있는 허허벌판 귀퉁이에 초라하게 서 있는 한 동짜리 원룸이었다. 그녀가 여기에 온 것은 기영이 이사 오던 날뿐이다. 기영의 방으로 짐작되는 창문은 굳게 닫혀 있다. 지금 저 방에 기영이 있는지 알 수 없다. 주연은 기영에게 전화를 걸었다.

ㅡ어디예요?

ㅡ어디긴요. 집이죠.

ㅡ집에서 뭐 해요?

ㅡ뒹굴뒹굴하고 있어요. 오늘 강의도, 연주도 없는 날이잖아요. 좀 늘어져 있고 싶네요. 어디예요?

ㅡ집이죠.

ㅡ뭐 하고 있어요?

ㅡ뒹굴뒹굴하고 있어요.

수화기 너머로 기영의 웃는 소리가 들렸다.

ㅡ아, 잠깐만요. 다시 전화할게요.

그녀는 전화를 끊었다. 관리인도 없는 원룸이라 계단마다 먼지들이 둥글게 뭉쳐 구석에 몰려 있었다. 그녀는

3층에 올라가서 벨을 눌렀다. 아무 소리도 나지 않았다. 말 그대로 원룸인 이곳은 침대와 싱크대와 책상이 한 공간에 옹기종기 모여 있었다. 바로 코앞에서 들리는 벨소리를 기영이 놓칠 리 없었다. 기영은 침대에서 뒹굴거리는 기분을 깨기 싫어서 누운 채로 잘못 찾아온 날파리 같은 방문객을 쫓을 생각인 것 같았다. 그녀가 다시 한 번 벨을 눌렀다. 누구세요. 기영의 목소리가 작게 들렸다. 슬리퍼 끄는 소리가 나더니 문이 열렸다. 기영이 눈을 동그랗게 떴다.

— 아니, 무슨 일 있어요? 서프라이즈 선물인가요?

— 혹시 여자 숨겨두고 사는 건 아닌지 조사 나왔죠.

— 실망시켜서 어쩌죠?

주연은 기영을 껴안았다. 기영도 그녀를 끌어안았다. 둘은 그렇게 잠시 서 있었다. 방 안에서는 희미하게 라면 냄새가 났다. 그녀는 쉬는 날이면 라면이나 토스트로 때우는 기영이 왠지 안타까워 기영의 등을 쓰다듬었다.

— 여기까지 운전하고 온 거예요?

주연은 조금 전 일어난 교통사고에 대해서 간략하게 말했다.

— 아니, 교통사고까지 났는데도 여길 왔단 말이에요? 어디 다친 데는 없어요?

기영이 주연을 두 바퀴 돌려보았다. 그러곤 무사해서
다행이라며 그녀의 볼에 입을 맞췄다. 그녀는 애매하게
웃었다. 오늘 하루 너무 많은 일이 일어났다. 주차위반조
차 걸린 적이 없는 그녀가 폐차 권고를 받을 정도의 교통
사고를 내고 그럼에도 불구하고 세 시간 가까이 걸려서
기영에게로 왔다.

죄의식이란 말 그대로 죄를 인식하는 것이다. 그녀가
기영을 사랑하지 않아서 민석의 문제에 고민하는 건 아니
다. 그건 아니라고 자신 있게 말할 수 있다. 그녀가 민석
의 감정이 어떠했는지 확인하고 싶은 것은 지금 기영의
사랑이 부족해서도 아니다. 그녀가 설레고 좋아했던 감정
은 민석이 그녀를 좋아했다는 감정에 기대어 있기 때문에
만약 민석의 감정이 가짜였다면 민석을 향했던 모든 감정
역시 가짜가 되는 것이다. 그것을 확인하고 싶은 것이다.

33.

기영은 입술에서 시작해 목으로, 가슴으로 참을성 있게
애무하기 시작한다. 그녀는 조금씩 반응한다. 자신의 몸
이 오작동하는 센서등 같다고 생각한다. 그녀는 며칠 동

안 민석으로 인해 가졌던 죄의식을 떨쳐버리듯 기영의 애무에 반응한다. 얼른 아이를 가지고 싶다고 생각한다. 그래서 이 혼란에서 벗어나고 싶다고 생각한다.

기영을 만날 때도, 민석을 만날 때도, 매달 이른 새벽 아랫배의 묵직한 통증과 함께 검붉은 피를 쏟아내는 것은 똑같은데 민석을 만날 때와 기영을 만날 때의 감정이 달랐다. 민석에게는 서운함이, 기영에게는 미안함이 들었다. 이상한 이중감정이었다. 여자의 생리는 달과 똑같은 주기를 가져서 자연의 항구성에 자주 비유되지만 개인 한 명한 명을 비교해보면 기질적인 것, 심리적인 것 모두 큰 오차를 가지고 있다. 기영과는 약혼식도 올렸고 둘 다 나이도 있어서 피임을 하지 않았지만 임신이 되지 않았다. 사후피임약을 처방받아 내려오던, 끝날 것 같지 않은 여성의원의 계단이 부정한 주술을 건 것만 같았다.

둘 다 한숨 잤다. 해는 살짝 기울어 있었다. 저녁을 뭘 먹을까 이야기를 나누다가 기영이 불쑥 말했다.

―참, 음…… 뮤지컬 테마곡 좀 맡아서 해줄 사람 있냐고 의뢰가 왔는데 할래요?

―나 뮤지컬은 한 번도 안 해 봤는데.

―누군 뭐 처음부터 해봤나요. 하면서 알아가는 거죠. 학교 다닐 때 수업은 들었을 거 아니에요.

─누가 의뢰한 거예요?

주연이 이걸 물은 건 나중에 일이 틀어졌을 때를 대비해서였다. 공동작업이라는 게 좋게 끝날 때보다는 서로 다시는 안 볼 것처럼 인상 쓰고 끝나는 경우가 대부분이었다. 그녀 혼자서 꼼지락꼼지락해서 쓴 곡도 무대에 올리기로 한 이상 그녀의 손을 떠나면 회오리바람을 맞기 십상인데, 마지막 커튼콜이 내려지기 전까지의 모든 과정이 팀 작업으로 이루어져 자신의 색깔이라고는 찾아볼 수 없는 오페라나 뮤지컬 같은 것은 웬만한 멘탈로는 견뎌낼 수 없다. 그녀는 대학교에 입학하면 뮤지컬 쪽 일을 꼭 해보리라 다짐을 했지만 학년이 올라갈수록 이런 공동작업이 부담스러워서 갈 길이 아니라고 결론을 내렸다. 그렇지만 일감이 흘러들어왔을 때 경험을 쌓아놓는 것도 나쁘지 않을 것 같았다. 뮤지컬이 대세라 대학에서 강의가 들어올 수도 있었다. 이런 경력이 나중에 의외로 효자 노릇을 하는 경우가 많았다.

─아는 친구가 맡아서 하기로 하고 계약금까지 받았는데…… 음…… 급한 일이 생겨서 못 하게 된 모양이에요. 시간은 별로 없고, 잘못하면 위약금까지 물 수 있는 상황이라 대신해줄 작곡가를 급하게 수배 중인가 본데…….

─해보고 싶은 마음은 있는데 경험이 없어서 잘 할 수

179

있을지 모르겠네요. 하면 돈도 벌고, 커리어도 쌓고, 나야
좋죠.

　—그래요. 그럼 하는 걸로 전할게요.

　—근데 뮤지컬 제목이 뭐예요?

　—나도 잘 몰라요. 일단 주연 씨 연락처를 그쪽에 줄게
요. 연락이 오면 자세한 건 그때 물어봐요.

　—페이 받으면 내가 맛있는 밥 살게요.

　—스케일이 작은 거라 얼마 안 될 텐데요. 그리고 나 다
음 주에 중국에 다녀와야 할 것 같아요. 여기 S시와 자매
결연을 맺은 곳인데 친선 연주회가 잡혀서요. 다음 달엔
그쪽 오케스트라가 이곳에 와서 연주를 하고.

　—왜 미리 말 안 했어요?

　—학교 수업 때문에 내가 안 가고 다른 멤버가 갈 수도
있어서 말 안 했는데 수업은 기말에 보충하기로 조정이
돼서 내가 가기로 했어요.

　—여행 겸해서 좋네요. 설마 아직도 우물물 마시고 그
런 데 아니죠?

　—설마요. 요즘 중국 장난 아니에요. 여기보다 더 큰 도
시예요. 학교 때문에 같이 못 가죠?

　—나요?

　—그럼 주연 씨지, 누구겠어요.

―안 되죠.

―이럴 때 여행 겸해서 같이 가면 좋은데. 우리 서로 스케줄 안 맞아서 여행도 제대로 못 가봤잖아요.

연인 사이에서 일어날 수 있는 너무나 일상적인 이런 대화를 민석과 사귀는 동안에는 한 적이 없다. 민석과는 연인이었던 적이 없었던 것 같다.

―우리 결혼해요.

주연이 기영의 손을 깍지 끼며 다짐하듯 말했다.

―해야죠. 내년 봄에 하기로 했잖아요.

―올해 가기 전에 해요.

기영과 결혼해버리면 이런저런 복잡한 감정에 휘둘리지 않을 것 같다. 주연은 기영의 손을 더욱 세게 깍지 꼈다. 그러곤 그의 배를 껴안고 얼굴을 묻었다. 기영과 조금이라도 떨어지는 게 불안하다. 그는 난감해하는 표정을 짓고 있을 것이다. 어떻게 대답할지 망설이고 있는 모습이 숨결만으로도 느껴졌다.

―아버지도 편찮으시고…….

기영은 그녀와 돈을 합해서 전세로 결혼 생활을 시작하는 것에 대해서 미안하게 생각하고 있었다. 그래서 결혼을 내년으로 미뤘다. 그녀가 그러지 않아도 된다고, 그녀의 오피스텔에서 시작해도 된다고 해도 그는 자기 마음이라고, 돈을 좀 더 모아야 마음이 편할 거라고 말했다. 그녀의 표정이 뾰로통해졌다고 느꼈는지 기영이 그녀의 머리를 쓰다듬으며 안아준다. 주연은 문득 의심이 들었다. 기영이 십 년 동안 만났던 연인을 자신과 사귀던 중에 한번도 만난 적이 없을까. 만나지는 않았다고 해도 문자로라도 연락한 적이 없을까. 주연은 기영을 만나면서 기영의 전 여자친구나 지금 소속되어 있는 악단의 단원들에 대해 질투한 적이 없었다. 기영과 일을 하는 분야가 달라서가 이유의 전부는 아닐 것이다. 기영은 자신의 모든 것을 다 보여주었다.

─옛날에 십 년 사귄 여친 있다고 했잖아요. 생각난 적있어요? 나랑 만나는 동안에.

─글쎄요.

─그건 생각했다는 뜻인데.

─글쎄요.

─그건 미안하다는 뜻이고.

─자긴 어떤데요?

─글쎄요.

─헤어진 연인이란 보물이 없는 보물섬 지도 같아요.

─아무것도 없다는 걸 알면서도 자꾸 들여다보게 되는?

―찢어버려야 할.

찢어버려야 할 민석을 끌어안고 그녀는 교통사고까지
내가며 이곳에 왔다. 결국 그녀가 민석의 이야기를 기영
에게 하지 않은 건 민석의 증언을 거절하기로 마음을 먹
어서였다. 내년 벚꽃이 피는 계절쯤에 기영과 결혼해서
아이 한둘을 낳으며 안정되게 살아갈 것이다. 속물 아줌
마가 된 것을 부끄러워하지 않으며 명문 유치원에, 사립
초등학교에 추첨되기를 기도하며, 그녀의 손 안에서 쉽게
컨트롤되는 기영의 사소한 습관들을 홍보면서, 운이 따라
준다면 둘 다 교수가 되어 교수 부부로 안정되게 살아갈
것이다. 만약 아이가 언어적 재능이 있다면 못다 이룬 언
니의 꿈을 입력시켜 인문학자로 키울 것이다. 음악적 재
능을 보이면 어려서부터 영재교육을 시킬 것이다. 다른
사람의 선망의 눈길에 익숙해져 점점 높은 사다리로 올라
가는 성취의 즐거움을 맛보게 할 것이다. 아이가 피라미
드의 꼭대기에 도달해 사람들이 경배를 담아 흔드는 야광
봉을 내려다보게 만들 것이다.

주연은 기영이 운전하는 차를 타고 서울로 오는 내내
차창 밖으로 따라오는 달을 지켜보았다. 달의 이면을 궁
금해하지 않는 것, 우리가 보는 달의 표면이 진정한 달의
모습임을 믿어야 한다고 다짐하며.

34.

　달의 이면이 존재하는 한 인간은 그것에 대해 궁금해 할 수밖에 없다. 달을 끌어내려서라도, 어떤 음모를 통해서라도 가능한 모든 방법을 동원해서 확인하고 싶은 것이 인간이다. 역사가 이를 증명한다.

　기영은 중국으로 떠났다. 주연은 기영을 배웅하러 공항에 나갔다. 기영이 그녀를 안으며 서울 잘 지키고 바람 피우지 말고 있으라고 말하며 웃었다. 그녀는 웃을 수 없었다. 기영이 떠난 후 민석한테서 더 이상 연락이 없었다. 민석이 말한 대로 흐지부지 없던 일처럼 되었는지도 모른다. 민석과의 문자와 만남으로 팽팽하게 조여졌던 일상이 다소 느슨해졌다. 그녀는 아침에 일어나면 씻고, 간단히 토스트와 달걀 프라이를 먹고 학교에 갔다. 일상은 예전과 달라진 게 하나도 없는데 갑자기 할 일을 모두 잃은 사람처럼 정서의 공백을 느꼈다. 불안과 조바심의 자리에 권태가 들어섰다. 그리고 그 권태의 틈을 숨어서 기다렸다는 듯이 언니가 시간을 거슬러 모습을 드러냈다.

　전화벨이 울려서 받았더니 엄마가 다짜고짜 울음을 터뜨렸다.

　―엄마, 왜 그러세요. 아빠하고 싸웠어요?

―아버지하고 왜 싸워.

―그럼 왜 울어요?

―어제가 네 언니 기일이었잖니. 어제 절에 갔다 왔거
든.

음악캠프에서 돌아온 주연을 껴안고 운 이후 엄마가 운
것은 처음이었다. 언니의 죽음은 분명 보통의 가정에서 흔
히 일어날 수 있는 상황이 아님에도 부모님은 여행도 다니
면서 이성적으로 잘 지내왔다. 친구들이 부모님의 황혼이
혼을 염려할 때면 그렇게 두 분이 오순도순 잘 지내는 게
다행이다 싶었다. 그게 그녀가 과거에 얽매이지 않고 현실
에 발을 딛고 살아올 수 있었던 힘이 된 것도 사실이다.

그녀가 아무 말이 없자 스피커폰으로 아빠의 목소리가
급하게 끼어들었다.

―아, 네 엄마가 괜히…… 얘, 신경 쓸 거 없다. 매년 하
는 일을 새삼스럽게. 네 엄마 이제 늙은 모양이다. 전화도
좀 자주 하고 그래.

―매년요?

―……응.

그녀는 이제까지 엄마가 절에 언니의 위패를 모셔놓고
절에서 기일을 챙기는 걸로 알고 있었다. 그녀를 위한 배
려였든 부모님 자신을 위해서였든 부모님은 그 일에 대해

언급하지 않았다. 결국 부모님은 남은 자식인 주연을 위해 언니 기일을 챙기지 않은 척한 것이다.

—저녁 먹으러 갈까요?

—그래. 와라. 같이 먹자.

주연은 집으로 가는 내내 걱정을 많이 했는데 엄마는 생각보다 담담해 보였다. 그녀가 온다고 장을 따로 본 모양이었다. 잡채와 찜갈비, 갈치조림, 샐러드, 그녀가 좋아하는 음식들로 차려졌다. 생일상 같았다. 그녀가 치킨카레볶음을 먹고 싶었다고 말하자 엄마도 아빠도 수저질을 멈추었다. 그녀의 생각이 맞았다. 엄마는 의식적으로 언니가 좋아하는 그 음식을 하지 않은 것이다. 다음에 해놓을게. 엄마가 아무렇지 않은 것처럼 말했다.

주연은 엄마를 도와 설거지를 하고 과일을 먹은 후 엄마가 좋아하는 드라마를 봤다. 엄마는 소파에 누워 드라마를 보다가 잠이 들었다. 그녀는 엄마에게 담요를 덮어주고 서재로 갔다. 엄마는 유명하지 않은 대학의 유명하지 않은 성악과를 나와서 성악과는 관계없이 외할아버지가 소개해준 대기업의 홍보실에서 잠깐 직장생활을 했다. 엄마가 음악을 전공했다는 사실을 알 수 있는 건 서재 한쪽에 꽂혀 있는 엘피판들과 시디들뿐이다. 그리고 어쩌면 그녀가 엄마에게 물려받았을지도 모를 절대음감 정도.

손등을 자로 때렸던 피아노 선생이 엄마에게 "얘가 절대음감이 있네요"라고 말하는 순간, 엄마는 당신의 딸이 모차르트라도 되는 듯이 일주일에 한 번이던 레슨을 두 번으로 늘리고 콩쿠르를 알아보러 다녔다. 정 씨 남매들이 세계적인 음악가 집안을 일군 것은 그 엄마의 극성 덕분이라며 극성 엄마 대열에 합류했다. 어린 주연에게도 그 말은 누군가에게 뽐낼 수 있는 재능이었다. 고등학교 때 작곡으로 전공을 바꾼 뒤에 작곡 전공자들의 대부분이 절대음감을 가지고 있다는 것을 알게 되기 전까지는.

시디들을 죽 훑어보는데 〈빌바오, 3월의 눈〉이 보였다. 주연은 판을 걸고 바늘을 조심스럽게 올렸다. 치…… 하는 잡음이 들리고 테너의 목소리가 흘러나왔다.

빌바오엔 따스한 햇살이
지금 내 고향 노르웨이에는 눈이 오고 있네.
자작나무 숲에 눈꽃이 피어나고
내 찬 손을 감싸주던
당신의 얼굴에도 눈꽃이 피어나네.

주연은 가사를 들으면서 뭔가 쓸쓸해지고 표현할 수 없는 감정에 사로잡혔다. 햇살이 따스한 곳에 있으면서 추운 고향을 그리워하는 작곡가의 마음을 이해할 수 있을 것 같았다. 3월의 눈 오던 날 민석의 쓸쓸했던 뒷모습과, 그의 차에서 〈달에 홀린 피에로〉를 듣던 날과, 그의 집에서 책장 가득 채워져 있던 희귀 음반들을 황홀하게 쓰다듬던 기억이 떠올랐다. 〈빌바오, 3월의 눈〉은 되돌아갈 수 없는 사랑의 기억과 그리움을 노래하고 있었다.

－엄마가 울어서 놀랐지?

아빠가 서재로 들어섰다.

－엄마는요?

－주무신다.

－그동안 왜 저한테는 언니 기일을 챙겨왔다는 말씀을 안 하셨어요?

－너 어렸을 때의 일이었잖니. 공연히 너까지 힘들까 봐 그랬지.

－이제 저도 다 컸잖아요. 내년부터는 같이 가요.

－그러자.

－언니는 어디다 모셨어요?

－남해 바다가 보이는 암자야.

－왜 그렇게 먼 데로 했어요.

－넌 서울에서 태어나고 자랐지만 언니는 남해에서 태어났잖니. 다섯 살 때 서울로 올라오긴 했지만 언니는 바

다를 좋아했어. 올해는 지수랑 같이 갔다 왔다.

  ─누구요?

  ─왜 언니랑 제일 친했던 친구 있잖니. 지수라고.

  단발머리 소녀였던 지수 언니의 얼굴이 떠올랐다. 언니의 죽음을 받아들이지 못해 한동안 그녀의 집에 놀러왔다. 엄마는 지수 언니가 오면 집에서 구운 쿠키나 따뜻한 코코아를 내왔다. 지수 언니는 언니가 그랬던 것처럼 인형놀이나 소꿉놀이 같은 걸 하면서 주연과 놀아주었다. 그리고 언제부턴가 오지 않았다.

  ─지수 언니 알죠. 매년 지수 언니가 왔어요?

  ─매년은 아니고, 가끔 시간이 맞으면 왔지. 올해는 몇 년 만에 연락 와서 같이 간 거야.

  ─지수 언니 전화번호 좀 알려주세요.

  그녀가 아빠에게 지수 언니 전화번호를 받아서 입력할 때만 해도 그렇게 빨리 지수 언니에게 연락할 줄은 몰랐다.

  35.

  언니를 주제로 한 곡이 스무 마디에서 더 이상 앞으로

나가지 않았다. 절에 가서 언니를 만나면 뭔가 실마리가 풀릴 것 같았다. 혼자 갈 수도 있었지만 언니와의 기억 끝에 지수 언니가 있었다. 친구도 없는 친구 집에 와서 그 동생과 놀아준다는 게 마흔이 된 그녀도 하기 어려운 마음 씀씀이였다. 지수 언니가 그동안 언니 기일에도 참석했으니 할 얘기가 많을 것 같았다. 아빠에게 받은 지수 언니 번호로 전화를 걸었지만 받지 않았다. 언니 안녕하세요? 저 하연이 언니 동생 주연이예요. 전화 좀 주세요, 라고 문자를 남겼다. 곧바로 연락이 왔다. 지수 언니의 목소리는 그녀가 기억하고 있는 예전의 목소리랑은 좀 다른 것 같았다.

 ─어머, 주연아, 정말 오랜만이다. 잘 지냈지? 이게 몇 년 만이니.

 ─네, 언니도 잘 지내셨죠?

 ─나는 잘 지냈지. 너 작곡한다는 얘기는 어머니한테 들었어.

 ─언니는 무슨 일 하세요?

 ─나는 초등학교 선생님이야.

 ─일등 신붓감이네요.

 ─자격만 일등이면 뭐 하니. 남자가 없는데.

 지수 언니가 웃었다.

―전 언니가 아직까지 우리 식구들하고 연락하는 줄 몰랐어요. 알았더라면 진작 연락했을 텐데.

―나도 이번엔 오랜만에 간 거야. 늘 네 생각은 했는데, 내가 먼저 연락은 못 하겠더라고. 어머니가 부탁하시기도 했고.

―저는 부모님이 매년 언니 기일에 참석한 것도 이번에 처음 알았어요.

―부모님이 너를 생각해서 그런 거지. 이제 다 말씀하셨구나.

―네. 엄마가 우시면서 말씀하시더라고요. 지수 언니, 혹시 남해에 같이 가주실 수 있어요? 부모님하고 같이 가기엔 좀 부담스러워서요. 이해하시죠?

―그럼, 이해하지. 이번 주말에 어떠니?

―좋아요.

―보고 싶다.

―저도요.

통화가 끝나고 나서도 주연은 한동안 멍하니 있었다. 모든 게 너무나 비현실적으로 느껴졌다.

주연은 검정 블라우스를 입고 검정 구두를 신고 검정 백을 멨다. 그녀가 지수 언니 집으로 가서 픽업하기로 했다. 지수 언니는 아파트 앞에 나와 있었다. 검정 슬랙스에 검정 재킷을 입은 지수 언니는 어렸을 때 인상과 많이 달라 보였다. 그때는 약간 도도한 느낌의 단발머리 소녀였는데 지금은 치렁하게 긴 머리에 웨이브를 넣어서 부드러운 인상이었다. 하긴 몇 십 년이 흘렀는데 그때 모습 그대로라면 더 이상할 것이다. 주연은 언니가 살아 있다면 어떤 모습일까 상상을 해보았지만 모습이 선명하게 그려지지 않았다.

지수 언니가 준비해온 커피를 마시며 이런저런 이야기를 나눴다. 그 속에 언니 이야기는 빠졌다. 서로 의식한 건지도 모른다. 그러나 차가 하행할수록 머릿속은 언니 생각으로 가득 찼고 말은 줄어들었다. 지수 언니가 먼저 말을 꺼냈다. 조금 전까지 발랄하던 말투는 무겁게 가라앉았다.

─너도 결국 알게 된 거구나.

─네.

─나도 한동안 상처가 꽤 컸어. 지금은 이렇게 웃고 얘기하지만.

─그렇죠. 언니한테 죄송해요. 괜히 저희 가족으로 인해 언니까지 힘들게 하고요.

─그렇게 말하면 내가 더 미안하지. 원인 제공은 내가

한 건데. 하연이가 그 일을 그렇게 마음에 담아두고 있을 줄은 몰랐어. 나도 너희 엄마가 나를 찾아오기 전까지는 자살이라는 걸 몰랐으니까.

주연은 차를 급하게 갓길에 세웠다. 더 달리다가는 지난번 사고처럼 조용히 수습될 것 같지 않았다.

―지금 무슨 말씀 하시는 거예요.

지수 언니가 더 놀란 눈치였다.

―부모님한테 얘기 다 들었다면서…….

―자살한 건 몰랐어요. 저는 부모님이 매년 기일에 맞춰 남해에 가셨다는 걸 말한 거였어요.

―아, 그렇구나. 나는 이제 네가 그걸 감당할 수 있는 나이가 됐다고 생각해서 부모님이 다 말씀하신 줄 알았지. 부모님은 네가 언니를 완벽히 잊길 바라신 것 같구나. 기일을 지낸다는 사실을 말하면 너를 데려가야 하고, 그러면 어떤 작은, 사소한 영향이 네게 미칠지 모른다고 생각하신 거겠지.

―도대체 어떻게 된 거예요?

―우리도 처음엔 사고라고 생각했어. 하연이가 아주 철저하게 사고사로 꾸몄으니까.

엄마가 언니의 방을 정리하면서 가장 염두에 둔 것은 언니가 혹시나 갑작스러운 죽음으로 '미처 처리하지 못한 일'이 있는지 그것을 찾는 것이었다. 깔끔한 성격의 딸이 꼭 마무리 지어야 할 일을 하지 못한 채 떠났다면 하늘나라에서도 마음이 편하지 않을 것이라고 걱정한 것이다. 언니의 흔적이 가장 많이 남아 있는 책상과 옷장을 정리하면서 엄마는 기분 나쁜 예감에 휩싸였다. 바로 며칠 전까지 살아 있던 사람이 들락거렸던 흔적이 없었다. 편지는 물론 생일카드나 크리스마스카드, 그리고 딸의 예민한 감수성과 지적인 상념들에 흐뭇해했던 일기장 같은 것이 안 보였다. 딸을 딸이라고 규정하게 만드는 사생활이라할 만한 것들을 미리 정리한 것처럼 깔끔했다.

떠들썩한 건 싫어서, 혹시 학교에서 친구나 선생님과 문제가 있었던 건 아닐까 조용히 뒷조사를 했지만 엄마가 알고 있는 모범생 딸이었음을 확인했을 뿐이었다. 엄마는 마지막으로 언니 책상 아래에 있는 쓰레기통을 뒤지면서 그곳에서 쓰다 만 편지를 발견했다.

그건 내가 해야 하는 거였어. 나는 네 피아노 반주에 맞춰 아이들이 똑같이 입을 벙긋거리는 게 너무 질투가 나. 나는 내 삶이 질투라는 감정의 협로를 헤매다 늙은 후에 너무도 평범하게 죽음을 맞이하고 싶지 않아. 사람들은 이런 죽음을 자연사라고 말하고 무척 행운이라고 말하지만 죽음이 우리에게 찾아올 때까지 기다리는 게 얼마나 부자연스러운 일이니. 탄생은 의지로 조종할 수 없지만 죽음은 의지로 가능한 거니까. 나는 한 발 앞서 그 속으로 풍덩 뛰어들 거야. 지금 이 순간 가장 그리운 건 누군가의 목소리야. 아니 그 목소리를 통해 전달되는 말, 그 말에 스며 있는 온기, 손길, 그리고 감촉 같은 것들.

엄마는 '사랑하는 내 친구 지수에게'라고 적힌 대로 지수 언니를 만나 그 편지를 보여주었다. 지수 언니는 얼마 전 교내 합창대회가 있었는데 그 피아노 반주를 서로 하고 싶어 해서 겨루다가 지수 언니가 맡게 되었다고 했다. 엄마는 고작 피아노 반주를 두고 딸이 자살했다는 게 믿어지지 않았다. 엄마에게 큰딸은 대단한 존재였다. 가끔 엄마가 친구들과 이야기를 나누면서 내 딸이지만 나는 우리 큰딸을 존경해, 라는 말을 하기도 했다. 그런 딸이 고작 합창대회 피아노 반주를 맡지 못해 자살했다는 것을 받아들일 수 없었다. 딸이 '감정의 협로'나 '자연사'처럼 중학생 소녀가 잘 쓰지 않을 단어를 쓴 것 빼고는 엄마가 존경했던 딸의 모습은 찾을 수 없었다. 만약 어떤 철학적인 질문, 삶이란 무엇인가, 우정이란 무엇인가에 대한 해답을 현실에서부터 얻을 수 없어 자살을 했다면 엄마가 언니의 죽음을 받아들이는 방식은 좀 달라졌을지도 모른다.

주연은 지수 언니에게 거듭 사과하고 서울로 돌아왔다. 더 이상 언니를 향해 갈 수 없었다. 언니를 진심으로 추모하고 싶었지만 혼란과 당혹이 진심을 밀쳐버렸다. 지수 언니를 집에 데려다주고 운전하고 오는 내내 주연은 〈달에 홀린 피에로〉를 들었다. 콩쿠르를 마치고 서울로 올라오던 버스 밖에서 달이 계속 따라오던 그날이 떠올랐다. 다 가지고 있다고 믿었던 언니가 유일하게 가지고 싶었던 게 음악적 재능이었을지 모른다고 했던 민석의 말이 떠올랐다. 그녀가 언니의 아름다움과 지성을 질투했듯이 언니 또한 그녀가 무대에 서서 사람들의 박수갈채를 받는 것을 질투했던 것일까.

36.

주연은 부모님한테 전화를 걸까 말까 몇 번 핸드폰을 들었지만 결국 걸지 않았다. 부모님이 그동안 숨기려고 애쓴 만큼 모르는 척하는 게 부모님을 위로하는 방식이라는 생각이 들었다.

언니의 죽음 이후의 어린 시절을 기억할 때 집안 분위

기가 그렇게 어둡지는 않았다. 아빠의 서재 겸 엄마의 음악실이었던 방에 아빠가 웅크리고 앉아 있는 것을 몇 번본 적이 있지만 엄마는 늘 분주히 움직였다. 그것이 오랫동안 엄마를 괴롭혀온 우울증과 언니의 자살로 인한 충격에서 벗어나려는 몸부림이었다는 것을 주연은 이제야 깨달았다.

엄마는 언니의 죽음조차 마음 놓고 슬퍼할 수 없었던 것이다. 주연은 자신이 학교에 있거나 학원에 가고 없는 사이 엄마가 집에서 홀로 억눌렀던 감정들을 풀어헤쳐 대성통곡하는 장면을 상상해보았다. 그 생각만으로도 그녀는 고통스러웠다. 대학교 때 자살 충동에 시달렸던 기억이 복기되면서 무기력해졌다.

어떤 교수님이 많은 예술가들이 우울증이나 자살 충동에 시달린다며 그걸 '예술혼'이라고 부른 적이 있다. 주연은 당시 그 말이 위로가 되었다. 이유를 알 수 없는 불안감과 강박증이 예술혼이라면 주연은 든든한 자산을 가지고 있는 셈이었으니까. 예술혼을 불태우기만 하는 되는 것이니까.

주연은 커피를 한 잔 내려서 창가에 섰다. 건너편 저 멀리 산의 짙고 옅은 명암이 아슬아슬하게 겹쳐져서 아름다웠다. 이 오피스텔은 층고가 상당히 높았다. 학교에서 가까운 것도 이유였지만 툭 터진 시야에 멀리 산이 보이는 전망이 좋아서 이 집을 선택했다. 대부분의 가전제품들이 빌트인 되어 있어서 이삿짐이랄 것도 없었지만 이사하는 날 부모님이 따라오셨다.

아빠는 물건들이 자리를 잡기 전에 수맥봉을 들고 뭔가 신중한 표정을 하고 다닌 끝에 침대는 작은방에 놓되 침대 머리가 방문을 향하도록 지시했다. 그렇게 놓으면 방문을 열 때마다 문이 침대 머리에 부딪혀 불편하다고 엄마가 말해도 막무가내였다. 아빠는 그것도 모자라서 거실한가운데 세모난 딱지 모양의 부적을 붙여놓았다. 몇 개안되는 이삿짐을 부려놓고 빨리 떠나고 싶었던 이삿짐센터 직원은 아빠가 수맥을 찾는 동안 두세 시간을 땡볕에서서 기다린 것을 보복이라도 하듯이 그녀가 아끼던 와인잔 세트를 깨뜨렸다.

아빠가 공무원을 정년퇴직하고 나서 왜 그 일에 흠뻑빠졌는지 그때는 그녀도 이유를 잘 몰랐다. 그녀에게는 양손에 수맥봉을 들고 방이나 거실 구석구석을 돌면서 교차하는 포인트를 찾는 것이 소반상 위에 동전이나 쌀을 뿌려놓고 길흉을 점치는 무당들과 달라 보이지 않았다. 차라리 아빠가 금속 탐지기를 가지고 운석을 찾으러 다녔다면 그렇게 부끄럽지는 않았을 것이다. 어쨌든 그건 과학의 영역이니까. 아빠가 그 일에 빠진 건 언니의 죽음을 과학의 영역으로는 이해할 수 없었기 때문이었다. 왜 언니의 기일을 그녀에게 말하지 않았는지 하는 모든 미심쩍은 일들도, 부모님이 왜 그렇게 기를 쓰고 언니에 대한 기억을 잊은 것처럼 행동했는지도 설명이 된다.

어떤 상황도 자신에게 유리하게 해석하는 사람은 정말 인생을 행복하게 살 수 있다. 반대의 경우는 평생을 지옥을 경험하며 살아야 한다. 백 가지의 상찬 속에 살다가 단한 번의 좌절에 자살해버리고 만 인물이 신화 속에 등장하는 것 또한 인간의 단면이기 때문이다.

엄마는 그런 언니를 더 이상 기억하지 않는 것이 언니의 명예를 지키는 일이라고 생각한 것 같았다. 주연 또한 언니를 점점 더 높은 선반에 올려놓고 잊어가고 있었다. 대학원에 들어와서 자살 충동에 시달렸던 게 정말 언니의 혼령이 나를 불렀던 것일까, 소름이 돋았다. 어쨌든 그 시기를 잘 넘겼다.

언니는 누군가의 목소리를 들음으로 자신이 살아 있음을 생생하게 느끼고 싶어 했다. 그녀는 언니의 목소리를 떠올려보려 했지만 잘 떠오르지 않았다. 마지막에 목소리를 듣고 싶은 사람은 누구였을까. 그때 언니가 누군가와

통화를 했다면, 언니는 살았을까. 언니의 목소리를 듣고
싶다.

37.

시간은 흐른다. 시간이 흐른다는 건 행복한 일이다. 시
간과 함께 기억도 어느 쪽으로든 변형된다는 것 또한 행
복한 일이다. 숨 막힐 것 같았던 슬픔의 감각들이 하루하
루 시간이 흐르면서 조금씩 무뎌졌다. 언니를 위해 쓰던
곡은 덮었다. 더 이상 들여다볼 마음이 생기지 않았다.

뮤지컬 곡 마감이 다가온 것도 딴생각할 틈을 주지 않
아 도움이 되었다. 대학생들의 풋풋한 사랑을 다룬 창작
뮤지컬이었다. 편의점에서 아르바이트를 하는 여대생과
편의점 택배물을 수거해 가는 남학생. 둘 다 휴학을 하고
아르바이트로 살아가고 있다. 둘은 절대적인 사랑을 꿈꾸
지만 현실적인 갈등에 부딪친다. 로미오와 줄리엣은 원수
의 가문으로 사랑의 결실을 이루지 못하지만 한국에서는
경제적인 어려움으로 사랑을 포기한다. 한국판 로미오와
줄리엣이었다. 로미오가 세레나데를 불렀던 줄리엣의 창
문은 편의점 앞 파라솔이 된다.

스토리와 가사가 나온 상태라 나름 재미가 있었지만 전임자가 쓴 곡에 연결해서 작업을 해야 하다 보니 만만치가 않았다. 〈웨스트사이드 스토리〉는 미국판 로미오와 줄리엣이다. 클래식 작곡을 주로 하던 레너드 번스타인은 이 뮤지컬 주제곡으로 세계적으로 이름을 날렸다. 주연은 〈웨스트사이드 스토리〉 주제곡을 서른 번쯤 들으면서 간신히 한 시간 분량의 작업을 마무리했다. 곡 작업이 끝나는 대로 미팅을 한 후 나머지 작업을 하기로 했다. 담당자에게 파일을 보내고 미팅 날짜를 잡았다.

아담한 3층짜리 건물의 3층에 '뮤직 앤 드림 컴퍼니'라는 간판이 걸려 있었다. 내비게이션은 목적지에 도착했음을 알려주었지만 간신히 두 대 정도 댈 수 있는 주차 공간에는 이미 두 대가 차지하고 있었다. 그녀는 두 바퀴를 더 돌다가 유료주차장에 차를 대고 건물로 올라갔다.

- 송주연 씨죠? 반갑습니다.

- 네. 안녕하세요.

- 양선정 씨 소개로 오셨다고요?

- 아…… 네.

주연은 기영의 소개로 왔지만 양선정이라는 여자가 기영에게 의뢰를 한 모양이니 모른다고 하기가 애매했다.

- 지금 양선정 씨 오시는 중이니까 잠깐 앉아서 기다리

시겠어요.

주연은 여자가 가리킨 의자에 앉았다. 여자가 곧 녹차를 내왔다. 표면에 자잘한 물방울이 맺혀 있었다. 컵에서 차가운 물이 무릎에 떨어져 정신을 차려보니 사무실 문이 열리고 키 큰 여자가 들어섰다. 그 여자가 대뜸 주연을 보고 손인사를 하며 알은체를 해서 주연도 미소 지으며 엉거주춤 일어섰다.

－안녕하세요, 양선정입니다. 기영 씨한테 얘기 많이 들었습니다.

외모만큼이나 시원시원한 성격이었다.

－아…… 네, 안녕하세요.

기영한테 얘기를 많이 들었다는데 누구세요? 할 수는 없었다. 이런 경우 눈치를 보다가 적당히 알아차리는 수밖에 없었다.

－두 분 아시는 사이라니 얘기하기가 더 수월하겠어요.

담당자는 주연이 써온 곡을 마음에 들어 하지 않았다. 처음 양선정이 짰던 방향이 마음에 들었는데 양선정이 그만두는 바람에 직접 주연과 진행 방향에 대해 이야기를 시켜보려고 자리를 마련했던 것이다. 양선정은 이미 담당자를 통해서 주연의 음악 파일을 받았는지 자신의 생각을 이야기했다.

-주연 씨가 학교에 오래 몸담고 계셔서 작품성을 중요하게 생각하시겠지만 이건 뮤지컬입니다. 좀 더 대중이 쉽게 친근감을 느낄 수 있도록 7화음이나 9화음들을 많이 깔아주셨으면 좋겠어요. 7화음이나 9화음이 MSG로 맛을 낸 음식처럼 들척지근하다고 경악하는 작곡가분들도 계신데, 이 뮤지컬이 창작품이다 보니 기존의 유명세를 업고 가는 것도 아니고 해서요, 주제곡이 친숙하면 많은 걸 먹고 들어가거든요.

　주연의 눈을 똑바로 바라보고 말을 하는 양선정의 이야기가 끝날 즈음 주연은 양선정이 십 년 동안 사귄 기영의 전 여자친구라는 것을 알았다. 그냥 퍼뜩 알아졌다. 처음 만나 인사를 나누었을 때보다 힌트가 더 늘어난 것도 아닌데 그냥 알게 되었다. 그런 건 저절로 알게 되는 것 같다. 처음 기영이 이 일을 맡겠냐고 물었을 때 이상하게 버벅대며 불편해하던 기억이 떠올랐다. 기영 입장에서는 일은 공적인 것일 뿐이라고, 사적인 건 아니라고 자신을 설득해서 주연에게 일을 제안하면서도 뭔가 찜찜해서 버벅댄 것이다. 기영은 주연이 거절하길 바랐을까. 그랬다면 기영은 전 여자친구의 어려움을 모른척하지 않으면서 주연에게도 이런 배신의 감정을 느끼게 할 기회를 주지 않았을 테니까.

주연은 양선정이 자신의 곡을 비평해서 기분 나쁜 것일까, 아니면 기영의 전 애인이라서 기분 나쁜 것일까 생각해보았다. 주연은 지금까지 일을 해오면서 최대한 상대방을 비난하려는 의도가 없다는 것을 보여주기 위해 가드를 내린 상태에서 대화를 나눈다. 정말 문제가 있을 때는 마음에 안 든다고 솔직히 이야기한다. 그게 서로를 위해서 좋다. 그런 식의 대화법에 익숙해 있기 때문에 양선정의 뭔가 완곡한 듯하면서도 비꼬아 비난하는 화법이 거슬렸다. 작품성 운운하면서 주연의 곡을 칭찬하는 것 같았지만 결국 아마추어라는 비난이었다. 어쩌면 주연은 양선정의 지적대로 학교에서 곡을 연주하는 것이 일의 전부였고, 양선정은 뮤지컬이라는 조직 속에 몸담고 있다 보니 훈련이 돼서 그런 화법이 몸에 뱄을 수도 있다.

양선정은 정말 주연의 곡이 마음에 안 들었던 것일까, 아니면 주연이 기영의 현재 여자친구라서 비난이 날카로웠던 것일까. 그럼에도 주연은 왜 이 여자에게서는 연두와 달리 질투를 느끼지 않는지 곧 깨달았다. 인간에게 미덕이라고 말할 수 있는 게 있다면, 그 미덕들의 총합이 있다면, 양선정은 그녀가 추구하는 점수에 미달되는 여자였다. 연두는 동성 이성 할 것 없이 사람을 홀리는, 혹은 안달 나게 하는, 모두가 닮고 싶은 여자였다.

질투란 인정해야만 하는 사실에 대해서 인정하고 싶지 않을 때 발생하는 감정, 그리고 대상이 바로 곁에 있어야 하고, 사람을 안달 나게 만들 매력이 있을 것.

양선정의 평가가 다 끝나고 대답을 기다리는 두 여자를 향해 주연은 처음부터 다시 쓰면 안 되겠냐고 물었다. 그녀는 양선정이 기영의 전 여자친구였던 것을 몰랐기 때문에 그녀가 써놓은 인트로 이후부터 쓰는 것을 받아들였다. 계속해서 양선정의 검열을 받아가며 그녀의 뒤치다꺼리를 하고 싶지는 않았다. 담당자가 거절하면 할 수 없다. 일을 그만두면 된다.

둘은 주연의 반응을 예상치 못했는지 서로의 표정을 살폈다. 양선정의 표정이 굳어졌다. 주연은 느긋하게 기다렸다. 그럼 그렇게 하죠. 담당자가 말했다. 작품을 무대에 올리기로 한 날짜가 워낙 촉박해서 어쩔 수 없네요. 담당자의 마지막 말은 양선정의 자존심을 지켜주기 위해서 필요한 말이었다. 그럼 두 분 수고하세요. 양선정이 말하고는 일어서서 나갔다. 곡을 처음부터 다시 시작하는데 양선정이 이곳에 앉아 있을 이유는 없었다.

주연은 핸드폰을 꺼내 기영에게 전화를 걸지 고민했다. 어떻게 된 일이냐고, 어떻게 나에게 전 여자친구가 하던 찌꺼기를 맡길 수 있냐고, 전화를 걸어 따지고 싶은 마음도 있었다. 하지만 기영은 곧 귀국한다. 급한 일도 아닌데 외국에 있는 사람한테 전화를 걸어 서로 감정을 상하게 할 필요는 없었다. 무엇보다 그녀는 만 배나 더 역겨운 일에 뛰어들려고 했었다. 아무리 괴물이라 하더라도 그렇게 해서는 안 된다. 찢어버려야 할 보물지도 같은 건 없다. 그곳에 실제 보물이 있든 없든 '보물'이라는 희망 때문에 품고 있을 수밖에 없다.

38.

교수님께.

혹시 저를 기억하실지 모르겠습니다.
교수님의 서양음악사를 수강했고 성적 정정 때문에 교수님을 찾아뵌 적이 있는 김승일입니다.
이번엔 성적 때문은 아니고요, 한연두와 이민석 교수님의 문제로 메일을 드렸습니다.
좋은 일이 아닌 이유로 메일을 보내게 되어 죄송합니다.
연두로부터 교수님이 증인을 서기로 했다는 얘기를 전해 들었습니다.

그 문제로 두 교수님이 만나셨다는 얘기도요.

그걸 안 해주셨으면 해서요.

문제가 되는 그날, 그 시간, 연두가 이민석 교수님과 함께 있었던 것은 사실입니다.

제가 어떻게 아냐고요?

그건 여기서 밝힐 수는 없지만 무엇을 걸고라도 사실이라고 장담할 수 있습니다.

그러니까 송 교수님이 이민석 교수님과 그 시간에 함께 있었다는 증언은 분명 위증이 될 것입니다. 이민석 교수님이 연두, 송 교수님과 동시에 한 장소에 있는 것은 불가능하니까요.

교수님의 증언은 단순히 연두를 곤경에 빠뜨리는 게 아니라 교수님 자신의 명예를 실추하는 게 되는 것입니다.

연두는 너무 이타적인 아이예요. 자신의 희생을 즐기는 경향이 있어요. 누군가에게 베풀지 않으면 스스로 칼로 베인 듯 통증을 느끼는 아이입니다. 이민석 교수님께도 그런 식으로 베푼 게 엉뚱하게 되돌아온 것 같습니다.

연두는 제가 교수님께 메일을 보내는 걸 모르고 있습니다. 제가 메일을 보낸 걸 연두에게 비밀로 해달라는 말은 염치없는 것 같아 못 하겠습니다.

다만, 다시 한 번 간곡히 부탁드리는데 허위증언은 하지 말아주시길 빕니다.

교수님의 명예를 걸고요.

    스팸메일로 오해할 것을 염려했는지 메일 제목에 '연두의 남자친구 김승일입니다'라고 밝혀놓았다. 승일은 주연이 증인 문제로 민석을 만난 것을 어떻게 알고 있는 걸까. 지난번 카페에서 만난 이후 민석은 더 이상 연락이 없었다. 승일이 이런 메일을 보낸 건 그녀가 모르는 뒤에서 뭔가 일이 더 진행이 되고 있다는 얘기였다. 인사위원회가 열린 것일까. 주연은 이미 이 싸움에서 몸을 빼기로 마음먹었는데 뭔가 진흙탕 싸움으로 변질되는 것 같아 두려웠다. 메일 창을 닫으려는데 '??'라는 제목의 메일이 있었다. 이 메일이야말로 스팸메일인 줄 알았다. 연두였다.

39.

    교수님께.

    일단 죄송하다는 말씀을 드립니다.

    승일이가 교수님께 메일을 보냈다고 하더군요.

제가 미리 알았다면 말렸을 텐데, 이 친구가 오늘에야 그 사실을 털어놓았습니다.

이건 이민석 교수님과 저의 문제지, 송 교수님과는 아무 관계 없다는 것을 승일에게 분명히 밝혔습니다.

경솔했던 제 남자친구를 대신해서 사과드립니다.

저는 이민석 교수님을 단순히 벌주기 위해 제소를 한 건 아닙니다.

이 교수님과는 매듭지어야 할 문제가 있습니다. 그래야 저도, 이 교수님도 앞으로 나아갈 수 있습니다. 그 부분에 대해서는 이 교수님도 잘 아시리라 생각합니다.

그럼에도 이 교수님이 송 교수님께 손을 내미신 걸 어떻게 받아들여야 할지 좀 혼란스럽습니다. 분명한 건, 송 교수님이 이 교수님을 도와준다고 개입하시면 우리 모두 큰 상처를 입게 될 거라는 것입니다. 어떤 방해 요소가 나타난다면 오히려 이 문제는 해결되지 않은 채 봉인돼버릴 것입니다.

다시 한 번 이런 메일을 보낸 데 대해 사과드립니다.

둘이서 매듭지어야 할 게 있다고? 방해 요소라고? 주연은 코웃음을 쳤다. 연두가 굳이 자신의 남자친구를 대신해서 사과한답시고 이런 메일을 보낸 건 사과하려는 게 아니라 자기와 민석 둘 사이의 문제니 끼어들지 말라는 이야기였다. 그녀는 방해꾼이 되었다. 제일 싫어하는 포지션을 맡은 꼴이었다. 싸움에 끼어들어 싸움판을 더 키우는 사람. 욕으로 끝날 걸 폭력으로 얼룩지게 만드는 사람. 연두에 의하면 주연이 그런 사람이었다.

연두의 이메일이 도발이었던 건가, 주연은 나중에 생각해본 적이 있다. 민석을 만나면서 마음이 흔들린 건 사실이지만 교통사고까지 내가며 기영에게 달려가 기영과의 애정도, 죄의식의 기울기도 확인했다. 얼마큼 굳은 마음인지는 확신할 수 없지만 어쨌든 그녀는 증언을 안 하기로 마음을 먹었다. 그리고 주연이 민석에게 흔들렸던 죄의식은 양선정이 등장함으로써 면죄부를 받았다.

철조망이 둘러진 오월의 찬란한 장미 정원에 들어갈까 말까 망설이다가 안 들어가기로 결심한 순간 눈에 띈 '들어오지 마시오'라는 팻말, 그 팻말을 보고 더 들어가 보고 싶은 심리 같은 것이었을까. 달의 이면을 확인하고 싶은 인간의 추악한 욕망 때문이었을까. 아니면 질투로 인한 언니의 자살을 안 후 무의식적으로 자신을 방어하려는 기제가 작동한 것일까.

주연은 하루를 망설이다가 연두와 승일의 이메일을 묶어서 민석에게 '전달'했다. 딱 한 문장을 적어 보냈다. 이런 메일이 왔는데 어떻게 해야 할까요. 민석과 연두와 주연, 셋의 문제를 잘 매듭짓기 위해서 주연이 이렇게 해야 할 근거와 이유가 충분했다. 그러나 보내기를 클릭하는 순간 그녀 자신까지 속일 수는 없었다. 승일은 명예를 지키라고 했지만 그녀에겐 지킬 명예가 없었다. 그녀는 연두를 벌주고 싶었다. 연두가 단순히 민석을 벌주기 위해서 제소한 건 아니라고 뻔뻔스럽게 자기변명을 한 것에 대해서, 먼저 안달 나게 해놓고 시침을 떼며 사건을 이렇게 크게 만든 '요즘 애들'의 과잉반응에 대해서, 여성의원의 길고 긴 계단을 내려온 후 그녀가 민석과 이별을 생각한 것은 민석이 그녀를 정말 사랑한 게 아니라는 것을 알게 됐기 때문이라는 것에 대해서, 그리고 민석이 진짜 사랑한 사람은 연두라는 것을 확인한 것에 대해서.

민석은 주연의 메일을 바로 확인했다. 그녀는 답장이 왔는지 핸드폰으로 자주 확인해봤지만 '읽음' 뒤에 아무런 대꾸가 없었다. 연두와 연두의 남자친구가 주연에게 메일을 보낸 게 민석의 심기를 거스른 건지, 주연이 그들의 메일을 민석에게 전달한 게 기분 나쁜 건지 짐작할 수 없었다. 부산음악제가 끝나고 서울로 올라와 민석의 전화를 기다린 것처럼 주연은 불안함 속에 민석의 연락을 기다렸다.

40.

기다린다는 건, 유형이든 무형이든 인내를 필요로 한다. 일상을 일상대로 꾸려가는 틈틈이 뭔가를 기다리고 있다는 사실을 의식하면 압박감에 그냥 자리에서 뛰쳐나가고 싶다는 마음이 든다. 어떤 때는 자신이 기다리는 게 무엇인지, 기다리는 게 있기나 하는 건지도 모르면서 그 자리에 머물러 있다는 이유만으로 벗어나려고 한다. 주연에게는 두 가지 다였다. 그녀는 민석의 메일을 기다리면서도 한편으로는 답장이 안 오기를 바랐다.

학교로 가고 있는데 문자가 왔다. 혹시 민석인가 싶어서 운전 중인데도 확인을 했는데 해기 언니였다. 전에 말했던 영화 시사회가 내일이라고 했다. 그녀는 알겠다고, 영화관에서 보자고 답문을 보냈다.

차를 주차시키고 강의실로 가기 위해 대운동장 옆을 지났다. 대운동장에서는 학생들이 마이크와 피켓을 들고 시위를 하고 있었다. 총장 선거에서 학생 대의원의 비율을 높이라고 총학생회에서 주최한 시위였다. 민망할 정도로 참여한 학생들의 숫자가 적었다. 어차피 간선제였다. 그들만의 선거였다. 당사자들이야 물밑에서 열심히 발길질을 하고 있겠지만 적어도 불구경을 하는 사람들로서는 우아한 백조의 날갯짓 정도로 느껴졌다. 재임을 포기한 현 총장을 뺀 후보 다섯 명은 살아남기 위해서 이합집산을 했다. 그중 하위 그룹에 속해 있던 두 명이 각각 칼텍과 음대 학장에게 붙었다. 나머지 한 명은 애초에 상대할 급이 안 되는 후보였다. 이제 형식적으로도 내용적으로도 공대 vs 음대로 압축됐다. 혹시나 싶어서 그녀는 민석과 관련된 피켓이 있나 꼼꼼히 살펴보았지만 없는 것 같았다. 그녀는 고개를 갸웃했다. 누가 덮은 건지, 아니면 아직 뚜껑이 안 열린 것인지.

『예술과 권력』이라는 텍스트 읽어봤죠? 그 책에 기록된 것 말고도 권력의 시중을 들었던 작곡가는 많습니다. 루이 14세 때 활동했던 바이올리니스트이자 작곡가인 '장바티스트 륄리'도 그중 하나입니다. 륄리의 출생에 대해서는 방앗간의 아들이라는 설이 있을 정도로 귀족과는 거리가 먼 사람입니다. 춤추는 재능으로 루이 14세에게 발탁되어 프랑스 궁정 악단까지 지휘하다가 나중에는 몰리에르의 희곡을 오페라로 만들어 왕에게 인정받게 되지요. 루이 14세는 여러분들도 잘 알고 있는 베르사유 궁전을 지은 사람입니다. 그 궁전에는 357개의 거울이 붙어 있는 방이 있는데 루이 14세의 절대권력을 상징적으로 보여주는 방이죠. 륄리는 이 왕에게 빌붙어서 자신의 허가 없이는 오페라를 공연할 수 없게 만들 정도로 예술계의 황제로 군림합니다.

좀 더 유명한 작곡가를 예로 들어볼까요? 〈아름답고 푸른 도나우〉라는 곡은 다 아실 겁니다. 요한 스트라우스의 왈츠곡이죠. 이곡은 스트라우스 자신이 사랑하는 조국 오스트리아가 프로이센과 전쟁을 일으키자 조국애를 드높이기 위해서 작곡한 곡입니다. 그러나 그전에 오스트리아와 프로이센이 동맹을 맺었을 때는 프로이센을 위해 행진곡을 작곡했습니다. 이것은 잘 알려지지 않은 사실입니다. 심지어 프로이센과의 전쟁 중 자신의 집을 야전병원으로 제공하기까지 했습니다. 이처럼 예술은 권력과 절대로 무관하지 않습니다. 더욱이 자본주의 사회인 현재는 더욱더 이 자장에서 벗어나기 어렵죠.

주연은 수업 내내 연두가 자신을 경멸 어린 시선으로 쳐다보고 있는 것을 느꼈다. '너 따위'라는 눈빛이었다. 주연은 그 눈빛에 기가 질려 들고 있던 보드펜을 떨어뜨렸다. 조금 전 차에서 내리기 전에 메일을 확인했지만 민석의 답장은 없었다. 그러니 연두가 그렇게 볼 리가 없다. 더욱이 이타적인 연두 아닌가. 그런 연두가 감히 선생을

'그따위' 눈빛으로 공격할 리가 없지. 주연은 스스로 최면을 걸며 보드펜을 주웠다. 연두를 정면으로 바라보고 깊이 심호흡을 했다. 수업을 간신히 마쳤다. 강의실을 막 나서는데 연두가 주연의 뒤를 따라왔다.

─시간 되시면 잠깐 얘기하고 싶은데요.

연두는 늘 말 앞에 붙이던 교수님도 생략한 채 주연을 똑바로 쳐다보고 말했다. 가까이 보니 연두도 수척해져 있었다. 긴 머리를 짧은 단발로 잘랐다. 민석의 수척한 모습에서는 보호본능을 느꼈다면 연두에게선 지독한 자기연민이 느껴져 거부감이 일었다. 주연은 시계를 들여다보는 척했다. 시간은 중요한 일에 쓰이라고 있는 것이다. 주연에게 이보다 중요한 일은 없다.

주연이 차로 가는 게 어떻겠냐고 제안했다. 민석이 사람들의 눈을 피해 옥토버에서 그녀의 집 앞으로 차를 돌렸듯이 주연도 연두와 함께 있는 모습을 사람들에게 들키고 싶지 않았다.

둘은 주차장으로 갔다. 주연의 머릿속에 랩스커트를 입고 얌전 빼며 차에 타던 연두의 모습이 재생되었다. 그사이 연두에게는 많은 일이 일어났다. 앞으로도 심상찮은 일들이 진행될 것이다. 주연에게도 어떤 일들이 일어날지 짐작할 수 없다. 기영에게 가는 도중 교통사고가 난 것,

언니의 자살을 알게 된 것이 그 전조일 수도 있다. 조수석에 앉은 연두는 아무 말도 하지 않았다. 주연 또한 아무 말도 하지 않았다. 그녀가 먼저 말을 꺼낼 이유가 없다. 한참 후에 연두가 말을 했다.

— 그날 밤에 이민석 교수님과 정말 함께 계셨나요?

수업 내내 주연을 향해 쏘아 보내던 너 따위, 라는 눈빛, 그녀가 옳게 읽었다. 주연에게 승일과 연두가 연달아 메일을 보냈던 것도 우연이 아니다. 주연이 증언할 거라는 걸 민석이 연두에게 밝힌 것이다. 그걸 연두가 승일에게 하소연한 것이고, 연두를 끔찍하게 아끼는 승일이 주연에게 메일을 보낸 것이다. 혹시 민석은 주연의 증언을 미끼로 연두를 만나서 회유하려고 한 걸까. 주연은 이 자리를 통해 민석과 자신이 얼마나 돈독한 사이인지 밝히고 싶은 유혹을 느꼈다. 너 따위 애송이가 감히 따라올 수 없는, 위증까지도 포용할 정도로 그를 깊이 사랑하는 관계라는 것을 시위하고 싶었다.

— 내 사생활을 밝힐 필요가 있을까.

— 이민석 교수님의 위증 제안을 받아들인 순간부터 이미 교수님은 사생활을 보호받을 수 있는 자격을 상실하셨어요.

— 누가 그래? 내가 위증을 하겠다고?

─그럼 아닌가요? 아닌 걸로 알면 되나요?

요즘 애들 정말…… 당돌하기 짝이 없군. 난 네 선생이라고! 주연은 이렇게 외치고 싶었다. 평일 늦은 오후의 학교 주차장은 조용했다. 차들은 거의 빠졌다. 주연의 차는 출고 때부터 이미 선팅이 되어 나온 차였다. 슬슬 사람의 약을 올리고, 예의 없이 구는 요즘 것들에게 따귀를 때린다고 한들 이 밀폐된 공간에서 벌어진 일들은 아무도 알수 없다. 그녀는 한껏 눌렀던 체면을 획 걷어버렸다.

─내가 위증을 한다면 어떡할 거니. 위증인지 아닌지 뭘로 증명할 건데. 아까 지금부터 사생활을 보호받을 수 없다고 했지. 좋아. 누구의 사생활이 더 아름다운지 알 수 있겠구나. 아니지, 누구의 사생활이 더 더티한지 알 수 있는 건가.

─제가 교수님께 보낸 메일을 이민석 교수님에게 보내셨더군요.

순간 주연은 말문이 막혔다. 민석은 그녀가 알고 있는 것보다 훨씬 더 교활한 사람인지도 모른다. 민석은 자신의 의자를 뺏기지 않기 위해서라면 누구든 무엇이든 이용할 수 있는 사람일지도 모른다. 3월의 눈 내리는 날을 기억하고 있는 낭만적인 사람이라는 생각 또한 오해일 수 있다. 주연에겐 답장을 보내지 않으면서 연두에게는 그녀

217

가 전달한 승일과 연두의 메일을 다시 전달했다. 그게 연두를 화나게 만들었다.

　－이민석 교수님이 뭐라고 하시면서 메일을 전달한 거야?

　－그게 중요한가요?

　－그럼 뭐가 중요하니?

　－교수님은 다 가지셨잖아요. 뭐가 더 욕심이 나는 거죠? 제가 교수님 위치라면 평생 베풀고 살 거예요.

　연두는 울먹이며 쏟아내듯 말했다. 그러고는 주연이 미처 무슨 말을 하기 전에 차에서 내려버렸다. 운동화에 청바지를 입은 연두의 뒷모습이 멀어졌다.

　내가 다 가졌다고? 주연은 평생을 결핍에 시달렸다. 그 축축한 기분이 싫어서 끊임없이 발버둥 쳤다. 유치원 친구들이 몰려다니며 생일 파티를 하고 놀 때 피아노 연습을 했고, 초등학교, 중학교를 다니면서는 콩쿠르의 압박에 시달렸다. 보이지 않는 재능을 도수 높은 안경으로 보려고 애쓰며 회의에 시달렸다. 대단치도 않은 지금의 상태를 유지하기 위해 보통의 사람들이 상상할 수 없이 치열하게 달려왔다. 그러면서도 그녀의 내면으로부터 단 한 번도 만족한 적이 없었다. 예술이라는 불구덩이 속에서 몸부림치면서 연두와 민석처럼 노력한다고 얻을 수 있는 게 아닌, 예술적 재능을 가지고 태어난 것을 부러워하면서, 그것을 가진 민석이 원래는 내 사람이었다고 우기면서, 지금 이 순간에도, 앞으로도, 영원히, 죽기 전까지, 주연은 박탈감에 시달리며 자신을 채찍질할 것이다.

이런 주연을 연두가 질투하고 있었다. 주연은 연두가 다 가졌다고 생각했다. 그녀가 유일하게 가질 수 없는 젊음까지도. 사람들은 자기가 가진 것을 제외한 다른 것을 갈망한다. 끊임없이 목말라 한다.

41.

세 대의 차가 더 빠져나갔다. 저들도 수천 가지의 고민을 가지고 있으면서 무표정한 얼굴로 차에 타거나 내린다. 어딘가로 바쁘게 떠난다. 그녀가 지금까지 흘려보냈던 40년 480달, 14,600일, 350,400의 시간들 중 기억하고 싶은 순간은 단 며칠뿐이다. 그 며칠을 위해 사람들은 수없이 많은 시간을 소비하며 보낸다.

주연은 차에서 내렸다. 자신의 메일에 답장은 하지 않으면서 연두에게 물밑 작업을 하는 민석의 해명을 들어야 한다. 또 하나. 민석이 선거운동을 하는 게 그녀의 증언을 전제로 하는 것인지에 대한 이야기도 들어야 한다. 증언을 바탕으로 민석이 면죄부를 받을 것이라고 기대하고 있다면 증언하지 않을 것이라고 확실히 말해야 한다.

주연은 주차장을 빠져나와 교수 연구동 쪽으로 거슬러 올라갔다. 지금 연구실에 그가 있는지 없는지는 알 수 없었다. 문 옆에 붙어 있는 시간표에는 수업이 없는 걸로 표시되어 있다. 처음 그의 집에 들어섰을 때처럼 떨리고 설레는 마음은 많이 줄어들었지만 여전히 그녀는 긴장했다. 조금 전까지 굳게 다짐을 했지만 다짐한 만큼 따질 수 있을지 자신이 없어졌다.

주연이 조심스럽게 노크를 했다. 대답이 없었다. 연구실에 없나. 그녀는 갑자기 화가 나 아주 세게 노크를 했다. 들어오세요. 민석의 목소리가 들렸다. 그녀는 잠시 서서 망설였다. 돌아갈까. 계속 회피할 수는 없다. 문을 열었다. 연구실은 그의 집처럼 깔끔하게 정리되어 있었다. 책장에는 악보들과 책들이 가지런히 꽂혀 있었다. 저 책을 정리하느라 연두는 주연에게 조교가 지도교수님 이사까지 도와야 하는 거냐고 물었다. 오디오에서는 리게티의 〈아트모스페르〉가 흘러나오고 있었다. 지난번 민석의 차에서 틀어져 있던 곡과 같은 것이었다. 이번엔 리게티를 표절할 건가.

—어, 웬일이야. 전화도 없이.

민석은 마중 나오듯이 의자에서 일어나며 주연 쪽으로 걸어왔다. 표정도 부드러워서 반기는 것처럼 보였다.

—앉아. 뭐 마실래. 커피?

—아뇨. 커피 말고 뭐 있어요?

—얼그레이도 있고, 꽃차도 있고.

—얼그레이 주세요.

차마 연두가 찾아와서 이렇게 헐레벌떡 달려왔다는 말은 입에서 떨어지지 않았다. 선거운동 이야기로 시작하는 게 나을 것 같았다.

—선거운동까지 맡으셔서 그렇지 않아도 바쁜데 더 바쁘시겠어요.

막상 말을 하고 보니 빈정거린 것 같았다.

—휴, 그러게 말야. 이번 주에는 친하지도 않은 교수 처남 결혼식에, 단과대 회식에 쫓아가서 밥 사주고, 술 사주고. 그렇게 감투에 관심이 많으면 정계로 나갈 것이지 도대체 뭐 하자는 짓들인지…… 그냥 곡만 쓰고 살 수는 없을까.

누구라도 그런 말을 할 수 있을 때가 가장 부유한 시기라는 것을 지난 후에야 안다. 민석은 두 개의 찻잔 중 얼그레이는 주연 쪽으로 놓고 자신은 아메리카노가 들어 있는 잔을 가져갔다.

-커피는 언제부터 마신 거예요?

-커피? 원래 마셨는데.

-나 만날 때도요?

-왜? 내가 그때 안 마셨나?

-한 번도 못 본 것 같아요.

-그래? 그럼 그전에 학교에서 너무 많이 마셔서 안 마신 거겠지.

도대체 어떤 민석을 만난 건가, 자신이 알고 있는 민석과 이 사람이 같은 사람인가, 주연은 혼란스러웠다.

-선거운동은 잘 돼가요?

-그럴 리가 있나.

-외부 인사가 있으니 반전도 기대해 볼 수 있는 거 아닌가요. 아무래도 우리 학장님이 외부 인사들과의 친분이 남다르잖아요.

-다 끌어온다 쳐도 교직원 합하면 내부가 70퍼센트인데, 아무래도 역부족이지.

-요 앞 대운동장에서 학생들이 시위하던데요. 학생들 대의원 수 늘려달라고.

-시위해서 늘어나봤자 두 명에서 서너 명 되는 게 고작인데, 그게 얼마나 영향을 끼친다고.

―두 명요? 그렇게 비율이 적어요?

―응.

―그게 가능해요?

―안 가능한 걸 찾는 게 더 빠를걸. 이 바닥의 생리라는 게 그렇잖아.

민석이 지금 처해 있는 안건을 놓고 학생들이 피켓을 들고 마이크로 떠들어대도 이렇게 팔짱을 끼고 있을 수 있을까.

―차라리 총장 직선제를 하자는 시위라면 몰라도 학생 대의원 표 몇 개 더 가져오자고 시위하는 게 별로 명분이 없지.

―그래서인지 학생들도 별로 관심 없는 것 같던데요. 아까 보니까 별로 안 모였던데.

―요즘 애들 자기 스펙 쌓기에 바쁘지.

―학장님이 될 가능성은요?

민석이 고개를 저었다.

―질 걸 알면서도 하는 거예요?

―당사자들은 절대 질 거라고 생각 안 하지. 자기가 될 줄로 알고 있지.

그 뒤에 왜 자신을 괴롭히냐는 말이 생략되어 있었다. 박 교수는 자신을 이 일에 끌어들이지 않아 불만이고, 민석은 자신에게 잡일을 떠넘겨 불만이었다. 그 반대가 되었어도 둘의 불만은 달라지지 않았을 것이다. 지적 허위의식을 먹으며 폭발 직전까지 팽창한 대학이라는 조직에서 이런 투덜거림은 바늘구멍 역할을 해서 압력을 줄여준다.

─박 교수님이 선거운동한다고 좀 걱정하세요.

징계위원회에 제소된 사람이, 라는 말은 생략했다.

─누가?

─이민석 교수님요.

─누가 그런 말을 했냐고.

─박준한 교수님요.

─박 꾜수가?

워낙 된발음으로 해서 주연의 귀엔 그렇게 들렸다. 이들 사이의 알력이 생각보다 깊다는 생각이 들었다. 그녀는 어느 편에 서는 게 유리한가. 일단 박 교수는 그녀를 여기 강사로 꽂아준 사람이다. 적어도 그녀가 알고 있기로는 그녀에게 호의적이다. 대단한 커리어는 없지만 크게 모난 성격도 아니어서 주변에 적이 많지 않다. 민석은 다르다. 그의 세력이 크는 것을 경계하는 사람들이 많다. 그렇지만 학장과 총장을 등에 업고 있고, 정치적인 파워도 있는 사람이다. 힘 있는 사람 곁에 붙어야 그녀의 힘도 키울 수 있다.

주연은 그동안 자신이 정치적이지 않으려고 노력했고 그런 쪽으로 때가 덜 탔다고 생각했다. 그런 모습을 '순수'하다고 여기고 자긍심 비슷한 걸 가졌었다. 그래서 학교에서 흔히 볼 수 있는 정치적인 교수들을 마음껏 경멸했는데 계속 순수할 수 있을지 자신이 없어졌다. 그녀가 원하는 교수라는 밥그릇은 뺏고 뺏는 싸움에 끼어들지 않고서는 누군가 '순수히' 갖다 바쳐줄 리 없기 때문이다. 강사법이 시행되면 우수수 잘려나갈 것이다. 희진은 강사들을 바퀴벌레에 비유했다. 바퀴벌레처럼 약을 먹고 제 집에 가서 흔적도 없이 죽을 수는 없는 노릇이다.

— 어이가 없군. 그 사람 내가 여기 임용될 때도 유일하게 나서서 반대한 사람이야.

— 왜요?

— 뻔한 거 아냐. 자기가 심으려는 사람이 있었거나, 자기보다 잘난 사람이 오는 게 싫었거나겠지.

민석이 이렇게 시니컬한 사람이었나. 그사이에 사람이 이 정도로 변할 수는 없고 아마도 주연이 강사인 데다 민석과 사귀면서 학교에서의 이런 공적인 모습들을 객관적으로 볼 기회를 놓쳤을 수 있다.

연두 이야기를 어떻게 꺼내나 궁리하고 있는데 그의 책상 위에 놓인 액자가 그녀의 눈길을 끌었다. 민석이 잘 손질된 푸른 잔디 위에 두 무릎을 세우고 털썩 앉아 있다. 세운 무릎 위에 두 팔을 되는대로 올려놓았다. 선글라스를 낀 데다 배경을 살리느라 멀리 찍어서 민석의 눈은 보이지 않지만 저렇게 웃을 때 민석의 눈이 어떻게 둥글게 휘어지는지 주연은 알고 있다. 민석 뒤에 배경으로 자리 잡은 건축물이 아니라면 그녀는 그 사진을 그냥 지나쳤을 것이다. 민석 뒤에는 기와를 올린 웅장한 수원 행궁이 있었다. 정조가 자신의 아버지인 사도세자의 능을 참배하고 돌아가는 길에 머무르곤 했던 궁이었다. 효심의 표징인 그곳이 주연에게는 질투의 표징이었다.

42.

그녀가 대학원을 다닐 때는 신입생 환영 엠티가 없었지만 재작년부터 논문 초록 심사를 공개적으로 하게 되면서 변경되었다. 논문 표절이 사회문제로 심심찮게 거론되면서 표절을 줄여보자고 논문 초록 심사를 겸해서 엠티를 가게 된 것이지만 학생들 입장에서는 그저 모여 술 마시고 노는 게 좋은 것처럼 보였다. 어쨌든 얼굴도 제대로 모르고 졸업하던 그때보다는 친목 도모에서는 좋은 점이 많왔다.

그때 마침 신입생 엠티에서 선배들이 강요한 술을 마시고 죽는 사고로 떠들썩할 때였다. 대학원은 학부생들처럼 선배들이 술을 강제로 먹이는 짓은 하지 않지만 학교 입장에서는 학생들을 지도할 수 있는 선생이 한 명이라도 더 있다면 좋았을 것이다. 박 교수가 주연에게 참석해 줄 수 있냐고 물었을 때 그녀는 민석을 떠올렸다. 헤어진 후 학교에서 잠깐잠깐 스치면서 목례를 한 게 전부였다. 1박2일 동안 민석과 함께 있을 생각만으로도 전날 잠을 설쳤다.

수원 행궁 근처 호텔에 도착해서 주연은 잘 방에 짐을 풀었다. 박 교수와 민석, 전자음악 허 교수와 또 한 명의 강사가 방 하나를 쓰고, 여자 교수와 주연이 방 하나를 쓰기로 했다. 허리 디스크로 고생을 하는 여자 교수가 자신은 좀 누워 있다가 세미나실로 직접 가겠다고 말해서 주연은 먼저 밖으로 나왔다. 그곳에서 학생들의 동선을 체크하고 회비를 걷는 연두를 발견하고 잠시 멍했다. 쟤가 왜 여기에 있나라는 생각과 동시에 연두는 대학원생이자 민석의 조교니 엠티는 당연히 참석이라는 생각이 떠올랐다. 박 교수가 부탁해왔을 때 연두를 생각하지 못한 건 민석의 그림자가 모든 것을 덮었기 때문이었다. 연두를 보자마자 주연은 승일을 찾아 두리번거렸지만 승일은 보이지 않았다. 아, 승일은 아직 학부생이지.

논문 초록 세미나는 간단하게 끝났다. 저녁 식사 이후부터는 자유 시간이었다. 학생들에게는 스무 명 이상 들어갈 수 있는 큰방과 여덟 명쯤 들어갈 수 있는 작은방이 배정됐다. 학생들은 적당히 두 방으로 흩어졌다. 주연은 어쩌다 보니 작은방에서 게임을 하게 되었다. 어쩌다 보니, 라고 했지만 민석과 연두가 큰방에 있어서 그 방을 의식적으로 피한 면도 없지 않았다. 모든 촉수는 그쪽으로 뻗어 있었지만, 그래서 함께 있을 때 자신의 행동이 얼마나 경직될지 두려웠다.

학생들은 닥치는 대로 이 게임에서 조금 재미없으면 저 게임으로 넘어가고 있었다. 그때 연두가 작은방으로 넘어왔다. 연두는 꽤 많이 취해 있었다. 밝은 갈색으로 염색한 긴 생머리를 자꾸 한 손으로 모아 어깨 위로 흘러내리게 만들고 있었다. 평소에는 약간 차가워 보이는 얼굴의 연두는 웃으면 눈이 없어지면서 아주 귀여운 얼굴로 변했다. 연두는 발그레한 얼굴로 자주 웃었다. 주연은 그런 연두를 보는 것만으로도 통증을 느꼈다.

연두가 게임에 끼자 분위기가 한층 활기차졌다. 연두는 학부에서 바로 올라왔고, 남학생들은 연두처럼 현역도 있었지만 대부분 제대 후 복학한 친구들이어서 연두보다 나이가 많았다. 충분히 연인으로 발전할 수 있는 사이였다. 그들의 설렘이 거미줄처럼 파르르 떨며 작은방을 채웠다.

잠시 후 민석도 작은방으로 건너왔다. 주연 또한 거미줄처럼 긴장했다. 그러나 민석은 주연이 아니라 연두를 좇아 이 방으로 이동한 것이었다. 민석은 연두의 옆옆 자리에 앉았다. 주연의 눈에는 연두를 의식해서 연두 옆자리를 피한 듯이 보였다. 주연이 민석과 연두가 있는 큰방을 피해 이 방에 있었던 것처럼. 그렇다면 연두 또한 민석을 피해 이 방으로 건너온 걸 수도 있다. 그 이후 연두의 행동 또한 변하는 게 보였다. 이번엔 민석이 양손에 떡을 쥔 자의 거만함으로 주연과 연두, 둘을 지켜보고 있었다. 주연은 이 상황이 한편으론 흥미로웠다. 마린호텔의 지하 바에서 민석이나 형철처럼 포커페이스가 가능할까. 결과적으로 주연은 포커페이스에 실패했다. 게임에서 번번이 걸렸고 인디안 밥이나 술을 마시는 벌칙을 당했다. 민석은 단 한 번도 주연의 흑기사를 자청하지 않았다. 주연이 걸릴 때마다 뭐가 좋은지 미소를 짓고 있었다. 복학생 한 명이 주연의 전담 흑기사 노릇을 했다.

자정이 넘자 잘 사람은 작은방으로, 술을 더 마실 사람들은 큰방으로 자연스럽게 나뉘었다. 주연도 자려고 교수가 잠들어 있는 방의 화장실로 가서 그 교수가 깰까 봐 아주 조심조심 세수를 하고 이를 닦았다. 추리닝으로 갈아입고 누웠지만 잠이 올 리 없었다. 민석과 연두는 아직 한 공간에 있었다. 그들의 숨결, 웃음, 눈빛, 스침들이 미세한 전류로 그녀의 신경을 긁었다. 문득 주연이 핸드폰을 찾았지만 보이지 않았다. 가방에도, 게임을 할 때 걸치고 있었던 야상점퍼 주머니에도 없었다. 아까 게임을 하던 작은방에 놓고 온 모양이었다. 주연은 다시 일어나서 살금살금 밖으로 나왔다. 조심스럽게 문을 열고 작은방으로 들어가니 불도 꺼져 있고 다들 곯아떨어져 자고 있었다. 한 명만 핸드폰을 들여다보고 있다가 어, 교수님, 하면서 자리에서 일어났다.

 ─잠 깨운 거 아니지? 핸드폰이 없네. 여기에 둔 것 같아서.

 ─아. 저기 장식장 위에 무슨 핸드폰 하나 있던데요.

 ─응, 고마워. 얼른 자. 내일 보자.

 ─네, 교수님도 안녕히 주무세요.

 주연은 들어갈 때처럼 조심스럽게 문을 닫고 나왔다. 그녀는 왜 곧바로 자신의 방으로 들어가지 않고 그곳에서 서성였을까. 그녀가 핸드폰을 작은방에 놓고 온 의도가 0퍼센트라고 단언할 수 있을까. 큰방은 그녀의 방으로 가는 길과 정반대에 있었음에도 주연은 큰방 쪽으로 몇 발짝 걸어갔다. 마치 그녀를 기다렸다는 듯이 큰방에서는 생일 축하합니다, 노랫소리가 흘러나왔다. 주연은 뭔가 명분이 생긴 듯 당당하게 큰방 쪽으로 걸음을 옮겼다. 누군가의 생일을 축하하는 자리라면 그녀가 참석하는 것이 당연하다. 슬쩍 들여다보니 민석이 케이크를 들고 있었고 연두는 민석의 맞은편에, 나머지 친구들이 둥글게 원을 만들며 손뼉을 치며 노래를 부르고 있었다. 일렁이는 촛불의 그림자와 붉게 달아오른 취기는 연두의 어쩔 줄 몰라 하는 얼굴마저 아름답게 만들었다.

연두 생일이라서 민석이 생일케이크를 사 온 것이다. 자신의 조교를 위해 자정이 다 된 시간에 케이크를 사 온다는 게 상식적인지 알 수 없었다. 대수롭지 않은 일로 여길 수도 있었다. 여긴 수원 시내 한복판이고 차로 십 분이면 구글맵이 알아서 24시간 영업을 하는 대형마트를 손쉽게 찾아준다. 부모님의 병을 낫게 하려고 엄동설한에 딸기를 구하러 산속을 헤매는 설화처럼 목숨을 걸 만한 일은 아니라는 얘기다.

그럼에도 주연은 생일 축하에 참여하지 않고 뒤꿈치를 들고 살금살금 자신의 방으로 돌아왔다. 예상대로 잠드는 데 실패했다. 깜깜한 방 안에서 두 눈을 부릅뜨고 왝! 쏟아지는 웃음소리와 말들 속에서, 교수의 가볍게 코를 고는 소리 속에서, 민석과 연두의 음색을 찾으려고 귀를 세웠다.

밤새 끝날 것 같지 않던 광란은 몇 번의 방문 닫히는 소리들과 함께 어느 순간 조용해졌다. 간혹 제한속도를 무시하고 달리는 차들의 마찰음만 들릴 뿐 사람 기척이 없어졌다. 주연은 소리 없이 일어나서 호텔 정원으로 나왔다. 짙은 어둠 군데군데 불을 밝힌 할로겐 가로등이 안개 낀 것처럼 뿌옇게 보였다. 그녀는 새벽이 푸르게 밝아올 때까지 차가운 뱀처럼 호텔 정원의 잔디밭을 스르륵스르륵 기어다녔다. 거의 밤을 새다시피 하며 정원을 떠돈 건 민석과 연두가 어딘가의 풀숲에서 숨죽이고 교미를 즐기고 있을지 모른다는 망상 때문이었다. 그리고 그런 망상을 한 자신이 부끄러워 결국 주연은 그 새벽의 시간들을 견디지 못하고 홀로 서울로 돌아왔다.

다음 날 아침 다들 숙취로 고생하는 학생들을 데리고 수원 행궁을 돌았다는 애기를 박 교수로부터 들었다. 이 사진은 그때 찍은 사진일 것이다. 연두가 찍었는지 그것까지는 알 수 없다. 주연은 사진에서 시선을 돌렸다.

―연두 문제는 어떻게 된 거예요?

주연의 목소리는 사무적으로 변했다.

―연두하고 승일이가 보냈다는 메일은 받았어. 기분 많이 나빴지?

―나빴다기보다는…… 뭔가 일이 잘못돼가고 있는 게 아닐까 싶었어요.

주연은 어떻게 연두한테 그 메일을 다시 보낼 수 있냐고, 연두가 찾아와 울더라는 말을 할까 말까 망설였다. 어떤 게 더 이로울지, 이 말이 오히려 연두를 연민하게 만드는 건 아닐지 가늠이 되지 않았다.

―주연 씨가 나와 함께 있었다고 증언하는 건 생각해보니 말도 안 되는 것 같아. 애들도 믿기 힘든 그런 거짓말을 말야. 어떻게 그런 생각을 했는지. 처음 위원회로부터 연락을 받고서 내가 꼼꼼히 생각할 여유가 없었던 거지. 그때 그런 문자를 보냈을 때 왜 나한테 정신 차리라고 말해주지 않았어?

민석은 웃지도 않고 그렇게 말했다. 자신의 실수를 지적해주지 않았다고 그녀를 탓하고 있었다. 그녀의 찻잔은 식어갔다. 그녀는 꼼짝 않고 앉아 있었다. 민석이 증언도 필요 없다고 하는데 연두가 찾아와서 울먹인 건 뭔가. 민석의 말을 어디까지 믿어야 하는지도 알 수 없었다.

―그럼 일이 잘 해결된 건가요?

―아직 해결되었다고 할 순 없지만, 뭐 다른 방법들을

생각해봐야겠지.

―그럼 전 이제 빠지면 되겠네요.

―미안해. 그리고 어려울 때 아무 조건도 없이 도와준다고 해서 고맙고.

잠시 침묵이 흘렀다. 주연은 언젠가 흥미롭게 읽었던 이야기가 떠올랐다.

―혹시 최후통첩 게임이라고 아세요?

―아니, 처음 들어보는데.

제안자와 응답자가 있다. 만 원을 둘이서 얼마씩 나눠 가질지, 제안자가 제안을 하고 응답자가 이를 받아들이면 돈을 나눠 갖지만 응답자가 거절하면 둘 다 돈을 받지 못하고 끝나는 게임이다. 응답자 입장에서는 단돈 백 원이라도 돈을 받으면 이익이기 때문에 제안자의 어떤 조건에도 응할 것 같지만 막상 실험을 했을 때는 그렇지 않았다. 대부분의 응답자는 삼천 원 이하로 제안을 받으면 거절했다. 공정하지 않다고 생각되면 응답자는 한 푼도 못 받더라도 제안을 거절함으로써 제안자를 응징하는 것이다.

지금 여기서 주연이 손을 떼면 게임은 끝난다. 그녀는 큰 손해 없이 게임을 끝낼 수 있다. 그렇지만 그녀가 만약 민석이 이득을 보는 걸 원치 않는다면. 그녀가 손해를 보더라도 민석에게 손해를 입히고 싶은 마음이 크다면.

─어떤 게임인데?

민석이 주연을 재촉했다. 액자 속의 민석은 여전히 푸르게 웃고 있다. 웅장한 궁궐도, 모던한 미술관 같은 저택도, 뭔가 민석의 배경을 상징적으로 드러내주는 것 같았다. 주연도 민석처럼 활짝 웃고 싶었다.

─아니에요. 중요한 거 아니에요.

─만나는 사람 있어?

민석이 아주 어렵게 생각해냈다는 듯이 물었다. 주연은 잠시 망설였다. 왜 망설였을까. 그녀는 잠시 뒤에 고개를 끄덕였다. 역시나 민석은 자신 외에는 아무도 관심이 없는 것이다. 알려고만 했다면 그녀가 기영과 사귄다는 것을 알았을 테니까. 그녀가 알고 있기로 민석도 아직 사귀는 사람이 없다. 연두도 어쩌면 민석이 아무 일 없다는 듯이 연락도 안 하고 시침을 떼니 열 받아서 제소한 것 아닐까. 마린호텔에서의 주연처럼. 주연은 제 풀에 나가떨어졌지만 연두는 최후통첩 게임처럼 자신의 손해를 감수하면서까지 제안자를 응징한 것이다.

─누군지 물어봐도 되나?

─잘 모를 거예요. 정기영이라고, 첼로 하는 분 있어요.

─알 것도 같은데.

민석은 주연이 연두의 남자친구였던 승일의 존재를 처

음 알았을 때 느꼈던, 왜 그런 사람을……과 똑같은 표정을 숨기지 못했다.

43.

　테마곡이 흐르면서 엔딩 크레디트가 올라가고 있었다. '음악-이해기'가 사라질 때까지 주연은 그 이름에서 시선을 떼지 않았다. 해기 언니는 학부 때에도 선율에 강점을 보였다. 이 영화 테마곡도 누구나 좋아할 수 있을 멜로디다.
　객석에 불이 켜졌다. 예상했던 것보다 좌석이 제법 찼다. 퀴어 분야에서는 나름 이름 있는 감독인 모양이었다. 감독과 배우들이 무대에 올랐다. 관객이 영화에 대해 질문을 하고 감독이나 배우가 답변을 했다. 그녀는 해기 언니를 찾아 두리번거렸지만 보이지 않았다. 핸드폰 전원을 켜자 문자들이 줄줄이 떴다. 뒤를 봐. 그녀가 뒤를 돌아보니 해기 언니가 맨 뒷자리에 앉아 있었다. 그녀는 자리에서 일어나서 해기 언니 옆으로 갔다.
　―영화 어땠어?
　―좋네요. 근데 영화도 좋았지만 언니 주제곡이 더 좋

던데요.

─한국의 자비에 돌란이 된다면 더 바랄 게 없어.

─누구요?

─캐나다 영화감독 있어.

주연은 그 감독을 이름조차 들어본 적이 없지만 얼핏 짐작이 갔다. 영화보다 언니의 음악이 더 좋다는 말에 언니의 관심은 온통 감독한테 쏠려 있는 것도 자신을 돌아보게 했다. 주연은 잘나가는 민석에게 '심통'을 부렸었다.

─광화문에서 잠깐 모인 후에 뒤풀이할 건데, 갈래?

─광화문에는 왜요?

─다음 달 서울광장에서 퀴어 축제를 열 계획인데 반대가 만만치 않네……. 결혼 합법 안건도 있고.

─어떡하죠. 내일 일찍 수업이 있어서요. 그렇지 않아도 뒤풀이에 참석 못 할 것 같다고 말하려던 참이었는데.

해기 언니는 괜찮다고 아무렇지 않은 듯 말했지만 서운한 기색이었다. 무대 인사가 끝나고 감독이 우리 쪽으로 걸어왔다. 감독은 그냥 평범한 아줌마였다. 이런저런 이야기를 나누는 둘은 행복해 보였다. 서로를 바라보는 눈빛은 그녀가 늘 바라던 것이었다. 자신은 민석을, 기영을, 저렇게 바라본 적이 있나. 그녀가 그들을 바라보던 시절 이를 지켜보던 다른 사람의 마음을 뭉클하게 한 적이 있나.

주연은 해기 언니에게 서둘러 인사를 하고 밖으로 나왔다. 사실 뒤풀이에는 참석할 예정이었는데 광화문 모임에 참석해야 한다는 게 조심스러웠다. 그들의 입장을 얼마든지 이해하고 옹호하지만 직접 행동으로 나서는 건 꺼려졌다. 엄지와 검지만으로 스마트폰 화면 가득 누군가의 얼굴을 클로즈업할 수 있는 정보사회다. 학교에서 알게 되면 대놓고 뭐라 하지는 않겠지만 제 앞가림도 제대로 못하는 인간이 오지랖 넓게 여기저기 기웃거린다는 인상을 줄 수 있었다.

영화관 주차장을 막 빠져나오는데 굵은 빗방울이 차창에 부딪쳤다. 비가 와서인지 5시도 안 됐는데 거리는 어둑어둑한 게 텅 비어 있었다. 성급하게 불을 밝힌 붉거나 노란 네온사인이 빗방울에 굴절돼 비웃는 것처럼 보였다.

조금 전에 본 영화에서도 여자 주인공이 이런 텅 빈 밤길을 걸어 다니는 장면이 있었다. 감독은 주인공이 밤길을 헤매 다니는 영상을 통해 사랑의 불가능성을 보여주고 있었다.

현관문을 열고 들어서자 센서등이 켜졌다. 신발장에 붙어 있는 대형 거울에 그녀의 모습이 비춰졌다. 끝에 살짝 웨이브를 넣은 어깨까지 닿는 머리. 흰 시스루 블라우스에 검정 펜슬스커트. 밋밋해 보이는 얼굴을 가리려고 기를 쓰고 강조한 눈 화장. 언제 어디서도 예의를 갖춘 것으로 보이는 골드메탈로 포인트를 준 7센티 힐, 어깨에 멘 검정 숄더백. 그런대로 잘 나가는 커리어 우먼 비슷한 모양새다. 주연은 한 발 더 거울 앞으로 다가갔다. 적당히 음영을 주는 주황빛 센서등은 언제부턴가 신경이 쓰이기 시작한 다크서클과 알이 밴 종아리와 늘어지기 시작한 턱선을 조작된 영상으로 가려주었다. 이런 내가 다 가진 사람이라고? 그러니 아량을 베풀어야 한다고? 민석은 젊고, 예쁘고 음악적 재능까지 뛰어난 연두를 상대로 추잡한 딜을 했다. 구석으로 몰고 가 앞발로 실컷 장난을 친 뒤 덥석 물어뜯었다. 주연은 그런 고양이 뒤에서 미끼를 던지고 발을 굴러 쥐몰이를 도왔다.

주연은 옷을 갈아입고 샤워를 했다. 뒤풀이를 갈 요량으로 점심을 안 먹고 영화관에 갔더니 갑자기 허기졌다. 냉동실을 열어보니 며칠 전 엄마가 싸준 갈치조림 팩이 있었다. 전자레인지에 햇반과 갈치조림을 넣고 돌렸다. 랩을 벗기자 갈치의 비리면서도 매콤한 냄새가 식욕을 자극했다. 90년대를 배경으로 하는 티브이 드라마를 보면서 식사를 했다. 티브이나 영화가 시대의 아픔을 회고하는 방식은 다툼이나 갈등마저도 결국은 해피엔딩을 강조하기 위한 장치일 뿐이었다. 제한된 시간이 끝나면 마쳐에서 깨어나 웃으며 서로 손을 잡고 과장되게 무대 인사를 한다. 이미 지나가버린 시간의 추억을 달콤하게 음미한다.

그러나 언니는 90년대에 작별 인사도 없이 사라져서 다시는 깨어나지 않는다. 밥을 씹는데 도저히 삼켜지지 않았다. 갈치조림을 집에서 가져올 때만 해도 주연은 언니가 자살했다는 것을 몰랐을 때였다. 갑자기 비린내가 참을 수 없었다. 그녀는 속이 뒤집어질 것 같아 화장실로 달려갔다. 채 저작되지 않은 햇반의 허연 밥알갱이들과 갈치조림의 벌건 국물이 변기 속에 둥둥 떠다니는 것을 그녀는 한참 들여다보았다.

지금 주연은 언니처럼 인간의 모든 감정 중에 가장 좁은 길을 다니는 질투 속에서 헤매고 있다. 협로 정도가 아니다. 깊이를 알 수 없는 늪에 이미 한 발을 들이밀고 허우적대고 있다. 언니는 질투의 협로를 피하기 위해 자살을 택했지만 주연은 다른 사람을 공격하는 방식을 택했다. 살아남기 위해 자살이 아닌 타살의 방식을 기웃거리고 있다. 공격의 칼끝이 내가 아닌 타인을 향한 이상 안전하다고 최면을 걸면서.

44.

잠이 깼다. 왜 깼는지 모르겠다. 주연은 잠시 멍한 상태에서 눈을 들어 천장을 보았다. 악몽을 꿨나 싶어서 꿈을 기억해보려고 했지만 기억나지 않았다. 그러니 악몽 때문에 깬 건 아니었다. 벽시계는 새벽 2시를 가리키고 있었다. 핸드폰을 열었다. 기영에게서 전화가 두 통 와 있었다. 바로 일 분 전이었다. 그녀는 보통 핸드폰 소리를 죽여 놓고 자는데 깜박했나 보다. 그렇다면 상대적으로 깊이 잠이 들었었다는 얘기가 된다. 두 번의 전화벨 소리가 울리는 것을 그녀가 듣지 못한 것을 보면.

기영은 특별한 용건이 없는데 누군가의 잠을 깨워가며 새벽에 전화할 사람이 아니었다. 민석과는 다른 사람이다. 여행 중의 외로움이나 술에 취해 갑작스러운 충동으로 전화할 타입이 아니다. 만약 그런 게 있다면 메일이나 문자를 선택했을 것이다. 더구나 몇 시간 후면 귀국할 사람이다. 잠도 안 자고 그녀에게 새벽에 전화를 걸었다면 무슨 급한 일이 생긴 것이다. 사고라도? 그녀는 기영에게 전화를 했다. 안 받았다. 또 했다. 역시 안 받았다. 더 걱정이 됐다. 주연은 연락을 달라고 문자를 남기고 그것으로 마음이 안 놓여 음성메시지를 남겼다.

잠은 말짱하게 깼다. 혹시 양선정이 기영에게 전화를 한 건가. 당신 여자친구 만났어요. 그걸 해명하기 위해 전화를 한 건가. 그런데 왜 새벽일까. 양선정과 평소에도 통화하는 사이인가. 십 년이라면 전화번호를 머릿속에서 지울 수 없는 시간이다.

기영에게서는 전화가 오지 않았다. 주연은 다시 전화를 걸었다. 이번에는 받았다. 지금 전화를 받았다는 건 그녀의 문자도, 음성메시지도 들었다는 얘기가 된다. 그럼에도 그녀에게 전화를 하지 않았다. 기영의 목소리는 그녀가 지금까지 들어본 적이 없는 음색이었다. 낮고 탁하게 갈라져 있었다. 조금 더 대화를 나눠보고 기영이 만취했다는 것을 알았다. 본인이 의식적으로 술 취한 티를 숨기지 않으려고 해서 더 낮으면서도 음울한 목소리를 낸 것 같았다. 술집인가 싶어서 전화기 너머의 소리에 귀를 기울였는데 조용했다. 그렇다면 호텔에서 혼자 마신 것일까. 여보세요, 여보세요, 그녀의 호출 이후 그가 크게 한숨을 쉬는 소리가 들렸다.

—중국에서 이상한 얘기를 들었어요.

—무슨 얘기요?

—이민석 교수 얘기.

주연은 바짝 긴장했다. 숨소리도 낼 수 없었다.

－주연 씨가 무슨 증언을 하기로 했다던데…….

기영답다. 무슨, 이라는 단어를 썼다. 주연은 뭔가 변명을 해야 할 거라고 생각했다. 그건 기영을 위해서였다.

－이 교수가 부탁해왔더라고요. 당연히 거절했죠. 그 사람 미친 거 아네요?

－미쳤다…… 내가 들은 이야기는 좀 다르던데요.

－어떻게 들었는데요?

기영은 목이 잠기는지 헛기침을 했다. 아니면 생각을 고르는 중일 수도 있다.

－내가 어떻게 들었느냐가 중요한 게 아니라 주연 씨가 어떻게 행동했느냐가 중요한 거 아닌가요.

무슨 행동? 민석을 만난 걸 아는 걸까.

－아까 말한 게 다예요.

－아까 말한 거라면……

－제안을 거절한 게 다라고요. 도대체 무슨 얘길 들은 거예요.

그녀가 어떻게 행동을 했느냐가 중요한 게 아니라 기영이 무슨 얘길 들었는지가 중요하다.

－아…… 너무 피곤해요. 술을 너무 많이 마셨나 봐요. 눈도 못 뜨겠어요. 졸려요.

기영은 너무 쉽게 포기했다. 술 때문일 수도 있지만 주연의 '행동'에 대해 더 이상 아는 게 없어서일 수도 있다.
주연은 도박을 했다. 양선정에 대해 쏘아붙였다. 당신이
어떻게 나에게 미리 언질도 주지 않고 당신의 옛 여자친
구의 일을 맡길 수 있느냐. 당신이 옛 애인은 찢어버려야
할 지도라고 하더니, 아직 마음속에 품고 있는 탐험 가치
가 있는 보물지도가 아니냐…… 한참 쏘아붙이는데 전화
기 너머가 조용했다. 핸드폰을 보니 통화가 종료되어 있
었다. 기영은 그녀가 한 말을 어디까지 들었을까. 주연은
자신이 양선정에 대해 쏘아붙이기 전에 통화가 종료되었
기를 진심으로 바랐다. 전화를 끊고 침대에 누워 천장을
바라보았다. 자신의 비열함에 미칠 듯이 화가 났다.

기영은 다음 날 귀국할 예정이었지만 그녀도, 그도 연
락을 하지 않았다. 공항에서의 배웅과 마중은 둘의 애정
을 확인하는 중요한 절차였다. 이제까지 이 절차를 어긴
적이 없다는 것은 큰 갈등이 없었다는 의미였다. 주연이
민석과의 문제에서 결백했다면 양선정 따위는 별문제도
아니니까 가벼운 마음으로 공항에 마중을 나갔겠지만 기
영이 그녀의 '행위'를 알고 있는 한 그녀는 움직일 수 없
었다. 지금쯤 공항 게이트에서 나오겠지. 기영의 환한 미
소. 손을 흔드는 모습. 가볍게 포옹을 하고 그녀의 차로
이동하면서 저녁을 먹고 간단하게 술을 마시면서 나누는

이야기들. 따뜻한 조명만큼이나 따뜻한 그의 말과 행동들. 기영이 상처를 받았을 거라고 생각하니 마음이 짠해지면서 아파왔다.

45.

민석도, 기영도, 부모님도, 해기 언니도 다들 약속이나 한 듯이 연락이 없었다. 연두만이 예상치 못한 방식으로 자신의 소식을 전했다. '모던 뮤직 페스티벌'에 당선된 것이다. C대학교에서 주최하는 대회로 권위와 전통을 인정받는 전국 규모의 음악제였다. 출전 자격이 학부와 대학원생으로 한정되어 있어서 잠깐 한눈을 파는 사이에 자격이 제한을 받는다. 주연은 학부 때도, 대학원 때도 작품을 냈으나 수상하지 못했다. 언니가 발목을 끌어당기고 있는 것을 모를 때였는데도 죽을 쓰고 있던 시기였다.

연두는 큰일을 겪는 와중에도 제법 잘해내고 있었다. 내가 만약 연두 처지였으면 어땠을까. 지도교수를 제소할 용기도 없었겠지만 어찌해서 어렵게 용기를 냈다 쳐도, 맘껏 휘청거려도 모두 감싸주고 토닥여주는 그럴듯한 핑계를 놓치지 않았을 것이다.

연두의 수상을 두고 소소한 잡음이 있었다는 후문이 떠돌았다. 박 교수가 딴지를 건 것이다. 박 교수는 지난 삼년 동안 자신의 제자를 무대에 올리지 못했다. 반면 민석은 자신의 학생을 수상자로 올렸다. 어디서 소문이 시작되었는지 모르지만 자신을 제소한 제자를 수상자로 한 것은 뭔가 입막음을 위한 저의로 볼 수 있다는 내용이 첨부되어 떠돌아다녔다. 박 교수는 허 교수를 부추겨 재심사를 요구했다. 결과는 같았다.

주연은 연주 시작 십 분 전에 홀에 들어가 자리를 잡았다. 박 교수도, 민석도 마주치고 싶지 않아 맨 뒷자리 제일 가장자리에 앉았다. 주연은 자리에 앉자마자 후루룩 주위를 둘러보았다. 교수들은 보통 뒷줄에 앉는데 민석은 이례적으로 맨 앞 정중앙에 앉아 있었다. 마치 자신이 결백하다는 듯이.

주연과 대각선이라 민석의 옆모습이 잘 보였다. 깔끔하게 이발을 하고 검정 재킷을 걸친 민석의 옆모습은 밝은 무대의 조명 빛에 은은히 반사되었다. 처음 예당에서 만났던 호감 가는 유망한 작곡가의 모습 그대로였다. 그 유망한 사람이 주연의 소소한 모습을 기억하고 있다는 것만으로 그에게 흠뻑 빠졌었다. 이제 그는 권력의 비호를 받으며 성추문을 잠재우려 하고 있다. 표절 혐의에서도 자유롭지 못하다.

박 교수와 학장이 함께 들어와서 뒤쪽에 자리를 잡았다. 주연은 그들의 시선을 붙들기 위해 그들에게서 시선을 떼지 않았다. 박 교수가 주변을 둘러보다 그녀와 시선이 마주쳤다. 그녀는 가볍게 목례를 했다.

팸플릿에는 초대 작곡가와 연두의 곡에 대한 설명이 적혀 있었다. 'The Synthesis for 4 Players'라는 제목 옆에 연두의 사진이 실려 있었다. 밝은 갈색의 긴 머리였다. 작년 사진인 모양이었다. 지금 연두는 단발로 짧게 잘랐다. 초청 작곡가인 리게티와 카터의 연주가 끝났다.

마지막으로 연두의 곡을 연주하기 위해 몇 명의 남학생들이 분주하게 무대를 들락거리며 악기를 배치했다. 방청석의 무대가 꺼지자 연주자들이 들어왔다. 박수가 터지고 뒤를 이어 지휘자가 들어왔다. 자세히 보니 승일이었다. 싸구려 파티를 입고 성적을 정정하러 왔던 그가 검정 연미복을 차려입으니 딴사람처럼 보였다. 방청석에서 기침하는 소리 같은 가벼운 소음을 뒤로하고 승일은 연주자들의 튜닝이 끝나길 기다리고 있었다. 무대와 방청석의 모든 소음이 제거되고 승일이 지휘봉을 든 채로 정지했다. 악장인 바이올리니스트가 신호를 보내자 승일이 지휘봉을 부드럽게 움직였다.

플루트, 클라리넷, 바이올린, 피아노 네 명의 연주자가 같은 리듬으로 첫 부분을 시작했다. 연두의 곡이 뽑힌 건 이상이 없어 보였다. 만약 이게 문학작품이라면 모든 음운을 분절시켜 기호화한 독창적인 작품이었다. 각 음들은 세밀하게 잘려 알 수 없는 기호의 나열처럼 들렸지만 어느 순간 주제부가 덩어리로 부풀려져 홀 전체에 퍼져가고 있었다.

베토벤이나 슈베르트 같은 고전음악의 아름다움은 화성의 균형과 조화에서 비롯된다. 인간에게 궁극의 미(美)를 소리로 들려주고 현상에 존재하지 않는 이데아를 꿈꾸게 한다. 현대음악은 이 화성을 깨고 쪼개는 것으로 시작된다. 그래서 현대음악은 기본적으로 미추에 대한 개념이 없다. 소음보다 더 거슬리는 불협화음을 들려줌으로써 예술의 본질에 대해 다시 돌아보게 만들기도 한다. 그럼에도 연두의 곡은 아름다웠다. 그게 어디서 비롯된 것인지는 정확히 알 수 없었다.

민석이 연두를 칭찬하던 그때 주연이 연두를 얼마나 질투했는지. 그 질투는 노력을 해서도, 돈으로 살 수도 없는, 평생 갖지 못할 재능이라는 보물을 연두는 가지고 태어난 것에 대한 질투였다. 승일이 지휘를 하지 않았다면 훨씬 좋은 곡이 되었을 테지만 연두는 사랑 때문인지 의리 때문인지 아니면 정의를 위해서인지 승일을 지휘자로 선택하는 실수를 저질렀다.

모든 악기가 첫 부분을 회상하는 듯 마지막을 향해 달려가고 있었다. 객석은 숨을 죽였다. 주연은 예전에 이곳에 와 있었던 것 같았다. 아주 오래전에, 어쩌면 그녀가 태어나기도 전에 예약된 자리에 앉아 있는 것 같았다. 하고 싶은 말도 이미 했다. 그건 내가 해야 하는 것이었어. 언니의 입을 빌려서. 시간의 나선형 운항은 현재의 그녀로 하여금 과거와 미래를 무너뜨리고 동시에 넘나들게 했다.

주연은 토할 것처럼 속이 울렁거려 자리에서 일어나고 싶었지만 일어날 수 없었다. 뭔가가 그녀를 꼼짝할 수 없도록 주저앉혔다. 그녀는 깊은 숨을 내쉬었다가 들이쉬길 반복하며 버텼다. 마지막을 의미하는 플루트 솔로가 그녀의 숨을 따라왔다. 그녀의 심장을 노크하는 것처럼. 그리고 곧 바이올린의 긴 활이 심장의 결을 따라 내리그었다. 그녀는 숨을 멈추었다.

터지는 박수 소리에 현실로 돌아왔다. 막혔던 숨을 내쉬었다. 무대 조명이 밝아졌다. 지휘자의 리드에 따라 연두가 무대 위로 올라왔다. 목선을 따라 큐빅으로 포인트를 준 심플한 검정 원피스를 입었다. 머리에도 촘촘히 큐

빅이 박힌 얇은 헤어밴드를 했다. 조명을 받은 큐빅이 과
장되게 빛을 반사했다.

주연은 자신이 입고 있는 검정 블라우스를 내려다보았
다. 이 옷은 민석의 생일 선물로 샀던 검정 셔츠를 여성용
블라우스로 교환한 것이다. 민석은 그녀와 생일을 보내는
대신 연두가 포함된 스터디 멤버들과 생일을 보냈다. 민
석이 연두와 와인을 따고 해물볶음을 만들어 먹으며 넉넉
하게 웃은 대가로 주연은 소심한 복수를 했다. 트렁크에
서 며칠 머문 생일 선물을 그녀는 자신의 옷으로 교환한
것이다. 그 옷을 연두의 연주회에 입고 왔다.

연두가 지휘자와 연주자를 소개시키기 위해 무대 중
앙으로 이동했는데 걸음걸이가 불안정하게 비틀거렸다.
두 팔을 처치 곤란한 듯 흔들고 걸음도 하이힐을 신었다
고는 해도 금방 고꾸라질 듯 휘청거렸다. 분명 입은 옷
고 있었지만 지금 연두가 처해 있는 상황을 아는 사람이
라면 그 모습은 상처받은 것처럼 보였고 보호본능을 일
으켰을 것이다. 연두가 퇴장하기 전에 다시 한 번 허리를
깊게 굽혀 관객을 향해 인사를 하자 박수와 휘파람 소리
가 커졌다.

46.

로비에서는 연두를 중심으로 사진을 찍어대고 있었다. 연두는 주체할 수 없을 만큼 많은 꽃다발 속에서 활짝 웃고 있었다. 오늘은 온전히 연두만을 위한 날이었다. 연두야말로 다 가진 게 아닌가. 그런 연두가 그녀를 찾아와 그녀더러 다 가졌다고 징징거렸다. 암튼 요즘 애들이란.

로비에는 찌그러진 삼각형 모양으로 박 교수, 학장, 민석이 흩어져 서 있었다. 주연은 박 교수와 민석 사이의 변에 애매하게 걸쳐 서 있었다. 연두가 친구들에게서 벗어나 학장의 변으로 이동했다. 학장에게 감사 인사를 하자 학장이 큰 소리로 연두, 무대 인사하는 법 좀 배워야겠어. 왜 그렇게 휘청거려. 곡이 좋으니 용서는 되지만, 하고 말했다.

학장이 연두의 곡을 칭찬하는 것 같았지만 주연이 보기에는 연두를 비난하고 있는 것으로 들렸다. 연두가 비틀거리며 무대 중앙으로 걸어갔을 때 연두가 지금 처해 있는 상황을 아는 사람은 상처받은 것으로 생각했을 테지만 학장은 연두가 꼴 보기 싫었던 것이다. 자신의 든든한 정치적 후원자이자 지지자가 될 민석의 발을 걸고넘어졌다. 매스컴에서 이 사건이 터지는 날에는 학교 망신으로까지 이어질 수 있는 상황이었다. 총장 선거를 앞두고 그렇지 않아도 음대를 우습게 보는 상황에서 고사리 손 하나라도 더 모아 막강 공대를 꺾어야 할 판에 껄끄러운 문제를 일으킨 장본인이 바로 연두인 것이다. 보란 듯이 민석을 선거운동에 앞세워 민석에게 면죄부를 주려는 노력까지 하고 있는 학장 입장에서는 연두가 비틀거리며 걷는 것이 쇼로 읽혔을 수 있다.

주연은 연두가 학장으로부터 몸을 돌리는 것을 보고 학장을 향해 걸어갔다. 연두와 주연이 한 걸음을 사이에 두고 엇비꼈다. 연두가 민석이 서 있었던 방향으로 걸어가는 것이 느껴졌다. 아니, 피해자가 가해자에게 제 발로 걸어간다고? 접근 금지 명령을 내려도 시원찮을 판에?

주연은 학장에게 다가가 최대한 밝게 웃으며 인사를 했다. 학장과 연두가 적이고, 주연과 연두가 적이라면, 학장과 주연은 동지인 셈이다. 주연은 학장의 마음을 이해한다는 듯 최대한 정중하게 인사를 했지만 학장은 별로 위로받은 것처럼 보이지 않았다. 학장은 주연의 인사에 가볍게 고개를 끄덕이곤 퇴장하겠다는 몸짓으로 손을 들어 인사를 건넸다. 주연은 학장의 멀어져가는 뒷모습을 바라보았다. 그녀가 원하던 그림은 아니었다. 학장과 좀 더 두터운 동지애를 나누길 기대했지만 학장에게 그녀는 아무

것도 아니었다. 부산의 횟집에서 그녀를 '송 교수'라고 소개시켰던 사람이 지금은 언제 봤냐는 듯이 무시하고 있었다. 학장은 친밀함마저도 필요에 따라 조절할 수 있는 사람이다. 민석이 어떤 범법 행위를 했다 해도 자신에게 필요하다면 기꺼이 가까이할 사람이고 이익이 없다면 매몰차게 내칠 사람이다. 학장을 그렇게 평가하고 나자 그녀를 반기지 않은 억울함이 좀 가시는 것 같았다.

이대로 집으로 가야 하나, 주연이 주변을 둘러보니 연두는 동아리 친구들과 함께 있었다. 연두가 민석에게 간 게 아니었다. 민석은 자취도 없이 사라졌다. 그럼 그렇지. 피해자가 제 발로 가해자에게 갈 리가 있나. 주연은 묘하게 안도감을 느꼈다. 연두의 친구들은 서로의 몸을 치며 과장되게 웃음으로써 연두가 주인공임을 증명하고 있었다. 주연은 그들을 지나쳐 허물어진 삼각형의 한 변을 외롭게 지키고 있는 박 교수에게 다가갔다. 지금까지 자리를 안 뜬 게 그녀를 기다린 게 아닌가 싶었다. 그것에 대해 보상해주고 싶어서 평소보다 더 반색을 했다.

-교수님, 오늘 너무 젊어 보이세요. 이 양복 못 보던 건데요, 새로 장만하셨나 봐요.

-저녁 안 먹었지? 뭐 좀 먹으러 갈까?

박 교수가 대뜸 제안했다. 그녀는 잔뜩 긴장했더니 배

253

도 별로 고프지 않았고 집에 가서 쉬고 싶은 생각뿐이었지만 학장처럼 그녀를 없는 사람 취급 하는 게 아니라 좀 더 개인적인 가치를 매기고 있는 사람과 함께 있으면서 자존감을 회복하고 싶었다. 마찬가지로 학장으로부터 없는 사람 취급을 당하고 있는 박 교수와 뭉쳐서 동지로서 힘을 키울 필요가 있었다.

　—네, 술도 한잔하고요.

　박 교수는 주연이 술 이야기를 먼저 꺼낸 게 기분 좋은 듯 표정이 밝아졌다. 둘은 천천히 밖으로 나왔다. 시간이 많이 늦었다. 가로등도 몇 개 켜져 있지 않아서 캠퍼스는 대체로 어두웠다. 대운동장을 지나서 정문을 향해 가는데 주차장에서 올라온 차 한 대가 옆에 서더니 창문이 스르르 열렸다.

　—퇴근하시나 봐요.

　민석의 시선은 박 교수에게만 고정되어 있었다. 그녀는 보이지 않는 모양이었다.

　—요 앞에서 송 선생이랑 술 한잔하려고 하는데 같이 가시겠어요?

　박 교수의 말에 그녀는 잠시 송 선생이 누군지 얼떨떨했다. 박 교수는 늘 주연 혹은 주연 씨라고 불렀기 때문에 그녀에게는 이 호칭이 익숙하지 않았다. 민석이 잠시 생

각하는 눈치였다. 설마 '박 꾜수'와 술을 마실까, 싶던 순
간에 그럴까요, 라고 말하더니 타세요, 했다. 차 가지고 가
면 불편하지 않아요? 박 교수가 말했고, 대리 부르죠, 뭐.
민석이 쿨한 척 말했다. 박 교수가 조수석에 앉고 그녀가
뒷좌석에 앉았다.

먹자골목은 십 년 전과 똑같이 복닥거렸지만 주종이 달
라졌다. 치킨 위주의 호프집보다는 이자카야 같은 일본식
선술집과 스타벅스 같은 체인점 카페가 점령해버렸다. 텅
비어 조용했던 학교와 달리 화려한 네온사인 사이로 사람
들이 덩어리져 몰려다니고 있었다. 이곳은 서울의 유명한
유흥지였다. 이 대학의 학생들만이 아니라 밤이 되면 온
갖 사람들이 술을 마시고 놀기 위해 모여들었다. 모두 이
십대들이었다. 박 교수의 연배는 거의 보이지 않았다.

차는 기어가다시피 움직였다. 좁고 빽빽한 메인 먹자골
목에서 벗어나 차 두 대 정도를 주차할 수 있는 술집을 찾
아냈다. 안주가 쉰 가지 이상 되는 그런 곳이었다. 세트 메
뉴를 파격적인 가격으로 팔고 있다는 커다란 입간판을 지
나 가게 안으로 들어갔다. 새로 나온 과일액이 첨가된 가
벼운 소주를 먹자는 민석과 뭐든지 간에 오리지널이 최고
라며 전통 소주를 고집하는 박 교수 사이에 약간의 견해
차가 있었다. 결정권은 주연에게 주어졌다. 그녀는 일단

과일주부터 시작하자고 말했다. 센 걸 마시고 확 취하고 싶었지만 지금 이 기분으로 소주를 마신다면 마린호텔에서의 실수를 또 반복할지 몰랐다. 민석이 술과 안주를 시켰다. 다행히 소시지 모둠이 아닌 어묵탕과 꼬치 모둠을 시켰다. 사실 안주가 필요 없었다. 그들 세 사람에겐 절대 줄어들지도, 비싸지도 않는 공짜 안주, 연두가 있었다.

─연두, 물건이야.

박 교수가 운을 떼더니 주연을 힐끗 보았다.

─참, 송 선생도 연두 알죠?

─알죠. 제가 걔네들 스타디 지도했잖아요.

셋의 관계도 시작되었고요.

민석도, 박 교수도 잠시 침묵했다. 민석은 지금 무슨 생각을 하고 있을까. 이 자리에 온 걸 후회하고 있을까. 주연은 민석과 박 교수를 번갈아 훔쳐보았다. 주연은 박 교수가 왜 이 자리에 민석을 끌어들였는지 의아했다. 민석 또한 왜 박 교수의 제안을 받아들였을까 미심쩍었다. 주연이 이들의 행동을 분석하며 순수성을 평가하는 동안 이들은 아무렇지도 않게 필요에 따라 이합집산을 했다. 그녀도 언제까지 강사만 하고 있을 순 없다. 곧 이들의 대열에 끼어 권력의 치맛자락을 붙들어야만 살아남을 수 있다.

출구 쪽이 왁자해서 고개를 들어보니 연두와 승일, 그

리고 아까 연주홀 로비에서 그들을 둘러쌌던 동아리 친구들 몇이 들어서고 있었다. 작곡과 학생들은 보이지 않았다. 아까 로비에서도 작곡과 학생들은 보이지 않았다. 작곡과 학생들은 필수 참석이었을 텐데 다들 연주만 보고 빠져나간 듯싶었다. 보이지 않는 손이 작용한 건가.

그들의 젊고 유쾌한 웃음소리에 돌아앉아 있던 민석도, 박 교수도 출입문 쪽으로 고개를 돌렸다. 그 많고 많은 술집을 놔두고 어떻게 이곳을 왔을까. 혹시 이곳이 연두와 민석에게 추억의 장소일까. 옥토버가 민석과 주연에게 그런 곳이듯이.

다행히 그들은 이 테이블을 못 보고 지나쳤다. 주연은 고개를 살짝 숙였다. 박 교수는 그들과 눈을 마주치고 싶었는지 고개를 빼고 동선을 주시하고 있었지만 그들은 가게 주인이 안내하는 자리로 이동하느라 분주했다. 테이블마다 낮은 칸막이로 가려져 있는 구조라 그들이 앉자 더이상 보이지 않았다. 주연이 앉아 있는 테이블의 노땅들은 웃음소리보다 말소리가 더 컸고, 연두가 앉아 있는 테이블의 젊은 애들은 말소리보다 웃음소리가 더 컸다.

연두의 등장으로 생각지도 않게 안주가 떨어졌다. 다시 총장 선거 이야기로 옮겨갔다. 민석이 음대 학장 쪽에 붙은 교수가 공대 학장에 붙은 교수보다 세력이 못해서 아무래도 공대로 기울 것이라고 말했다. 이에 박 교수가 반론을 달았다.

—공대 학장이 재단 이사장보다 나이도 많고 지난 정권에 붙었던 사람이라 이사장 입장에서는 좀 껄끄러울 수도 있지.

—부산대 교수는 직선제를 관철시키라고 유서를 써놓고 자살했더군요.

—우린 아무도 그럴 인사가 없지. 다들 어떻게 얻은 교숫자린데.

박 교수가 술을 들이켜며 자조적으로 말했다. 두 사람은 선거 이야기를 하고 있었지만 주연의 귀는 연두와 승일이 앉아 있는 구석 자리를 향해 열려 있었다. 소곤거리는가 싶으면 주연이 위증을 서기로 했다는 말을 하는 것 같았고, 왁자지껄하게 떠들며 웃으면 그녀의 흉을 보고 있는 것 같았다. 어느 쪽이건 주연은 불안했다. 민석은 포커페이스에 성공했는지 그쪽에 신경 쓰는 것 같지 않았다.

물 좀 비우고 올게. 박 교수가 그것도 농담이라고 말하며 일어섰다. 그러나 몇 발 떼기도 전에 살짝 비틀거렸다. 주연이 자리에서 일어나 박 교수의 한 팔을 붙들며 괜찮으시냐고 묻자, 이 정도 가지고 뭘, 하며 등을 곧추세우고 화장실을 향해 걸어갔다. 민석과 그녀만이 남았다. 주연이 민석의 연구실로 찾아간 게 민석과의 마지막 만남이었다. 그 이후 민석은 연락을 하지 않았다.

－일이 잘 풀려가나 봐요.

－무슨 일?

싸늘한 민석의 말에 주연은 입을 다물었다. 정말 무슨 일인지 몰라서 묻는 건가, 아니면 이런 자리에서 그 얘기를 하고 싶지 않아 모르는 척하는 것인가. 주연은 민석을 정색을 하고 바라보았다.

－선거?

주연이 고개를 저었다.

－글쎄. 아직 잘 모르겠어. 좀 더 두고 봐야지.

－이번 일 학교 안팎으로 소문이 좀 났나 봐요.

기영이 전화를 걸어올 정도면 이미 은밀하게 진행되고 있는 건 아니라는 얘기다.

－왜 그렇게 생각하지?

묻는 민석의 눈이 치뜬 것처럼 보였다.

－아뇨, 그냥, 뭐, 몇 사람한테 이야기를 들어서요.

이번엔 민석이 눈을 내리깔고 낮게 한숨을 쉬었다.

박 교수가 화장실에서 나오더니 연두가 있는 테이블로 가는 게 보였다. 주연은 저 양반이 왜 저러지, 라는 생각을 하며 민석을 슬쩍 곁눈질했다. 민석도 잠시 멍한 얼굴로 박 교수가 선 채로 그들과 이야기를 나누고 있는 것을 보고 있었다. 박 교수가 뭐라고 얘기를 하자 아이들의 웃음소리가 터졌다. 주연은 박 교수가 얼마나 애들을 웃기려고 애쓰는지 알기 때문에 웃기지도 않는 얘기에 그들이 예의상 웃어주었을 것이라고 생각했다. 하지만 곧 박 교수가 연두와 승일을 의자에서 일으키는 것을 보고는 농담을 하고 있는 게 아닐지도 모른다는 생각이 들었다. 주연은 불안해져서 뒤돌아 앉은 민석에게 눈짓을 했다.

 ─박 교수님 왜 저러시는 거예요?

 ─병신 같아.

민석이 혀를 차듯이 말했다. 주연은 잘못 들은 게 아닌가 싶었는데 민석이 거칠게 술을 원샷하는 걸로 봐서 잘못 들은 것 같지는 않았다. 박 교수는 한술 더 떠서 일으켜 세운 연두의 팔을 잡아당겨 테이블 바깥으로 끌어냈다. 승일 또한 덩달아 따라나섰다. 박 교수는 그들의 보호자라도 되는 듯 비틀거리면서도 연두의 팔을 끌고 이쪽 테이블로 걸어오고 있었다.

 ─오늘의 주인공이 지도교수님한테 인사를 드리고 싶다는군.

박 교수가 지도교수에 점을 찍으며 앉았다.

─아까 로비에서 교수님께 인사드리려고 했는데 안 보이셔서 인사를 못 드렸어요.

연두가 민석과 주연을 번갈아 보며 민석의 정수리 위에서 인사를 했다. 승일은 연두를 지키겠다는 듯 옆에 조용히 서 있었다. 축하한다고 민석이 간단하게 대답했다. 왜 연두가 이 자리까지 찾아와서 인사를 하는지 주연은 이해할 수 없었다. 경계심이 없는 건가, 아니면 무슨 다른 더 복잡한 꿍꿍이속이 있는 건가. 아니면 아까 민석이 두고 봐야 한다는 말이 이제 다 해결됐다는 뜻인가. 그렇다면 연두가 그녀의 차에서 울면서 내린 건 또 뭔가. 아니면 워낙 이타적인 아이라 지도교수한테 인사를 해야 한다는 박 교수에 끌려 할 수 없이 온 건가. 그것도 아니라면 꿍꿍이속이 있는 사람은 박 교수일 수도 있다. 연두를 민석과 마주치게 해서 민석을 난처하게 만들고 싶은 것이다.

인사로 그칠 줄 알았는데 박 교수는 앉아, 앉아, 소리치며 손짓을 하더니 결국 연두를 민석의 옆자리에 앉혔다. 그러곤 연두의 손에 술병을 들린 뒤 민석의 잔에 술을 따르게 했다. 민석 또한 갈 데까지 가보겠다는 건지 무표정하게 연두의 잔을 받았다.

─연두, 곡 좋던데, 언제 쓴 거야?

박 교수가 어묵탕 국물을 떠서 입에 넣으며 물었다.

-올봄에요. 너무 정신도 없었고…… 급하게 써서 안
될 줄 알았는데…… 운이 좋았어요.

연두가 말하고는 민석을 슬쩍 돌아보았다.

-운도 실력이니까. 자, 다들 운을 향해 건배!

박 교수의 외침에 다섯 개의 잔이 부딪혔다.

-연두는 어떤 작곡가를 좋아하지?

건배 후 박 교수가 물었다.

-생상스 좋아해요.

연두가 잠깐 대답을 준비하는 사이 승일이 대신 대답했
다. 다들 승일의 대답에 연두가 어떻게 응답할지 연두의
입만 바라보고 있었다.

-그건 학부 때고 지금은 루이지 노노를 좋아하지?

주연이 연두 대신 대답했다. 연두는 아무 대답 없이 고
개를 약간 숙이고 있었다.

-어떤 작곡가 좋아해?

주연이 승일에게 물었다.

-구바이둘리나에게 영향을 많이 받았어요.

연두가 대신 대답했다.

-그래, 우리는 때로 남들이 자신을 더 잘 아는 경우가
있지. 내가 어떤 작곡가 좋아하는지 혹시 아는 사람 있나?

박 교수가 애절한 눈빛으로 일일이 얼굴을 확인하며 물

었다.

─교수님은 레베카 사운더스를 좋아하시죠?

주연이 말했다.

─주연이는 바르토크를 좋아하고.

박 교수가 화답했다. 모두 만족하게 웃을 수 있는 타이밍이었다.

─그건 예전이고 지금은 리게티를 좋아하죠.

민석이 말했다. 모두 민석을 쳐다보았다.

─이민석 교수님도 리게티를 좋아하고요.

연두가 말했다. 아무도 웃지 않았다. 서로의 시선 속에 서로의 감정을 숨기고 비밀을 캐내려고 했다. 그 얽힌 시선을 뚫고 걸그룹의 빠른 템포의 후렴구가 흘러나왔다. 투명한 유리구슬처럼 보이지만 그렇게 쉽게 깨지진 않을 거야 사랑해 너만을 변하지 않도록.

─이 교수는 좋아하는 걸그룹 있나?

박 교수가 흥미롭다는 듯이 물었다.

─그 얼굴이 다 그 얼굴 같아서요.

─아니, 아저씨처럼 왜 그래? 아, 요즘은 아재라고 하더구만. 아직은 그럴 때 아니지 않나?

─아재 맞죠. 마흔도 넘었는데요.

─그 나이 때 난 피가 펄펄 끓었다고!

박 교수가 원샷을 하고 나서 빈 잔을 테이블 위에 탕 소리가 나게 놓으며 소리쳤다. 그 모습이 륄리에게 루이 14세의 모든 애정과 권한을 빼앗긴 몰리에르가 발악하는 것처럼 보였다.

누가 그만 가자는 말을 꺼내야 할 시점이었지만 아무도 그 말을 꺼내지 못했다. 다행히 연두 동아리 친구들이 이쪽 테이블로 와서 저희 그만 가볼게요, 연두야, 축하해, 라고 해서 다들 할 일이 생각났다는 듯이 우리도 이제 가려고 했다며 자리에서 일어섰다.

연두는 꽃다발이며 케이크 때문에 제일 늦게 밖으로 나왔다. 승일이 몇 개를 대신 들고 있었다. 박 교수를 제일 먼저 택시에 태워 보내고, 민석이 다음 택시를 기다리고 있었다. 택시가 민석 앞에 섰다. 민석이 주연을 흘깃 돌아보았다. 주연은 이 자리를 먼저 뜨고 싶지 않았다. 그러나 민석은 뒷문을 열더니 주연에게 타라는 손짓을 했다. 그녀가 미적거리고 있는 틈에 민석이 그녀의 어깨를 살짝 밀었다. 주연이 엉덩이를 들어 택시 안쪽에 자리를 잡았음에도 민석은 같이 탈 생각이 없어 보였다. 민석은 택시 문을 닫더니 기사에게 주연이 살고 있는 동네를 외쳤다. 택시가 출발했지만 그녀는 몸을 한껏 돌려 뒷창으로 남은 사람들을 보았다. 민석이 다음 택시를 잡을 생각도 하지 않고 연두에게 걸어가고 있었다. 그걸 보고 잔뜩 짐을 든 승일이 연두를 보호라도 하겠다는 듯이 뒤뚱거리며 연두 곁으로 바짝 다가가는 것이 보였다. 택시는 텅 빈 거리를 과속해서 달렸고 그들의 모습은 금세 시야에서 사라졌다.

주연은 집으로 돌아와 견딜 수 없는 무력감에 빠졌다. 끝까지 남아서 연두와 민석의 동태를 지켜봤어야 했다. 필름을 다시 돌린다면 그녀는 연두한테 다가가는 민석의 뒤를 따라갔을 것이다. 아니면 민석이 연두에게 했던 말, 축하한다는 너무 뻔한 이야기를 그녀 또한 하면서 이번에는 수원 행궁에서 실패했던 포커페이스를 제대로 성공시킬 것이다. 감상적인 짓 따위는 하지 않을 것이다. 울먹이며 약한 척했던 연두에게 너야말로 다 가진 애 아니냐며, 학장이 그랬던 것처럼 연두만이 알아들을 수 있는 비난을 농담처럼 쏟아붙여줄 것이다.

47.

─승일이 그 자식이 방송국에 메일을 보냈어. 완전 사이코야.

민석의 목소리가 부들부들 떨렸다. 낯선 목소리였다. 저음이 가볍게 떨리기까지 하니까 포식동물이 으르렁거리는 것처럼 들렸다. 둘은 사귈 때도 거의 전화 통화를 하지 않았다. 주로 문자를 많이 이용했다. 통제되지 않은 목소리라 더욱 낯설게 들렸다.

주연은 그의 화난 목소리가 두려우면서도 반가웠다. 택시 뒤 유리창을 통해 그들이 점이 되어 더 이상 보이지 않을 때까지 목을 꺾어 돌아보면서 주연은 민석과 연두가 투명한 유리구슬처럼 깨지길 저주했다는 것도 깨달았다. 엠티를 가서까지 생일 케이크를 갖다 바쳤던 민석이 으르렁거리며 연두와 연두의 남자친구를 욕하는 게 쾌감이 느껴질 지경이었다.

─그럼 앞으로 어떻게 되는 거죠?

주연이 침착하게 되물었다.

─하이에나들이 냄새를 맡았으니 나든 걔든 둘 중 하나는 발기발기 찢기겠지.

─개인이 보낸 걸 언론사에서 신뢰할까요? 앙심 품은 개인에게 보복하기 위한 투서로 받아들일 수도 있잖아요. 나중에 무고죄로 엮일 수도 있는데 흥미롭다고 덥석 물겠어요?

주연은 흥미롭다는 말을 꺼내고 아차 싶었다. 이 일에

엮인 사람들치고 인생이 걸리지 않은 사람이 있을까. 연두는 물론이고 민석의 인생도 걸린 문제에 흥미롭다는 말을 꺼내는 게 아니었다. 그렇지만 민석은 그런 단어 하나에 신경 쓸 겨를이 없는 것 같았다.

 ─아, 그게 아니라, 승일이 그 새끼가 총학생회를 부추겼어. 방송국에 보낸 메일은 승일이 개인이 아니라 우리 학교 총학생회 이름으로 보낸 거니까 무시할 순 없을 거야. 요즘 이런 문제가 한창 예민하게 다뤄지고 있으니 이슈화하기도 좋을 거고. 그래서 말인데…… 아, 집으로 올래?

 지금 주연이 민석의 집에 감으로써 포기해야 될 것들 중에서 아까운 것들을 꼽아봤다. 기영. 기영은 그날 이후로 연락이 없었다. 기영은 아깝다는 말로 설명될 수 있는 대상이 아니다. 그녀는 기영에게 큰 상처를 입혔다. 죽을 때까지 후회할 것이다.

 ─알았어요…… 예전 그 집인가요?

 ─응.

 주연은 주차장에서 핸들을 붙들고 한참을 앉아 있었다. 지금이라도 늦지 않았다. 민석의 집 앞에서 차를 돌렸던 그 새벽처럼 지금 차에서 내려 집으로 들어가면 된다. 못 간다고 문자를 보낼 필요조차 없다. 자기애성 인격장애인 민석에게 주연은 자기의 목적을 이루기 위해 끌어올 수 있는 퍼즐 중의 하나일 뿐이다. 그걸 알면서도 그녀는 움직이고 있다.

지하주차장 엘리베이터 문이 열리고 주연 또래의 부부와 쌍둥이로 보이는 네 살쯤의 사내아이 둘이 뛰어나왔다. 놀러 가는지 남자는 아이스박스를 낑낑대며 차 트렁크에 싣고 있었다. 쌍둥이로 보이는 아이들은 주차장을 뛰어다니며 들떠 있었다. 차 조심해! 여자가 아이들을 향해 소리를 쳐보지만 아이들은 들리지도 않는 것 같다. 결국 여자가 자신의 남편에게 뭐라고 말하자 남자가 뛰어가서 두 애들의 팔목을 잡아끌고 왔다. 이마저도 아이들은 장난의 연장인 듯 아빠의 팔에 매달려 대롱거리며 깔깔거렸다. 여자는 그 와중에도 아이들을 찍느라 핸드폰을 이리저리 회전시켰다.

카메라. 주연이 콩쿠르에 나가면 엄마는 연주회 관계자들의 따가운 눈총을 받으면서까지 무대 밑에 바짝 붙어서 근접으로 연주 장면을 녹음했었다. 그때는 비디오카메라로 아이들 동영상을 찍는 게 유행일 때였다. 그 필름 안에 언니도 당연히 있을 것이다. 주연은 아직 어렸지만 언니는 중3이었으니까 아주 예쁜 소녀의 목소리를 가지고 있을 것이다. 언니는 누군가의 목소리를 듣고 싶다고 했다. 온기 있는 목소리.

트렁크가 비좁은지 가방과 아이들 장난감이 들어 있는 비닐 백을 꺼냈다 넣다 한동안 씨름을 하던 남자가 간신히 정리된 듯 트렁크를 닫은 뒤 손을 털었다. 여자가 아이들을 뒷좌석에 태우고 문을 닫자마자 차는 출발했다. 주연도 출발했다. 민석의 집에 들어서자 고소한 냄새가 훅 끼쳤다. 이 와중에도 음식 만들 정신이 있나, 생각하며 구두를 벗는데 짙은 주홍빛 발톱이 눈에 띄었다. 주홍은 빨강보다 더 강렬해 보였다. 주연은 페디큐어를 받기 위해 이곳으로 오는 중간에 네일샵에 들렀다. 주연의 시선을 따라 민석도 그녀의 발톱을 내려다보았다. 그러곤 물었다.

— 원래 발톱에 뭐 안 칠하지 않았나?

— 그랬죠.

— 저녁 안 먹었지?

— 네.

— 안 먹었을 것 같아서 간단하게 해물볶음 했어. 자기가 이거 좋아했잖아. 거기 잠깐 앉아 있어. 다 됐어.

주연은 민석이 그녀에게 자기라고 했던 적이 있었는지 떠올려봤지만 기억이 나지 않았다, 같은 건 중요하지 않았다. 민석은 정신없는 와중에도 그녀를 위해 음식을 했다. 그녀는 소파에 앉았다. 하나도 변하지 않았다. 거실에 있는 물건들의 위치도 달라진 게 없다. 이곳의 그림자까지 모두 기억하고 있다.

　민석이 손짓을 해서 그녀는 식탁으로 갔다. 와인까지 놓여 있었다.

　―연두가 사 왔더군. 이번에 수상하게 돼서 고맙다고.

　―그날 술집에서도 보니까 제 발로 찾아와 인사도 하고 그래서 일이 잘 해결된 줄 알았죠. 이렇게 와인까지 사 온 애가 어떻게 방송국에 투서를 할 생각을 한 거죠?

　―연두가 한 게 아니라니까. 연두랑은 이야기가 잘 진행되고 있었어. 연두가 취하할 것처럼 보이니까 승일이 그 새끼가 질투심에 그렇게 한 거지. 사이코라니까.

　주연은 자신도 모르게 웃음이 터졌다. 연두 옆엔 승일이, 민석 옆엔 주연이 있다. 두 마리의 차가운 뱀이 새벽의 정원을 스르륵스르륵 기어 다니고 있다. 웃는 그녀를 민석이 이상하다는 듯이 빤히 바라보았다.

　―왜 웃어?

　―아니에요. 다른 게 생각나서요. 연두만 괜찮다면 문제될 것 없는 거 아닌가요? 당사자는 연두인데.

　―일단 방송국에 투서를 한 이상 어떻게 불똥이 튈지 모르니 대비를 해야지. 먹잇감을 놓지 않으려 할 거야. 그나마 아직 인터넷에 올리지 않은 걸 다행으로 여겨야겠지. 요즘 인터넷에 잘못 올라가는 날엔 신상 털리는 거 시

간문제니까.

―어떡하면 돼요?

―그때 말했던 거…….

뻔뻔한 민석도 더 이상 말을 잇지 못했다.

―제가 그 시간에 함께 있었다는 거요?

―…….

둘은 와인 한 병을 다 마시고 냉장고에 있던 맥주 세 캔을 비우고 희귀 음반처럼 진열된 온갖 종류의 양주들 중 헤네시를 꺼내 비웠다. 민석도 그녀도 너무 취했다. 맥락 없는 이야기들을 주저리주저리 떠들어댔다. 헤어지기 전의 시간들로 그대로 돌아갔다. 스킨십이 없던 것도 똑같이.

48.

비겁하다. 비열하다. 졸렬하다. 한심하다. 괴물이다. 언니처럼 조용히 자신을 파괴할 것인가, 아니면 민석과 연두를 파멸시킬 것인가.

질투의 본질은 비합리, 비논리성이다. 원인과 결과가 합치하는 과학보다는 종교에 가깝다. 그래서 질투의 협로에서 길을 잃은 사람들은 신분의 고하도, 학식의 고저도, 나이의 다소와도 상관없이 미치고 팔짝 뛰는 것이다.

질투에는 한결같이 복수와 파멸이 뒤따른다. 많은 오페라와 뮤지컬이 이를 증명한다. 〈오텔로〉는 장군을 질투한 이야고가 오텔로의 부인을 흠모하는 로드리고와 자신의 자리를 훔쳐갔다고 생각하는 카시오를 이용해 오텔로를 파멸로 이끄는 내용이다. 이야고의 이간질로 인해서 사랑하는 부인을 자기 손으로 죽이고 후회하며 자살하는 비극이다.

언니는 주연을 인형처럼 다뤘다. 매일 씻겨주었고 옷을 입혀주었고 아침에 손을 잡고 등교했다. 각자의 학교로 가는 갈림길에서 주연이 보이지 않을 때까지 언니는 손을 흔들어주었다. 하루아침에 언니가 사라졌는데도 주연은 왜 울거나 슬퍼하지 않았을까. 삼십 년이 지난 지금에야 그 의문이 풀렸다. 학교에서나 집에서나 '하연이 동생'이라고 불리는 게 싫었다.

49.

양성평등위원회에서 주연에게 서면 질의서를 보내왔

다. 답변서를 검토한 후 필요하면 위원회에서 출석을 요구할 수도 있다고 적혀 있었다.

주연은 민석과 함께 있었던 '그날'에 대해 구체적으로 서술했다. 리게티의 〈아트모스페르〉를 들으면서 스탠리 큐브릭 감독의 〈2001 스페이스 오디세이〉에 대한 이야기를 나누었다. 리게티는 여러 층위의 색깔을 가진 곡이라는 의미로 '아트모스페르'라고 제목을 지었는데 영화에서는 우주 대기의 여러 층위로 해석되어 뜻밖에 SF영화의 훌륭한 주제곡이 되었다. 리게티도 나중에 자신의 곡이 영화 주제곡으로 쓰였다는 얘기를 듣고 영화와 아주 잘 어울려 흡족해했으나 저작료를 지불하지 않고 말없이 가져다 써서 소송을 걸었다.

우리는 자신의 곡이 영화 주제곡으로 쓰이면 어떤 기분일 것 같냐는 이야기를 나누었다. 저녁으로 해물볶음을 해서 먹었는데 올리브오일이 블라우스에 튀어서 집에 돌아와 세탁소에 맡겼다고 적었다. 블라우스 세탁소 영수증을 첨부했다.

답변서를 제출한 뒤 페이스북과 인터넷 포털 사이트에서 'C대학 성폭력'을 자주 검색해보았지만 민석과 연관된 추문은 잡히지 않았다.

민석의 집에 다녀온 며칠 뒤 주연이 다시 민석의 집을

방문한 건 알코올의 힘을 빌려서라도 민석과 잘해보고 싶어서였다. 답변서를 제출한 뒤에 민석으로부터의 연락은 고맙다는 문자 한 통이 다였다. 마린호텔도, 장미도 다 그녀가 잘못 짚어 오해한 것이다. 실수를 되풀이하고 또 후회하고 싶지 않았다.

주연이 민석의 오피스텔 현관문 벨을 눌렀지만 응답이 없었다. 왜 이 시간에 민석이 집에 있을 것이라고 믿었던 걸까. 아직 저녁 10시도 안 된 시간인데. 주연은 민석에게 문자를 보낼까 하다가 말았다. 한참을 계단에 앉아 있다가 밖으로 나와 서성였다. 오피스텔의 절반은 불이 꺼져 있었다. 논밭에 둘러싸여 새까만 어둠 속에 잠겨 있을 기영의 불 꺼진 방을 떠올렸다.

주연은 차에 앉아서 주차장에 들어오는 차들을 확인했다. 시간이 한참이 흘렀는데도 민석은 들어올 생각을 하지 않았다. 그때 갑자기 오줌이 마려웠다. 민석에게 전화를 걸어볼까 하다가 그만두었다. 삼십 분 정도 더 기다려봤지만 민석은 오지 않았고, 요의는 점점 참을 수 없어졌다. 민석의 집으로 갔다. 비밀번호를 눌렀더니 현관문이 열렸다. 비밀번호도 안 바뀌었고, 주연도 잊지 않았다. 현관의 센서등이 켜졌다. 화장실로 가는데 센서등이 꺼졌다. 거실이 깜깜한 어둠에 잠겼다. 주연은 어둠 속에 잠깐

서 있었다. 나갈까, 말까. 그녀는 결국 화장실로 갔다. 그녀를 만날 때 쓰던 스킨로션 브랜드가 바뀌었다. 스킨과 로션이 바뀐 것뿐인데 익숙한 곳이 낯설게 느껴졌다.

오줌을 누고 물을 내리는데 눈에 익은 게 놓여 있었다. 헤어밴드. 연두가 연주회 때 머리에 했던 것이다. 주연이 나이 들면서 억지로 어린 척하는 것 같아 더 이상 할 수 없던 헤어밴드를 연두는 보란 듯이 자주 했다.

주연은 헤어밴드를 들고 이리저리 살펴보았다. 약간의 물기가 묻어 있었다. 오래전부터 그곳에 있었다고 하긴 어려웠다. 며칠 전에 그녀는 이곳에서 떡이 되도록 취했다. 마지막엔 토하기도 했다. 그때 화장실에서의 기억을 들춰보았다. 이 헤어밴드가 있었는지 추적해보았다. 없었다. 있었다면 주연의 눈에 안 띌 수 없었을 것이다. 어떻게 된 걸까. 민석의 말대로 연두와 민석이 잘 되어가자 승일이 열 받아서 방송국에 찌른 건가. 그럴 때를 대비해서 주연을 보험으로 들어놓은 것이고.

주연은 헤어밴드를 가방에 넣었다. 주차장으로 내려왔다. 어떻게 할까. 이대로 집으로 갈까. 아무 일도 없었던 것처럼. 수만 가지 가능성을 추리해보았지만 어떤 것도 맘에 들지 않았다. 그때 차 한 대가 서서히 들어왔다. 민석의 차였다. 조수석에는 연두가 앉아 있었다. 차가 스치듯

지나가서 연두가 웃는지 화를 내는지 알 수 없었다. 주연은 민석의 오피스텔로 들어가는 엘리베이터와 먼 곳에 차를 세워놓았다. 주차 공간이 없었다는 핑계를 댔지만 그 의지를 0퍼센트라고 말할 수 있을까. 이곳에 전화도 없이 무작정 찾아온 것은? 요의 또한 그녀의 의지가 0퍼센트였다고 말할 수 있을까.

주연은 차에서 내려 민석의 동 쪽으로 걸어갔다. 민석의 오피스텔 층에 엘리베이터가 멈춰 있었다. 주연도 엘리베이터를 타고 올라갔다. 현관문에 귀를 기울였다. 음악 소리가 희미하게 들렸다. 연두가 좋아하는 루이지 노노의 〈일 칸토 소스페소〉였다. 주연은 그들이 그 음악을 들으며 소파에서 안고 있는 상상을 했다. 현관 앞에 연두의 헤어밴드를 놓고 집으로 돌아왔다. 주연은 옷도 갈아입지 않고 책장을 헤집었다. 예전 승일을 가르쳤을 때의 학생들 전화번호가 적혀 있는 프린트물을 찾아냈다. 승일에게 전화를 걸었다. 승일은 전화를 받지 않았다. 모르는 번호라서 안 받는 걸까, 모르는 번호인 척하는 걸까. 분노는 인내심을 키웠다. 주연은 끝까지 기다렸다. 세 번째 전화를 걸었을 때 승일이 받았다. 핸드폰 너머로 시끄러운 비트음이 들렸다.

─나 송주연인데…….

-네, 알죠. 잘 알죠.

-밖이니?

-네. 친구들이랑 한잔하고 있어요.

승일의 혀는 잔뜩 꼬여 있었다.

-통화 괜찮니?

-네, 그럼요. 괜찮죠. 얼마든지 괜찮죠.

-지금 민석의 집에 연두와 민석이 함께 있어. 어떻게 알게 되었냐고는 묻지 마. 그건 확실한 거니까.

승일은 아무 말이 없었다.

-연두가 언제부터 이민석 교수와 이렇게 된 거야?

-다 대단하신 송 교수님 때문이죠. 교수님이 위원회에 증언을 섰다면서요. 위증인 건 하늘이 알고 땅이 알죠. 그런데도 거짓말을 하셨죠. 네가 소를 취하하지 않으면 무고죄로 역고소할 거라고, 그 자식이 연두를 협박했다고요. 송 교수님이 위증까지 섰지, 연두는 도망갈 데가 없었어요. 연두 집 형편이 좀 어려워요. 그런데 공모도 떨어지지, 음대 등록금은 또 얼마나 비싸요. 학부도 간신히 마쳤는데 대학원에서는 계속 문제가 생기니까…… 학교를 그만둘 생각까지 하고 있었거든요. 코너에 완전히 몰린 상태에서 이번에 상을 받으면서 완전히 돌아섰죠.

주연은 연두가 집안 형편이 어렵다는 생각은 전혀 하

지 못했다. 악기 전공자들의 악기 값이 억대라는 이야기
는 흔히 알려져 있다. 그런 이유로 애초에 집안이 넉넉하
지 않으면 악기 전공 뒷바라지를 감당하기 어렵다. 작곡
은 작가들처럼 종이와 연필만 있으면 되는 줄 알지만 천
만의 말씀이다. 대입 필수과목인 화성, 청음, 피아노, 작
곡, 네 과목을 레슨받기 위해 고등학교 삼 년 동안 비용이
일억 내외로 든다. 어떤 선생한테 사사받느냐에 따라, 내
신이나 수능을 치를 경우에 대비해 국영수 과외를 받게
되면 쉽게 초과된다.

　레슨비나 학원비에 대해 엄마는 어떤 내색도 하지 않았
지만 대학 입시가 가까워올수록 주연은 심한 압박을 느꼈
다. 실기시험이 서너 달밖에 남지 않았을 때는 거의 매일
레슨을 받았는데 시간당으로 계산되는 레슨비를 엄마가
열심히 계좌이체 하는 것을 알고 있기 때문이었다.

　ㅡ이번에 자기 곡이 뽑힌 게 이민석 교수가 힘써줘서
그렇게 된 거라고 믿고 있어요. 교수님도 들었으니 아실
거 아녜요. 연두 곡이 얼마나 좋은지. 재심했다는 소문도
들리지, 뭐 그러니까…… 이민석 교수님 서울시향 객원
작곡가잖아요. 이번 서울시향 마스터 클래스에 헬무트 라
헨만이 오는데, 이민석 교수가 연두를 추천했대요. 밉보
였다가는 어떤 벌이 내리는지, 예쁘게 보이면 어떤 상이

오는지 뼈저리게 느꼈던 거라고요. 제가 부자였다면, 그 랬다면 연두를 보호할 수 있었을 텐데요. 저도 힘을 키우고 싶어요. 무슨 짓을 해서라도요. 아, 너무……

우는지 승일이 마지막엔 말을 잇지 못했다. 연주회 때 민석이 맨 앞자리에 앉았던 것, 전공학생들이 보이지 않았던 것, 뒤풀이 자리에서 연두가 민석에게 와서 인사를 했던 것, 민석이 그녀를 택시 태워 보내고 연두 곁으로 다가갔던 것, 모든 것들이 한 궤에 꿰어졌다.

─그런데 넌 어떻게 방송국에 연두 사건을 제보한 거야? 연두가 자진해서 이 교수 집에 들락거리는데 방송국에 제보하는 게 무슨 의미가 있니? 나중에 무고죄로 몰리고 싶어?

─망신 주고 싶었어요. 일단 방송국에서 취재 시작하면 이 교수는 도마에 오를 거예요. 그 와중에 선거운동을 하고 있으니 그것도 문제 삼을 거고요. 그런데 피디한테 더 이상 취재하지 말라고 했어요. 인터넷에 올리는 순간 연두는 꽃뱀이 될 텐데 그렇게 둘 수는 없잖아요.

주연은 더 이상 할 말이 없었다. 승일은 이 모든 상황을 예상하고 시작했다. 질투와 복수심으로 진흙탕 속에 구를 각오까지 하고 있었다.

50.

악보는 높낮이가 다른 바람의 흔적 같다. 바람의 흔적
이 귓가에 울린다. 작곡을 하는 것과 곡을 연주하는 작업
은 다르다. 곡을 만든다는 건 덜 지루한 대신 대답 없는
누군가의 이름을 끊임없이 부르는 먹먹함이 있다. 연주자
가 바람을 불러일으키는 것이라면 작곡가는 바람에 흔적
을 새기는 것이다.

손수 그린 악보가 음으로 연주되던 최초의 기억을 주
연은 잊을 수 없다. 그때만 해도 컴퓨터로 작업하는 시벨
리우스 파일이 나오기 전이었다. 머릿속에 떠다니는 음들
을 잡아내서 공책 위에 일일이 수기를 해야 했다. 대학교
에 들어가서 그녀의 곡이 처음으로 연주되는 육 분의 희
열은 그녀를 창조주가 된 듯이 만들었다. 창조된 세계는
부끄러웠지만 그 부끄러움은 더 나은 세계의 창조를 위한
열망으로 바뀌었다. 영원히 반복되는, 부끄러움과 희열의
굴레는 예술의 중독성 혹은 예술혼이라고 부를 수 있을
것이다.

두 시간째 사보(寫譜)를 하고 있다. 사보는 훌륭한 진정
제다. 모든 생각을 지워야만 오선지 위에 한 음 한 음 인
쇄한 것처럼 옮겨 적을 수 있다. 그러다 보면 무엇에 화가

났는지, 속상했는지 잊고 마음이 가라앉는다.

마지막 한 장을 남겨놓고 최대한 천천히 사보를 했다. 결심이 섰는지, 후회하지 않을 수 있는지, 통화 버튼을 누르는 순간을 최대한 지연하고 싶었다. 마지막 십육분음표를 그려 넣었다. 2B연필을 악보 위에 놓고 핸드폰을 열었다. 주연은 승일에게 받은 담당 피디 번호로 전화를 걸었다. 승일로부터 연락처를 받았다고 말했다. 민석이 주연에게 제안한 대략적인 스토리와 민석과 주고받았던 문자 중에서 '위증'이라는 단어가 들어간 것들에 대해 말했다.

피디가 당장 만나자고 했다. 얼마 전 민석과 만났던 카페에서 피디를 만났다. 민석은 이십 분 늦었지만 피디는 주연을 기다리고 있었다. 아무리 모자이크를 한다 해도 얼굴이 티브이에 나가는 것은 원치 않는다고 말했다. 피디는 녹음기만 준비하고 있었다.

주연은 그동안 있었던 일들을 간략하게 이야기했다. 최근에는 민석이 모던 뮤직 페스티벌 심사위원과 서울시향 객원 작곡가의 지위를 이용해 연두를 회유한 정황이 있다고 밝혔다. 최악의 상황에 대비해 민석이 그녀를 이용해 위증이라는 보험을 들어놓았다는 것을 이야기했지만 민석과 사귀었다는 이야기는 뺐다. 피디가 왜 위증을 했냐고 물었을 때는 학교 선배님의 부탁이라 거절하기 어려웠던 데다 학교의 위신이 떨어지는 것을 원치 않은 공명심 때문이라고 말했다. 피디는 이해한다는 듯이 고개를 끄덕였다. 지금 한국의 모든 조직들이 이런 사건들로 몸살을 앓고 있다고, 파급력이 큰 방송국에서 앞장서서 썩은 살을 도려내는 역할을 해야 한다고, 당사자도 아닌데 어려운 용단을 내려주셔서 감사하다며 녹음기를 챙겼다.

아예 누군지 모르는 사람은 모르지만 아는 사람은 알 수 있는 게 모자이크의 함정이다. 피디는 음성 파일만 녹음한다고 했지만 몰래 영상까지 떴다. 모자이크 화면에 음성변조를 한 주연이 흥분해서 민석을 고발하는 영상은 코믹했다. 해기 언니가 주연에게 연락을 해 와서 그 사실을 알게 되었다. 주연의 인터뷰 아래에는 해기 언니가 광화문에서 마스크를 쓰고 퀴어 축제를 허가해달라는 시위에 참여한 사진이 실려 있었다. 피디가 올린 영상 아래에는 피해자가 제보했다는 또 하나 영상이 해시태그로 달려 있었다. 세모 버튼을 클릭하자 여자도, 남자도 아닌 이상하게 변조된 목소리가 흘러나왔다.

'내가 위증을 한다면 어떡할 거니. 위증인지 아닌지 뭘로 증명할 건데. 아까 지금부터 사생활을 보호받을 수 없다고 했지. 좋아. 누구의 사생활이 더 아름다운지 알 수 있겠구나. 아니지, 누구의 사생활이 더 더티한지 알 수 있

는 건가.'

연두는 자동차 안에서 주연과의 대화를 녹음했다. 피해 당사자가 제공한 녹취록이라는데 아마도 승일이 제공한 것 아닐까 추측되었다. 주연은 몇 번을 리와인드해서 들었다. 자동차 안에서 연두의 예술적 천재성과 여자로서의 매력을 알량한 권력을 이용해서 뭉개고 싶어 안달이 났던 그때의 심정이 고스란히 재생되었다. 피디의 인터뷰와 연두가 몰래 녹음한 내용, 두 개의 다른 목소리로 변조된 그녀는 누가 진짜 그녀인지 헷갈렸다.

51.

박 교수에게 전화가 오고, 민석에게 전화가 왔지만 주연은 받지 않았다. 엄마와 아빠 전화번호가 뜨는 것을 보고 전원을 꺼버렸다. 누군가와 화해해서 예전으로 돌아간다면 누구하고라도 화해하고 싶었지만 누구와 화해해야 할지 알 수 없었다. 사과를 하고 싶었고, 무릎을 꿇고 싶었지만 누구에게 무릎을 꿇고 누구에게 사과해야 할지도 알 수 없었다. 언니와 이야기를 나누고 싶었다. 온기 있는 목소리를 듣고 싶었다.

주연이 연두와 민석에게 한 행동은 질투가 아니었다. 시기심이었다. 질투가 삼자관계에서 대상에 대한 사랑을 근거로 한다면 시기심은 오로지 파멸만을 목적으로 한다. 질투가 고상하기도 하고 비열하기도 하다면 시기심은 오직 비열하기만 하다.

멀리 낮은 산이 아무 말도 않고 그녀를 내려다보고 있었다. 바닥에는 여전히 세모난 딱지가 붉은빛을 내쏘며 주술을 걸고 있었다. 늘 보았던 산. 저 산. 바로 눈앞에 보이는 산을 가볼 작정이었다. 이상한 오기가 들었다. 꼭 저 산을 갔다 와야 일이 해결될 것 같았다. 저 산이 이름이 있는지 없는지조차 모른다. 인터넷 검색창에 다양한 키워드를 입력해보았지만 마땅한 자료가 나오지 않았다. 주연은 후드티에 청바지를 입고 집을 나섰다. 마침 경비 아저씨가 분리수거를 하고 있다가 인사를 했다.

–저 산에 가려면 어떻게 가야 해요?

–산요? 우리 동네에 산이 없는데.

주연이 베란다에서 보이던 산을 보려고 고개를 이리저리 빼보았지만 오피스텔과 그 주변을 둘러싼 아파트들 때문에 산은 보이지 않았다.

–네, 고맙습니다.

주연은 한 시간 정도 헤매다 다시 오피스텔로 돌아왔

다. 그 산은 보이는 것보다 멀리 있었다. 자꾸 새로운 길이 나오는 게 겁이 났다. 어른이 되었는데도 길을 잃을까 두려웠다. 잘 다듬어진 길, 새끼손톱보다 작은 하얗고 보랏빛을 띠는 들꽃마저 조경을 위해 심어져 있는 길, 인위적이고 익숙한 공간에 들어서자 비로소 마음이 놓였다. 계속해서 새로운 길을 탐색하던 어린 두 소녀는 이제 없다. 조작되고 은폐되는 이 공간에서 안정감을 느꼈다. 예술이라는 허위의식을 만끽하며, 인위적으로 키워진 들꽃처럼.

집에 돌아와 암막커튼을 치고 침대에 누웠다. 민석과 함께 살던, 민석의 거실에 쳐진 것과 동일한 암막커튼이었다. 순식간에 낮은 밤이 되었다. 모든 일들이 자고 일어나면 깨끗하게 지워졌으면 좋겠다.

눈을 떴더니 자정 무렵이었다. 핸드폰을 켰다. 수많은 사람들이 주연을 찾고 있었지만 거기에 기영은 없었다. 그녀는 일어나 커피를 한 잔 마시고 기영의 집으로 차를 몰았다. 빗방울이 차에 부딪쳤다. 자정이 지난 고속도로는 어딘가를 향해 달리는 차들뿐이었다. 가로등도 켜지지 않은 어둠뿐인 구간도 있었다. 속도를 높이는 차의 마찰음과 스치듯이 환히 불을 밝힌 휴게소만이 어둠 속을 밝히고 있었다. 정신은 그 어느 때보다도 맑았다. 계속 가속

페달을 밟아 속도를 냈다. 그녀의 마음은 오직 기영을 향해 열린 길로만 달렸다.

기영의 방 불이 꺼져 있었다. 자는 모양이다. 센서등도 고장 나 깜깜한 계단을 올라가 벨을 누르려는데 안에서 가느다란 첼로 선율이 들려왔다. 주연이 제일 좋아하는 〈자클린의 눈물〉이었다. 그녀가 좋아한다는 것을 알고 기영이 맹연습을 해서 프러포즈를 한 날 반지와 함께 그녀에게 선물했던 곡이었다.

주연은 현관 앞에 털썩 주저앉았다. 자클린의 흐느끼는 듯한 울음소리는 애절한 첼로곡으로 변주되어 주연의 마음을 먹먹하게 만들었다. 마치 시디를 반복 재생으로 틀어놓은 것처럼 첼로 소리는 멈추지 않았다. 얼마나 오랫동안 이 곡을 반복해서 연주하고 있었던 것일까. 기영의 허벅지 안쪽에 박혀 있는 군은살이 주연의 상처처럼 아파왔다. 몇 번이 더 연주된 끝에 선율이 멈췄다. 주연이 벨을 눌렀지만 응답하지 않았다. 전화를 해도 받지 않았다. 번호키의 비밀번호를 눌렀지만 잘못된 번호라는 멘트가 흘러나왔다. 한 사람은 안 바꿨고, 한 사람은 바꿨다. 그녀를 거부하는 단단한 철문 앞에 그녀는 한동안 서 있었다.

주연은 헤어진 이후에도 친구로 지내는 연인들을 부러워했다. 연예인들의 대외용 발언이 아니라 실제로 그녀 주변에도 그런 사람들이 몇 있었다. 새로 시작한 연인에 대한 투정이나 메울 수 없는 허전함을 느낄 때 껄끄러운 옛 애인이 아니라 허물없는 이성친구로 돌아가서 가끔 만나 밥 먹고 혹은 술을 마시면서 위로 받을 수 있는 사이 말이다. 형철에게는 애초에 기대하지 않았고, 민석은 그녀의 마음이 완전히 떠나지 않았기 때문에 불가능했다. 기영이라면 가능할 수도 있다고 생각했다. 주연은 기영의 부드럽고 따뜻한 성격이 벌써부터 그리워졌다. 그러나 기영에게 친구로 남자는 말은 할 수 없다. 그녀는 알고 있었다. 너덜너덜해져서 더 이상 꿰맬 수 없는 사이가 되었다는 것을.

만나줘요. 문 앞에서 기다릴게요.

주연은 기영에게 문자를 보내고 현관에 기대앉았다. 이 건물에는 사람이 살고 있지 않은 듯 들어오는 사람도, 나가는 사람도, 화장실 물 내리는 소리도, 음악 소리도 들리지 않았다. 빗소리와 바람 소리만이 빈 들판을 훑고 지나갔다. 기대앉은 현관에 등이 미끄러져서 그녀는 화들짝 깨어났다. 잠깐 잠이 들었나 보다.

단단한 철문에 오래 기대고 있었더니 등이 시렸다. 따뜻한 감촉을 좋아한다면 나무 같은 사람을 만나야 한다. 스틸의 단단함이 좋다면 차가움도 함께 받아들여야 한다.

주연은 나무의 따뜻함이 좋아 거기에 등을 기대고 있으면서도 스틸의 단단함을 그리워했다.

비는 그쳤다. 이름을 알 수 없는 풀벌레들 소리가 아직 새벽이 오지 않은 상쾌한 공기에 가득 찼다. 풀냄새들, 빼곡히 들어찬 밤하늘의 별들. 이 모든 자연이 그녀를 둘러싸고 있지만 그녀에게 아무런 감흥도 주지 않았다. 그녀는 차 안에 들어가서 시트를 최대한 뒤로 젖히고 누워 눈을 감았다.

차창을 두드리는 소리에 눈을 떴다. 기영이 창밖에서 주연을 들여다보고 있었다. 들판 저 너머에서 푸르게 쏟아내는 새벽빛이 차 안을 비추고 있다. 그녀가 고3 때 곡을 쓸 적마다 마주하던 빛이다. 그 푸른빛을 등에 이고 기영이 그녀를 들여다보고 있었다. 시트를 제자리에 올리고 차 밖으로 나왔다. 기영은 그녀의 얼굴을 가만히 들여다볼 뿐 아무 말도 하지 않았다.

—너무 미안해서 미안하다는 말도 할 수가 없어요. 그냥 얼굴은 한 번 봐야 할 것 같았어요. 미안해요.

기영이 빗방울을 흠뻑 먹은 풀포기를 툭툭 차고 있었다. 그녀가 사준 검정 스니커즈가 물에 젖어 더 까매졌다. 그녀가 돌아서려는데 기영이 말했다.

—난 주연 씨 없으면 안 돼요.

주연은 울컥했지만 눈물을 참고 기영에게 다가가 그를 안고 토닥였다. 기영은 그녀에게 몸을 맡기고 그대로 서 있었다.

─나는 돌아갈 수 없어요.

주연은 기영의 얼굴을 한 번 더 보고 기영의 손등에 입을 맞추고 차에 올랐다. 기영은 꼼짝 않고 그녀를 바라보고 서 있었다. 그녀가 시동을 걸자 기영은 차를 멈추게 하려고 차력사처럼 손바닥으로 차창을 붙들었다. 더 밝아진 빛살이 번져 기영의 얼굴에 짙은 음영을 드리웠다. 주연은 단호하게 출발했다. 인사이드 미러로 두 팔을 늘어뜨린 기영의 모습이 점점 멀어졌다.

고속도로에 들어서자 눈물이 쏟아졌다. 누구를 위해서도 울지 않은 그녀였다. 기영의 어린아이 같은 맹목의 사랑에 그녀는 결국 눈물을 쏟고 말았다. 그녀가 기영에게 돌아갈 수 없는 것은 윤리적으로 꺼림칙하거나 자기애 때문이 아니다. 사랑 따위의 말로도 끼어들 수 없는, 기영의 깊은 인간에 대한 공감을 훼손하고 싶지 않아서이다.

달리는 차를 새벽의 푸른빛이 계속 따라왔다. 하나의 오브제처럼 그녀의 기억 속에 찍혀 있는 푸른빛이다. 그녀는 그 푸른빛 속으로 계속 달렸다. 집에 도착해서 차가운 물로 샤워를 했다. 이가 덜덜 떨리면서 좀 진정되었다.

민석이 갈빗집에서 몸을 혹사하는 것으로 창작에 대한 회의를 잠재웠듯이 역시나 육체의 고통 앞에서 정신은 무력하다.

52.

주연의 핸드폰으로 두 개의 청첩장이 배달되었다. 하나는 민석으로부터 온 것, 다른 하나는 연두로부터 온 것. 부부됨을 서약한다고 쓰여 있었다. 둘은 결혼함으로써 윤리적 무책임으로 인한 번거로운 소송과 꺼림칙한 손가락질에서 벗어났다. 결혼이라는 제도의 위대함이다. 음대학장이 총장이 되었다. 공대 학장을 지지한 교수협의회의 표를 공대 학장이 십 년 전에 음주운전으로 딱지를 발부받았던 꼬투리를 잡아 재단 이사장이 엎어버렸다. 권력의 위대함이다.

지수 언니한테 언니 이야기를 들었던 지점을 통과했다. 그때 그 이야기를 듣지 않았다면, 그래서 바다가 보이는 암자에 잠들어 있는 언니를 만났다면 뭐가 달라졌을까. 달라지진 않았을 것이다.

고속도로는 한가했다. 그녀는 속도를 높였다. 아무것도 두렵지 않았다. 그녀가 운전을 하는 것 같지 않았다. 차가 저절로 달리는 것 같았다. 시야는 점점 넓어졌다. 들판을 지나고 산을 지나고 하늘을 나는 새를 지났다. 기영이 살고 있는 도시로 빠져나가는 인터체인지를 지났다. 그러고도 얼마를 더 달렸다. 내비게이션에서 다음 인터체인지에서 빠지라는 안내 말이 나왔다. 그녀는 천천히 깜박이를 넣고 차를 뺐다. 휘어져 있는 좁은 인터체인지에서 급하게 속도를 줄였더니 바짝 뒤따르던 차가 하이빔을 쏘아댔다.

시내에 들어서자 도시를 어설프게 흉내 낸 흔해빠진 소음이 나타났다. 유명한 관광지도 없고 도시로 다들 떠나 텅 빈 지방에서 볼 수 있는 나른한 정체가 운전을 하는 중에도 보였다. 내비게이션의 안내대로 시가지를 벗어나 한참을 달리자 갑자기 바다가 나타났다. 네 시간 이상을 달려온 피로가 급하게 몰려왔다. 차를 대고 잠깐 쉬고 싶었지만 해안을 따라 좁고 구불구불한 외길이 이어져 있었다. 갓길이라 할 만한 것도 보이지 않아 차를 세우기는 무리였다. 바람이 세게 부는지 슬쩍슬쩍 곁눈질해서 보는 것만으로도 파도가 제법 거칠어 보였다.

이번에도 부모님한테 길을 묻지 않았다. 지수 언니는 담담하게 위치를 말해주었다. 지수 언니는 어떤 것도 묻지 않았다. 갑자기 목적지입니다, 라는 안내 말이 나왔다. 딴생각에 빠져 있느라 너무 놀라 차를 급하게 세웠다. 도로는 거기에서 끝나 있었다. 해안도로는 어디에도 연결이 되어 있지 않았다. 그녀가 달려온 도로는 이 절만을 위해서 깐 길이었다.

절 이름과 올라가는 길이 표시된 안내판이 세워져 있었다. 주연은 화살표를 따라 돌계단을 올랐다. 해가 따뜻하게 비췄다. 한 계단을 오르고 바다를 한 번 보고 또 한 계단을 오르고 바다를 보았다. 해수면에서 높아질수록 바다의 움직임이 선명하게 보였다. 점점 선명히 보이던 바다의 일렁임은 어느 고도부터는 정물이 되었다. 그 정물이 되는 지점에 서서 오래도록 바다를 내려다보았다. 조금 더 올라가자 늙은 소나무가 빼곡히 들어서 있는 작은 숲이 나왔다. 그다음부터는 바다가 보이지 않았다. 바람에 따라 소나무의 부대끼는 소리와 솔향이 은은히 퍼졌다.

아직 얼마를 올라야 할지 몰랐다. 땀이 서서히 배기 시작했다. 노트북이 들어 있는 가방을 매고 있어 어깨가 제법 묵직했다. 어느 순간 뻥 뚫린 하늘이 드러났다. 그리고 다시 멀리 바다가 보였다. 바다 위에 떠 있는 몇 척의 배들. 그리고 넓은 수평선이 보였다. 정상에 오자 사람들도 몇몇 보였다. 생각했던 것보다는 넓었다. 아빠가 말한 대로 작은 암자일 것이라고 생각했는데 규모는 작았지만 갖출 것은 갖춘 절이었다.

타성사라는 이름의 유래가 적힌 안내판이 보였다. '신라시대에 지어진 이 암자는 이곳에서 성불이 된 스님들을 기리기 위한 암자라는 설과 마음을 두드린다는 타심에서 타성으로 바뀌었을 것이라는 설이 유력하다'고 쓰여 있었다. 마음을 두드린다. 그녀는 작게 소리를 내보았다.

어떤 절차를 거쳐야 언니를 만날 수 있을지 알 수 없었다. 무턱대고 대웅전으로 들어갈 수는 없었다. 기왓장이 쌓여 있는 접수처에 한 보살이 앉아 있었다. 그녀는 보살에게 간략하게 설명했다. 보살은 잠시 기다리라고 한 후 핸드폰으로 전화를 걸었다. 잠시 후 핸드폰을 든 스님이 대웅전 옆의 작은 건물에서 나왔다. 주연은 스님을 향해 합장을 했다. 스님은 대웅전 측면에 나 있는 문으로 들어가더니 천장의 영가등 하나를 가리켰다.

子 礪山孺人 송하연

父 송두현 기부

주연은 엎드려 백팔배를 올리고 바깥으로 나왔다. 바다가 아무런 방해 없이 펼쳐져 있었다. 분명 돌계단 옆의 소나무 숲으로 들어왔는데 이 절이 정면으로 향하고 있는 곳은 바다뿐이었다. 언니가 바다를 좋아했잖니. 눈 뜨면 매일 바다를 보라고. 아빠의 말이었다. 아빠가 암자라고 한 이유도 알 것 같았다. 갖출 건 다 갖춘 절이었지만 그게 전부였다. 올라갈 데도, 내려갈 데도 없었다. 빙 둘러 절벽이었다. 바다가 훤히 보인다는 건, 올라올 때의 송림마저 시야에서 사라지게 만들 정도로 경사가 가파르다는 얘기였다.

혹시나 뭐 다른 볼 만한 게 있나 싶어서 그녀는 절 뒤쪽으로 돌아가 보았다. 그곳에서는 바다가 아닌 그녀가 차를 몰고 온 길이 보였다. 협로였다. 운전을 해서 올 때 구불구불 끝없이 이어졌던 좁은 길이었다. 언니는 협로를 돌아와서 이곳에서 툭 트인 푸른 바다를 매일 내려다보고 있었다.

주연은 벤치에 앉아 노트북을 꺼냈다. 〈빌바오, 3월의 눈〉 파일을 열었다. 빌바오의 3월의 눈을, '불가능성'이라는 낭만에 사로잡혀 모든 행위를 정당화해왔다. 불가능성이라는 것 또한 선택의 결과물일 뿐이다.

바다를 향해, 언니가 들을 수 있도록 작곡한 곡을 틀었다. 마림바가 아주 작은 소리에서 점점 큰 소리로 발전한다. 달빛 아래 두 소녀가 걸어간다. 잠깐의 휴지기가 지나고 한 소녀의 숨소리가 들린다. 소녀의 발걸음이 빨라질수록 숨소리는 거칠어진다. 소녀의 숨소리에 또 하나의 숨소리가 겹친다. 그 뒤에 독백하는 여자의 목소리가 아주 멀리서 들려온다.

비디오카메라에 담긴 언니의 모습은 언니가 사고를 당하기 몇 달 전이었다. 언니는 언제 어디서나 그녀를 챙겼다. 천방지축인 그녀의 손을 꼭 잡고 연주회 무대에 올려놓기도 하고 식당 의자에 앉히기도 하고 옷매무새를 만져주기도 했다. 그러나 막상 그녀가 피아노를 치기 시작하고 관중의 박수를 받을 때면 언니는 구석에서 팔짱을 끼고 한 번도 본 적 없는 경직된 시선으로 동생을 지켜보고 있었다.

아빠, 제가 여섯 살에 길 잃었던 거 기억나세요? 그럼. 그걸 어떻게 잊겠니. 애 잃어버렸다고 난리가 났는데. 그때 한밤중이었는데 어떻게 찾았어요? 언니가 대충 너 데리고 간 방향을 알려줬거든. 경찰하고 같이 찾아다녔지. 너는 너무 울어서 목이 다 쉬어 말도 못 하더라. 언니랑 제가 같이 길을 잃은 거 아니에요? 아니야. 언니가 너 데리고 갔다가 네가 엄마 찾는다고 막 뛰어가서 너를 잃은 거야. 기억 안 나나 보구나.

지수 언니에게 반주를 빼앗겼을 때, 언니는 어린 주연

의 손을 놓던 순간의 아득함이 떠올라 얼마나 두려웠을까.

언니, 언니가 질투했던 내가 도달한 곳은 고작 여기예요. 주연은 끝없이 펼쳐진 바다를 바라보았다. 언니의 목소리를 실으려고 허 교수에게 부탁해놨는데 그럴 필요가 없었다. 무대로 향해 걸어가는 주연을 향해 우리 예쁜 동생 주연이 파이팅! 하고 작은 주먹을 쥐어 보이는 언니의 목소리는 지금의 주연의 목소리와 똑같았다. 독백에 주연의 목소리를 입혔다. 어디에 있나요. 3월의 눈 내리는 빌바오의 좁은 길 어디를 헤매고 있나요. 길을 잃은 두 소녀가 새로운 길에서 헤매고 있다. 주연이 언니의 손을 잡아 끈다.

(끝)

참고 서적: 에두아르트 한슬리크, 『음악적 아름다움에 대하여』(이미경 옮김, 책세상).

봄이 오면
5월의 외딴 숲에
산철쭉이 푹신하게 쌓이고
그곳에 누워,
드문드문
별처럼 빛나던
나뭇잎 사이의 하늘이
생각납니다.

'불안'의 어원은 '좁다'라고 합니다.
늘 협로를 헤매는 나를 잊게 해준 시간들,
사랑하는 사람들의 건강을 기원합니다.

책을 출간해주신 문학수첩 대표님,
잘 다듬어주신 편집자님 고맙습니다.

김 경 순

욕망의 생태도(生態圖):
자기애와 질투의 정동(情動)에 대한 성찰

고명철(문학평론가, 광운대학교 교수)

1. 열 길 물속은 알아도 한 길 사람의 속은 모른다

"열 길 물속은 알아도 한 길 사람의 속은 모른다"는 속담
이 있다. 어떤 사람이 어떤 것에 대한 자신의 생각과 느낌을
솔직히 드러낸다고 하더라도 사람들은 그것을 전적으로 믿
지 않는다. 누가 제아무리 진실한 태도를 갖고 상대방을 대
했다고 해도 사람들은 여전히 자신들에게 공개되지 않은 무
엇인가가 그 누군가의 심연에 똬리를 틀고 있다는 의구심을
품는다. 이것은 숨겨졌다고/찾아야 한다고 간주되는 대상의
성격과 관계없이 사람의 내면 깊숙한 곳에 자리하고 있는데,
바로 그 내면의 깊이와 모양새를 도통 알 수 없으므로 그곳
으로부터 힘겹게 끄집어낸 것을 대하는 사람들은 자연스레
자기만의 진실 접근의 태도를 지닐 수밖에 없다. 그 누구도

상대방의 '속마음-생각과 느낌'을 순연한 진실로 받아들이지 않는다. 이러한 쌍방의 태도는 자본주의 생산양식이 내면화된 일상을 살고 있는 지금, 이곳에서 한층 복잡 미묘하게 뒤엉켜 있다.

우리는 여기서 자본주의 생산양식에 대한 정치경제학 담론을 골치 아프게 들먹거릴 필요는 없되 아주 근본적인 원리를 상기할 필요는 있다. 자본주의 생산양식을 구성하는 경제주체들에서 '생산자-소비자-상인'의 관계는 매우 기본적이며 중요하다는 것은 삼척동자도 다 아는 사실이다. 생산자는 자신이 만든 유무형의 제품을 소비자에게 가능한 한 값비싼 가격으로 팔아 최대의 이득을 확보하고 싶고, 소비자는 이러한 생산품을 가능한 한 값싼 가격으로 구입하고 싶다. 그런데 자본주의 일상 속에서 여러 가변적 현실(예컨대, 자연환경 및 사회문화적 요인을 포함한 교통 등)의 역동적 개입으로 인해 이 생산자와 소비자의 거래를 효과적으로 중재해주는 상인의 역할이 이들 못지않게 중요한 경제적 지위를 부여받음으로써 이들 삼자 간의 관계는 복잡 미묘해진다. 그런데 이 삼자의 관계에서 간과해서 안 될 것은, 삼자 간의 이해관계를 관통하고 있는 것 중 가장 핵심은 각자의 입장에서 자신의 욕망을 최대한 충족시켜야 한다는 사실이다. 이 과정에서 삼자의 욕망은 어떤 모습을 띨까. 쌍방만의 관계가 아니

라 삼자의 관계가 맞물리면서 각자는 나름대로의 욕망을 충
족시켜야 하는바 이 욕망의 움직임은 삼자의 어떠한 욕망의
정동(情動)을 보여줄까. 이와 관련하여, 우리는 간명한 진실
을 알고 있다. '한 길 사람의 속을 모르듯' 돈을 중심으로 펼
쳐진 자본주의 일상을 구성하는 삼자의 이해관계와 그 과정
에서 보이는 욕망의 정동이 지금, 이곳 우리의 삶과 무관한
게 아님을…….

2. 삼자관계의 욕망의 생태도, 욕망의 정동과 권력

기실, 작가 김경순의 이번 장편소설『빌바오, 3월의 눈』을
읽는 동안 이러한 욕망의 정동이 세밀히 그려내는 욕망의
생태도(生態圖)를 주목하게 된다. 그것은 이 소설의 주요 인물
들 사이에 맺는 삼자관계에서 눈에 띄는 욕망의 정동으로부
터 포착되는 삶의 난해성이다. 그런데 이 삶의 난해성을 풀
어내고 해석해내는 작가의 서사는 흡인력이 있어 가독성을
띤다. 이 소설은 음악대학 내부에서 일어나는 사건을 바탕으
로 이야기가 전개된다. 그 핵심은 음대 강사인 주연의 시선
을 통해 미래를 촉망받는 젊은 교수 민석을 중심으로 엮이
는 삼자관계들에서 보이는 질투와 시기의 감정으로부터 생
성된 욕망의 생태도이다. 앞서 잠깐 언급했듯이, 이 삼자관

계에서 만날 수 있는 욕망의 정동은 순연한 진실과 거리가 멀다. 각자의 입장에서 서로가 맺는 첨예한 이해관계에 적당히(?) 충실하면서 자신의 욕망을 최대한 충족시키는 데 자족할 따름이다. 이러한 모습은 민석과 주연의 관계를 핵심으로 두고 있는 삼자관계(주연-민석-연두)에서 대표적으로 만날 수 있다.

민석과 주연은 한때 연인 사이였다. 그런데 그들의 관계는 여느 연인 사이와 다르다. 표면상 그들은 분명 친밀한 우정의 형식보다 진전된 낭만적 사랑의 아우라에 도취된 연인 사이처럼 보이지만 혼전순결을 절대적으로 지켜야 한다거나 종교적 기율을 지켜야 하는 것도 아님에도 불구하고 민석은 육체적 사랑을 애써 회피할 뿐만 아니라 결혼과 관련된 그들 미래의 삶에 대한 어떤 것도 공유하지 않는, 남녀 관계에 대한 상식으로는 도통 이해할 수 없는 관계를 유지한 적 있다. 그런데 그들은 헤어진 채 각자의 삶을 살면서 서로의 삶에 깊숙이 개입을 하지 않는 듯하지만, 그들 사이의 감정은 쉽게 말끔히 정리된 것은 아니었다. 주연은 여전히 민석과 연인 사이에 품었던 그만의 독특한 감정을 희부윰하게 붙들고 있는지, 민석의 학부생 제자 연두가 민석에게 연정을 품고 있는 모습과 또 그러한 연두에게 보이는 민석의 태도가 과거 주연에게 보였던 모습과 다른, 민석과 주연의 관계보다 상대적으로 한층 사랑하는 연인 사이의 관계로 보이자 이들 관계에 대해 질투와 시기가 뒤섞인 욕망을 내보인다. 민석이 누구와 어떤 남녀 관계를 가지든지, 현재 주연과 민석이 특별한 남녀 관계가 아닌 이상 주연은 그 관계에 개입할 필요도 없고 필요 이상의 사적인 감정을 소비할 필요가 없지만, 정작 현실은 다른 것이다. 주연은 민석과 연두 사이의 관계에 개입한다. 그것은 민석이 제자 연두에게 성폭력을 가했다고 대학 내부에서 제소를 당했는데, 주연이 민석을 옹호하는 증언을 해달라는 민석의 요구를 수용하면서부터이다. 그리하여 이 소설은 이 사건을 한 축으로 '민석-연두-주연'의 삼자관계를 중심으로 전개된다.

여기서 주목할 것은, 이 삼자관계 전반을 휩싸고 있는 욕망의 정동은 질투와 시기가 그려내는 욕망의 생태도이며, 이것은 우리의 삶을 이루고 있는 실재로서 이 같은 욕망의 생태도를 응시하는 우리의 삶은 욕망의 정동이 보여주듯 복잡미묘한 삶의 결로 짜여져 있다는 점이다. 그만큼 삶은 단순명료하지 않다. 주연이 민석과 연두 사이의 관계에 개입할 필요가 없는데도 개입할 수밖에 없는 계기를 민석이 부여하고 있는 것이 그렇다. 바로 이 대목이 우리가 예의주시하고 읽어야 할 부분이다. 시쳇말로 요즘 남녀 관계에서 쿨(cool)한 관계를 견지하는 민석은, 왜, 자칫하면 사회적 지탄을 받을 수 있는 일에 옛 연인 주연을 끌어들인 것일까. 비록 주연과 겉으로는 헤어졌지만, 아직도 주연을 사랑하는 감정이 남아 있음을 은연중 이렇게 보임으로써, 주연을 향한 민석 특유의 쿨한 형식의 낭만적 사랑의 감정을 통해 주연과의 관계를 회복하고 싶어서일까. 어쩌면 주연은 그러고 싶어서 민석의 부탁을 수용했을 수도 있다. 하지만 이것 또한 그리 단순하지 않다. 주연은 사회적 경험이 부재하거나 사태 판단이 우매한 한갓 철부지가 결코 아니다. 주연은 민석이 작곡가로서 음악적 역량이 탁월한 전도 유망한 음대의 교수로서 이쪽 음악 분야에서 예술의 상징권력을 지니고 있는 것뿐만 아니라 음대 학장의 전폭적 신뢰를 받으면서 총장 선거운동을 맡을 정도로 학내의 권력 기반도 탄탄하다는 것을 잘 알고 있다. 게다가 이러한 민석을 지탱하고 있는 것은 외무부 고위직에 있는 부모의 후광도 있음을 너무나 잘 알고 있다. 그러니까 어떻게 보면, 주연이 민석의 부탁을 수용한 이유들 속에는 이번 기회에 민석을 도와줌으로써 강사 신분을 벗어나 주연도 민석처럼 음대의 교수직에 오르는 사회적 발판을 만들고 싶은 욕망을 전적으로 배제할 수 없는 것이다. 말하자면, 주연은 민석이 소유한 사회적·예술적 권력을 염두에 둔, 그러면서 민석과 연두의 관계에 대한 질투와 시기가 뒤섞인 욕망의 정동에 붙들려 있는 셈이다. 물론, 민석은 이러

한 모든 면을 명확히 파악하면서 주연과 연두 사이에 형성
되는 욕망의 정동에 아주 민활히 개입한다.

그런가 하면, 연두는 어떨까. 연두는 음악적 재능이 뛰어
나지만 집안 형편이 어렵다. 가까스로 학부를 졸업하였으나
대학원에 진학하여 학업을 안정적으로 유지하기 위해서는
조교를 하든지, 이러저러한 공모에서 좋은 성취를 거둠으로
써 현실적 문제를 해결할 수 있어야 한다. 이럴 때 민석이 연
두에게 보인 권력자로서의 모습, 가령 서울시향 객원 작곡
가로서 민석은 연두를 서울시향에 추천함으로써 민석에게
"밉보였다가는 어떤 벌이 내리는지, 예쁘게 보이면 어떤 상
이 오는지 뼈저리게"(pp.278~279) 느끼도록 한다. 민석의 이
러한 권력자로서의 모습은 연두가 평소 민석을 훌륭한 음대
교수로서 존경하는 것 이상으로 '경배'한 진정성과 전혀 다
른, 민석이 지닌 권력에 종속된 채, 두 사람의 관계가 원하
지 않던 갑을 관계로 그 성격이 바뀌었음을 보여준다. 하지
만 민석과 연두의 갑을 관계는 어떤 시선에서 보느냐에 따
라 그 해석이 다르다. 물론 냉정히 말해 힘의 역학 관계에서
연두가 약자인 것은 분명하되, 결론적으로 그들은 결혼이라
는 형식을 통해 쌍방의 "윤리적 무책임으로 인한 번거로운
소송과 꺼림칙한 손가락질에서 벗어"(p.290)남으로써 민석의
권력에는 어떤 흠결도 생기지 않았고 민석이 맡은 선거운동

에서 음대 학장은 총장이 되는 등 민석의 권력은 한층 공고해진다. 그러니까 연두가 민석의 학내 권력 공고화 과정에서 어느 정도 기여를 한 셈이다.

사실, 어떻게 보면, 민석-연두-주연이 보이는 삼자관계의 전경(前景)에서 옛 연인(민석-주연) 관계를 바탕으로, 사제지간이 혼재된 연인 관계(민석-연두)와, 강사와 학생 사이의 관계(주연-연두) 등속이 질투와 시기의 감정뿐만 아니라 이들 사이에 개입하여 작동한 권력의 위계 관계를 보이는 욕망의 생태도는, 우리로 하여금 이들 관계의 후경(後景)에서 감지되는 삶의 을씨년스러운 풍경이 아닐 수 없다.

3. 자기애, 질투와 시기의 욕망의 정동

그렇다면, 이 같은 삶의 을씨년스러운 풍경을 자아내는 욕망의 정동은 어떤 것일까. 이것은 이 소설을 관통하고 있는 주요한 문제의식으로, 작품 속 인물들이 형성하는 삼자관계들(가령, 민석-연두-주연, 민석-형철-주연, 민석-주연-기영, 지수-하연-주연)이 공유하고 있는 욕망의 정동이다. 물론, 이들 삼자관계에서 '사랑'의 형식을 배제한 질투와 시기를 생각할 수 없다. 상대방을 향한 사랑의 형식은 어느 쌍방에게는 순조로운 관계를 형성시키되 상대적으로 다른 쌍방에게는 몹시 껄끄러운 불편한 관계를 낳기도 하는데, 여기에는 모두 구체적 양상이 다를 뿐 질투와 시기의 감정이 스며들기 마련이다.

이와 관련하여, 작품 속 대목을 읽어보자.

-내 질투는 아직 현재진행형이지. 질투는 그런 것 같아. 내가 인정해야만 하는 사실에 대해서 인정하고 싶지 않을 때 발생하는 감정. 그리고…….

-그리고 대상이 살아 있어야 하고…….(p.92)

모든 사랑은 공감이다. 공감이 아닌 사랑은 자기애이다. 민석이 그녀를 향한 건 사랑이 아니라 자기애였다.(p.114)

그녀 또한 상처받기 싫어하는 자기애로 똘똘 뭉친 사람인 것이다. 이후 민석이 그녀에게 어떤 스킨십도 시도하지 않은 것은 또한 그의 자기애일 것이고.(p.160)

작가 김경순의 『빌바오, 3월의 눈』에서 보이는 욕망의 정동을 지탱하고 있는 사랑의 형식은 결국 '자기애(自己愛)'에 기인한 것이기 때문에 '공감'과는 거리가 멀다. "상처받기 싫어하는 자기애로 똘똘 뭉친" 주체에게 타자를 진정으로 보듬어 감싸는 사랑은 어쩌면 불가능한 정동이다. 그렇기 때문에 그들은 질투에 휩싸인다. '자기애'로부터 놓여날 수 없으므로 자신이 소유하지 못하고, 타자가 지닌 것을 있는 그대로 인정하지 못하는 괴로움은 타자가 다른 대상을 향한 사랑의 정동을 왜곡된 시선으로 바라보고 그 타자가 품은 사랑의 정동을 훼손시키려는 정동에 사로잡힘으로써 결국 자신과 그 타자 모두에게 돌이킬 수 없는 상처를 안겨주기 십상이다. 이것은 비단 작품 속 인물들에게만 해당되지 않는다. 우리의 일상에서 부대끼는 사람들 사이의 관계를 들여다보면 진정한 사랑의 형식처럼 보이지만, 위장된 사랑의 형식으로써 자신만을 한층 사랑하기 위한 '자기애의 맹목'에 눈먼 사람들을 만나는 것은 어려운 일이 아니다. 연인의 모든 것을 사랑하는 것처럼 보이지만, 자기가 지니지 않은 것을 지닌 상대방의 소중한 것을 인정하기는커녕 자신의 방식으로 왜곡·변형시키고 심지어 그것을 아예 파괴시켜버리는 파시스트적 자기애의 폭력을 자행한다. 그리고 그 모든 파행을 사랑 때문이라고 항변한다. 그래서 '자기애'로 점철된 사랑의 형식이야말로 위험한 것으로, 여기에서 생기는 질투는 시기심과 착종된 채 파괴와 죽음, 즉 존재의 파멸에 이른다.

이러한 질투의 정동이 초래하는 비극적 파탄에 대한 성찰은 『빌바오, 3월의 눈』에서 읽어야 할 주요한 소설적 전언이다.

비겁하다. 비열하다. 졸렬하다. 한심하다. 괴물이다. 언니처럼 조용히 자신을 파괴할 것인가. 아니면 민석과 연두를 파멸시킬 것인가.

질투의 본질은 비합리, 비논리성이다. 원인과 결과가 합치하는 과학보다는 종교에 가깝다. 그래서 질투의 협로에서 길을 잃은 사람들은 신분의 고하도, 학식의 고저도, 나이의 다소와도 상관없이 미치고 팔짝 뛰는 것이다.

질투에는 한결같이 복수와 파멸이 뒤따른다. (……)

언니는 주연을 인형처럼 다뤘다. 매일 씻겨주었고 옷을 입혀주었고 아침에 손을 잡고 등교했다. 각자의 학교로 가는 갈림길에서 주연이 보이지 않을 때까지 언니는 손을 흔들어 주었다. 하루아침에 언니가 사라졌는데도 주연은 왜 울거나 슬퍼하지 않았을까. 삼십 년이 지난 지금에야 그 의문이 풀렸다. 학교에서나 집에서나 '하연이 동생'이라고 불리는 게 싫었다.(pp.271~272)

주연이 민석과 연두에 대해 가졌던 사랑의 형식 배면에 음산하게 자리하고 있던 질투가 초래할 수 있는 위험을 적시하고 있다. "질투에는 한결같이 복수와 파멸이 뒤따른다"는 데서 알 수 있듯, 상대방을 향한 질투의 무서운 귀결을 경계하는 소설적 전언의 울림은 결코 작지 않다. 주연의 언니

하연에 대한 질투가 "언니의 아름다움과 지성"(p.196) 때문이어서 언니의 자살에 대해 무미건조할 정도로 냉정한 주연의 내면풍경은 질투가 이러한 파괴의 속성을 내장하고 있음을 말해준다. 그래서 주연은 언니의 죽음 이후 언니의 존재 자체를 지워버린 삶을 살았던 것이다. 그런가 하면, 하연은 절친에게 교내합창대회에서 피아노 반주 기회를 넘겨준 것에 대한 질투를 못 이겨 자살로 생을 마감한다. 주연이 질투로 인해 타자를 향한 파괴의 유혹을 받는다면, 하연은 질투 때문에 자기 존재를 파멸해버린 것이다. 이를 두고 소설에서는, "질투가 삼자관계에서 대상에 대한 사랑을 근거로 한다면 시기심은 오로지 파멸만을 목적으로 한다. 질투가 고상하기도 하고 비열하기도 하다면 시기심은 오직 비열하기만 하다"(p.284)는 의미심장한 전언을 타전한다.

4. 서사적 진실의 힘, 욕망의 불가능성에 대한 성찰

이쯤되면, 김경순의 『빌바오, 3월의 눈』이 다른 작가의 작품들과 구별되는 서사적 매혹이 있다. 그의 작품은 우리가 살고 있는 삶의 욕망의 생태도를 인물들의 삼자관계를 통해 보여주는바, 특히 질투가 지닌 욕망의 정동을 작품 속 인물의 내면을 집요하게 추적하는 과정에서 성찰하도록 한다.

작가 김경순의 이러한 서사적 문제의식은 소설이 제기할 수 있는 소설의 물음 속에서 서사적 진실을 확보한다. 그것은 작품 속 인물들이 그렇듯, 우리가 살고 있는 삶의 관계들 속에서 복잡 미묘하게 난마처럼 얽혀 있는 삶의 을씨년스러운 풍경에 대한 진실된 접근으로, 이것은 소설의 제목이기도한 〈빌바오, 3월의 눈〉이란 가곡을 상기시킨다. 작품에서 소개되듯이 가곡 〈빌바오, 3월의 눈〉은 스페인의 시골마을 빌바오에 요양을 간 노르웨이의 한 작곡가가 그의 고향 북구 유럽을 향한 절절한 그리움을 표현한 것이라고 한다. 그런데 빌바오의 3월에는 북구 유럽에서처럼 눈이 내리지 않으므로, 그래서 "작곡가에게 3월의 눈은 불가능성을 의미하는 것"으로, "그 불가능성은 삶일 수도, 사랑일 수도, 예술일 수도"(p.70) 있는 셈이다. 주연에게 이러한 〈빌바오, 3월의 눈〉은 작품의 결말에서 언니 하연의 극락왕생을 축원하는 영가 등이 켜 있는 바닷가 암자를 찾아 언니에 대한 질투가 파괴를 낳는 시기심과 착종된 주연으로 하여금 자신의 삶과 예술, 그리고 사랑의 불가능성을 성찰하도록 한다.

그런데 주연의 이러한 성찰이 예사롭지 않은 것은 불가능성을 부정하는 성찰이 아니라 불가능성을 있는 그대로 인정하면서 불가능한 대상이 지닌 유무형의 존재의 가치를 향한 도정을 결코 포기하지 않고 있다는 점이다. 그래서 이 성찰이 지닌 진실의 힘은 위대하다. 이 진실의 힘은 주연으로 하여금 뒤늦게나마 그동안 자신의 삶을 친친 옭아맨 관계들 속에서 "깊은 인간에 대한 공감"(p.289)을 바탕으로 한 욕망의 정동이 얼마나 값진 것인지를 그의 약혼자 기영에게 보이는 진실된 모습에서 헤아릴 수 있다. 그리고 작품의 맨 마지막에서 주연이 작곡한 곡에 언니의 목소리를 인위적으로 입히는 대신 언니의 삶을 성찰한 주연의 자연스러운 목소리를 입힐 것을 결심함으로써 "되돌아갈 수 없는 사랑의 기억과 그리움"(p.188)이 갖는 복원 불가능성을 대상으로 한 예술적 진실의 힘을 발견한다.

요컨대, 김경순의 『빌바오, 3월의 눈』은 질투는 물론, 시기심과 착종된 욕망의 정동이 파멸로 전락할 수 있는 욕망의 생태도를 응시하고 그것을 성찰함으로써, 표면상 불가능한 것에 굴복하여 단념하는 게 아니라 역설적으로 불가능성 자체를 전복적으로 성찰하는 서사적 진실의 힘을 옹골차게 보인다. 그렇다. 이 서사적 진실의 힘이 소설의 존재 이유라는 점에서 김경순 작가의 또 다른 서사적 욕망의 정동이 펼쳐질 것을 기대한다.

빌바오, 3월의 눈

초판 1쇄 인쇄 2020년 4월 13일
초판 1쇄 발행 2020년 4월 25일

지은이 | 김경순
발행인 | 강봉자, 김은경

펴낸곳 | (주)문학수첩
주소 | 경기도 파주시 문발로 214-12(문발동 511-2) 출판문화단지
전화 | 031-955-4445(마케팅부), 4453(편집부)
팩스 | 031-955-4455
등록 | 1991년 11월 27일 제16-482호

홈페이지 | www.moonhak.co.kr
블로그 | blog.naver.com/moonhak91
이메일 | moonhak@moonhak.co.kr

ISBN 978-89-8392-817-7 03810

「이 도서의 국립중앙도서관 출판예정도서목록(CIP)은 서지정보유통지원시스템
홈페이지(http://seoji.nl.go.kr)와 국가자료공동목록시스템(http://www.nl.go.kr/
kolisnet)에서 이용하실 수 있습니다.(CIP제어번호: CIP2020009565)」

* 파본은 구매처에서 바꾸어 드립니다.
* 이 책은 2018년 아르코문학창작기금 수상 작가의 작품입니다.